Allein

Sylvia Schwarz

Allein

Dieses Experiment mit Bohnensprossen war das langweiligste, das David je erlebt hatte. Es ging allein darum, wie viele Millimeter die Pflanze binnen vierundzwanzig Stunden schaffte. Von links oben nach rechts unten wurden das Licht weniger und die Nährstoffe mehr. Die oberen Pflanzen erlebten die Simulation einer konstanten Schwerkraft, indem sie wild im Kreis gewirbelt wurden, wohingegen die unteren ohne jegliche Gravitation auskommen mussten. Einige Pflanzen erhielten weder Licht noch Nährstoffe und einige nicht einmal Wasser. Es war mühselig, gerade diese Mangelexemplare in der Länge zu bestimmen. David zwinkerte mehrmals und entschied sich bei der dritten Pflanze von links in Regalreihe C schließlich für null Millimeter. Verdammt sollte derjenige sein, der diesem mickrigen Spross irgendwelches Wachstum andichtete. Der Stängel war braun, verdorrte Keimblätter, eine einzelne Wurzel. Er kniff erneut die Augen zusammen und wartete, bis Tränenflüssigkeit den Juckreiz am Augapfel weggewaschen hatte. Wenn er berücksichtigte, wie der Keimling richtungslos eierte und nicht wusste, wohin er sich wenden sollte... Wenn man sacht zog und mit den Fingernägeln an dem entlang strich, was mal ein Stängel hätte werden sollen, also mit ein bisschen Hilfe war ein halber Millimeter drin. Sogar ein ganzer, sofern man den Kopf schief legte, die Augen verdrehte und auf die verschwommene Skala schielte.

Vom heftigen Schielen bekam David Kopfschmerzen. Er rieb sich die Stirn. „Dämliche Dreckspflanzen", maulte er. Das blaue Licht war ihm angenehm, die Pflanzen mochten die in Rot getauchte Umgebung offenbar lieber. Er notierte Datum und Uhrzeit auf dem Erfassungsbogen. Zwölfter August. Sechzehn Uhr, zwölf Minuten,

Standardzeit.

„Ben?", ertönte Lis sonore Stimme hinter ihm. „Ben, sind Sie hier?" Einen Augenblick später war die Enttäuschung deutlich zu vernehmen: „Sie sind es. Wo ist Ben?" Als würde es Li ein Vermögen an Überwindung kosten, schob er ein zähneknirschendes „Bitte" hinterher.

David hob den Stift vom Tablet und zeigte auf die Tür, die den Fitnessraum vom Botanikbereich trennte. „Radelt einen Triathlon mit, um den Zusammenhang zwischen sehr hohem Schokoladenkonsum und körperlich wenig bis gar nicht ausgeprägter Fitness zu widerlegen. Ein Hersteller von ekliger Billigschokolade hat die Agentur zu diesem Test überredet." Er machte mit den Fingern der rechten Hand Gänsefüßchen in der Luft. „Ein kleiner finanzieller Anreiz hat dabei geholfen."

„Das erklärt, warum wir vierhundert Schokotafeln dabeihaben." Li hielt sich an einem der Regale voller Setzlinge fest. „Ich will ihn nach Ergebnissen fragen. Ob er rausgefunden hat, wie gut die Pflanzen bei zwei Dritteln Schwerkraft und halbem Kohlendioxidgehalt wachsen, wenn der Boden die gesetzten Grenzwerte für Phosphat übersteigt." Er runzelte die Stirn unter seinen raspelkurzen schwarzen Haaren. „Warum hantieren Sie an den Pflanzen herum? Haben Sie die angefasst? Das dürfen Sie auf keinen Fall, es würde die Ergebnisse verfälschen. Niemand, der keine Ahnung hat, darf daran herumpfuschen."

„Drehen Sie nicht durch, das ist mit Ben abgesprochen. Ich habe eine Wette verloren." David steckte den Stift in die Halterung und klemmte das Tablet am Klettverschluss gegen die Wand. „Jetzt muss ich zwei Wochen lang täglich dieses Grünzeug messen. Was wann unter welchen Bedingungen wie mies gewachsen ist." Er hielt sich die Hand an die Nase. „Steht mir bis hier.“ Er hob die Stimme: „Hören Sie, Ben, Ihre verdammten Pflanzen kotzen mich an! Mehr als Ihr arroganter Fleiß auf dem Rad und Ihre großkotzige Ausdauer auf dem Laufband.“ Er blickte zu Li. „Kann ich nicht nachvollziehen, wie jemand stundenlang auf dem Ergometer strampelt, um es einer Horde Wahnsinniger gleichzutun, die achthundert Kilometer tiefer dasselbe macht. Angeblich wollte man sogar ein Schwimmbecken erfinden, das im All funktioniert. Ben hätte nicht bloß radeln und laufen können, sondern auch schwimmen. Ein paar kleinere physikalische Probleme haben dies zum Glück verhindert. Wir sind schließlich keine Bademeister, die sich um einen Pool kümmern.“

„Sie sind kein Gärtner und kümmern sich trotzdem um die Pflanzen.“ Li schwebte zwischen den Regalen und hatte die Füße gegen einen Schrank gelegt, um nichts versehentlich umzuwerfen. „Ist Ben außer Puste, schon fertig mit der Runde oder warum antwortet er nicht? Gewöhnlich kriegt er seine Klappe kaum zu und wenn Sie beide sich im selben Modul befinden, ist Ihr Gezanke meistens durch die gesamte Station zu hören.“

David zog die Schultern bis zu den Ohren. „Ich bin erst seit fünf Minuten bei dem Grünzeug. Soweit ich mich an seine Vorgaben erinnern kann, müsste er etwa in einer halben Stunde die Etappe geschafft haben. Planmäßig werden die letzten beiden Kilometer live auf die Erde übertragen. Es gibt Interviews mit dem Schokomann, einem Arzt und einer Ernährungsberaterin. Zur Belohnung dürfen wir heute Abend eine Tafel billige, nach Asche schmeckende, von zu viel Zucker getragene Schokolade essen.“ Er zeigte auf eines seiner Ohren. „Vielleicht hört er die Übertragung live auf seinen neuen Brixons. Die sind extra für Sonnyboy Ben vor dem offiziellen Verkaufsstart per Express ausgeliefert worden. Das war die beste Werbung, die der Hersteller je bekommen hat. Seine Kopfhörer schaffen es ins All und der beliebteste Astronaut aller Zeiten hört damit Musik. Da dringen keine Störgeräusche von außerhalb durch. Sie können rufen, bis Sie heiser sind."

„Was Sie alles mitkriegen." Li stieß sich vom Schrank ab und schwebte zur Tür. „Wenn er die letzten Meter vor einem Millionenpublikum radelt, wird er kaum nackig sein. Ich gehe einfach rein. Ist ja nur eine kurze Frage."

Es schien immer Lis größte Sorge zu sein, ob jemand nackig war. Bei jedem Klopfen an einer privaten Tür fragte er, ob man angezogen sei. David holte sich das nächste Tablet und begann mit der weiteren Erfassung. „Er hat Hose und T-Shirt an, keine Bange. Schlimmstenfalls stinkt er nach Schweiß und den gasförmigen Ausdünstungen des gestrigen Chilis." Um die Hände frei zu haben, befestigte er das Tablet mit Klettverschluss an einem Regal. „Ich verstehe nicht, warum er die Daten seiner Pflanzen auf vier Tablets verteilt. Die Synchronisation frisst dermaßen viel Zeit und Energie. Vor allem meine Zeit und meine persönliche Energie. Das ist schlimmer als sein Schweißgeruch, glauben Sie mir."

„Ben?" Li klopfte an die Tür. Dazu musste er sich mit einer Hand am Griff festkrallen, um nicht vom Rückstoß weggeschubst zu werden. „Sind Sie angezogen? Ich will wissen, ob Sie Ergebnisse oder Prognosen haben? Ihrem Gehilfen ist, bei allem gebotenen Respekt, keine Verantwortung für die Pflanzen zu übertragen. Es könnte den Versuchsablauf empfindlich beeinflussen, wenn jemand ohne Sachverstand daran manipuliert, und David hat keinen Funken Verstand."

David schnitt ihm eine Grimasse. „Blöder Wichser."

„Selber." Li drückte den Türgriff. Die Schiebetür glitt über die Gummidichtung zur Seite. „Was zur..."

David schaute bewusst nicht zu ihm hoch. „Sie sind nicht der einzige mit einem summa cum laude, wissen Sie das? Exobiologen sind nicht die einzige wichtige Spezies auf einem Raumschiff. Steigen Sie von Ihrem hohen Ross, Sie arrogantes Arschloch." Li entgegnete nichts, obwohl er sich sonst nie die Chance auf eine heiße Diskussion entgehen ließ. David blickte hoch.

Li war weiß im Gesicht und seine Hand am Türgriff zitterte. Er holte immer mehr Luft, bis sein magerer Brustkorb wie ein Ballon gebläht war, und stieß einen gellenden Schrei aus, der durch die Raumstation schallte, selbst als David längst neben ihm war.

David machte keinen Mucks. Er fragte sich mehrere Dinge gleichzeitig und wunderte sich, warum er sich wunderte, wo der Anblick so offensichtlich war. Um ihn herum taumelten dicke rote Kugeln von der Größe einer Murmel, die grellrote Flecken an den Begrenzungen des Bereichs hinterließen. Es war nicht relevant, welche Begrenzung der Fußboden und welche die Decke war. Meistens wählten die Astronauten die umgangssprachlichen Bezeichnungen nach ihrer eigenen Perspektive aus.

Das Fenster, durch das man momentan keine Erde sehen konnte, war mit dem roten Zeug verschmiert und verkleckert. Zwischen den hellroten Kugeln, die sacht waberten, sich knäulten und dehnten, schwebte grauweiße Gehirnmasse langsam von links nach rechts. Sie haftete an einem Stück Schädeldecke, von dem die schwarzen Haare wie Draht wegstanden. Längst hatte Reba einen Haarschnitt angeordnet, doch Ben wollte sein schulterlanges Haar nicht schneiden. Er lachte gern darüber, wie es ihm vom Kopf abstand, als hätte er in die

Steckdose gefasst. Außerdem standen die Mädels von der Öffentlichkeitsarbeit ungemein auf seine Frisur und Ben sparte nicht mit Erzählungen, wie aufregend herabhängende Haare beim Sex waren. Das galt nicht nur für Frauen, die oben waren, es galt genauso für Männer. Dabei lächelte er schelmisch.

Jene Hälfte, die von seinem Gesicht übrig war, machte einen verschmitzten Eindruck, jedenfalls waren die Mundwinkel leicht nach oben gezogen. Die Zunge hing heraus, aschfahl und grau. Das linke Auge stierte, das rechte fehlte. Es war mit jenem Teil von Bens Kopf unterwegs, zu dem die Schädeldecke gehörte.

Bens Füße waren auf den Pedalen des Ergometers festgeschnallt, das erleichterte das Treten ohne Schwerkraft. Sein Hintern hatte schwachen Kontakt zum Sattel und seine Arme taumelten in Kopfhöhe. Der gesamte Raum war voller Blut, denn die Tropfen verteilten sich und zu große Tropfen verkleinerten sich eigenständig und stoben auseinander. Teilweise war das Blut geronnen und fest. Es hinterließ keine Flecken, wenn es an die Wand stupste, sondern wechselte nach dem kurzen Klatschgeräusch die Flugrichtung. Das Lüftungsgitter war verstopft und bald würde die Klimaanlage auf Störung gehen, da war sich David sicher. Er besorgte besser schnell einen neuen Filter oder gleich zwei. „Wenn die Klimaanlage diese Sauerei bewältigen soll, muss ich mindestens drei Stufen höherstellen, damit die großen Stücke angesaugt werden. Durch das Gitter passen sie allerdings nicht."

Beinahe konnte man glauben, Ben hätte den Triathlon gewonnen und würde mit erhobenen Armen durchs Ziel rauschen. Dabei blinkte die Anzeige im Display hektisch vor sich hin. Ben hatte einhundertfünfundfünfzig Kilometer und gute dreihundert Meter geschafft. David drückte die Taste für die durchschnittliche

Geschwindigkeit. „Er hätte es nie im Leben pünktlich zum Finale geschafft. Bei dem Tempo hätten seine Fans auf der Erde mindestens zwanzig Minuten warten müssen, bis sie ihr Idol im Ziel bejubeln können."

„Reba!" Li schwebte rückwärts zur Tür. Er schubste die Blutkugeln zur Seite, teilte sie dabei, gab ihnen neuen Drall und machte die Schweinerei immens. Immer mehr Kugeln, Kügelchen und Blut in Staubkörnchengröße drängten sich im Raum, Richtung der fast vollständig verstopften Klimaanlage und durch die Tür nach drüben auf die Pflanzen zu. All die empfindlichen Geräte waren verloren, wenn die Sensoren von Blut oder Gewebe verklumpt wurden.

„Reba!", brüllte Li erneut und sauste in gehörigem Tempo durch die Tür in den Verbindungsschlauch zwischen den Modulen. „Reba! Kapitän!" David folgte ihm wenige Meter. Er zerrte die Tür wieder zu, damit all das Blut drinnen blieb, und kümmerte sich darum, die Kugeln im Botanikbereich einzufangen und das Blut zu erwischen, bevor es Chaos in den Apparaten anrichtete und Versuche zunichtemachte. Manche Bläschen waren klein, hatten kaum Masse und blieben allein der Elektrostatik wegen an ihm haften. Ihn graute vor dieser Mischung aus Blut, Schweiß und Gewebe und wenn er Bens nasse Hose bedachte, waren bestimmt Spuren von Urin und Kot verteilt. Dementsprechend stank es.

„Reba!", hörte er Li brüllen. „Kapitän!"

„Ruhe!", brüllte sie zurück. „Mit diesem Geschrei ruinieren Sie ständig meine Versuche!"

Li erwiderte nichts darauf, als wäre er verschwunden.

Nachdem er die meisten freischwebenden Teilchen eingefangen hatte und der Rest im Lüftungsgitter pappte, hangelte sich David durch die

Verbindungsschläuche. Er passierte das Küchenmodul, in dem es zu essen gab und man sich während der seltenen Pausen aufhalten konnte. Aus dem Augenwinkel bemerkte er das rot leuchtende Toilettenschild. Besetzt. Aus dem Inneren drangen die würgenden Kotzgeräusche Lis, lauter als der Absauger. Deswegen war er verstummt und Reba hatte ihre Schimpftirade unterbrochen, bevor sie richtig losgegangen war.

Hinter der Küche kam ein langer Gang mit Messinstrumenten und Geräten, die für die Lebenserhaltung notwendig waren. Luftfilter, Wasseraufbereiter, Kohlefilter. Die Aufbereitung des Wassers verursachte eine Menge Lärm und war in der Mitte der Station untergebracht, so weit weg von den meisten Schlafräumen wie möglich. Hier maßen Sensoren den Sauerstoffgehalt der Atemluft, die Temperatur und Luftfeuchtigkeit, von hier wurden Messwerte zum Boden geschickt und wenn David langweilig war, prüfte er all die anderen Messwerte und Daten, die interessant wurden, wenn man mit enorm hoher Geschwindigkeit um die Erde rauschte und die Zeit einfach nicht vergehen wollte. Natürlich verstrich sie umso langsamer, je eindringlicher man wartete. Aus dem Fach hinten links würde er nachher, wenn Meldung erstattet war, einen neuen Luftfilter holen und den versauten im Fitnessbereich ersetzen, damit die Klimaanlage mit der Reinigung fortfahren konnte.

„Reba!", sagte David, als er an der Einheit für die Kommunikation vorbei schwebte. Auf dem Bildschirm waren für Timothy siebenundzwanzig neue Nachrichten angezeigt. Wahrscheinlich Fotos und Videos seiner kleinen Tochter Hannah. Sie war fünf Wochen alt und würde ihren Vater erst in drei Monaten kennenlernen. Obwohl sie in Trennung lebten, schickte Timothys Ex ständig Fotos und Filmchen von der Kleinen. Um dieser Datenflut Herr zu werden, teilte die Agentur ihr ein Volumen zu, das sie nicht überschreiten durfte. Was zu viel war, wurde einfach abgeknapst. In den ersten Tagen waren wegen der vielen Aufnahmen, die ein schlafendes Baby zeigten, wichtige Updates nicht gefahren worden.

Auch für Glenn waren Nachrichten vorhanden. Sie war eine alte Vettel von gut vierzig Jahren, die sich einen Scheiß darum scherte, wer auf der Erde sie vermisste. Jeden Sonntag kam eine Nachricht hinzu, die sie nie anschaute. Wenn sie frei hatte, las sie Bücher oder schaute auf die Erde. Sie sprach nur, wenn es sich nicht vermeiden ließ, eine Eigenschaft, die für eine Ärztin, die Astronautin war, nicht unbedingt von Vorteil war. Für ihre Kollegen war es eine Herausforderung; David sprach aus Erfahrung.

Einmal hatte er sich den Zeh im Rolltor eingeklemmt. Er war mit Tränen in den Augen zu Glenn gekommen, stammelte etwas von Schmerzen im großen Zeh und sie blickte ihn an und wartete, bis er alles erzählt hatte. Die Sache mit dem Rolltor und dem Knopf, den er zu früh gedrückt hatte. Die Sicherheitsabschaltung des Rolltors funktionierte offensichtlich nicht und wenn Reba keine Lust oder keine Zeit hatte, um das zu reparieren, sollte sie es eben Martin anschaffen, damit nicht nochmal jemand das Tor auf den Fuß bekam. Mit Pech konnte der Zeh ja ab sein. Er erzählte, wie er sich zu waschen versucht hatte und vor Schmerz nicht aus noch ein wusste. Der Zeh war fürchterlich angeschwollen. Bis ins Schienbein hoch strahle der pochende Schmerz aus! Er hatte deutlich gespürt, wie das Blut ins Gewebe geschossen war. Von außen war nur ein blauer Fleck zu sehen, der sich vom Zehenglied bis zum Rist zog.
Glenn schwieg.

David fühlte sich zu weiterer Berichterstattung genötigt und beichtete die beiden Schmerztabletten, die er sich eingeworfen hatte. Mit dem Sekt, der von seinem Geburtstag übrig war, spülte er sie runter, und die Wirkung war hervorragend. Leider ließ sie bald nach, deshalb hatte er sich entschieden, Glenn um Rat zu fragen.

Diesmal blinzelte sie kurz mit schlaffen Lidern über den dunkelgrünen Augen. Sie zog die Nase hoch und fuhr sich mit den Fingern übers Kinn. Ihre Fingerspitzen fanden ein schwarzes langes Haar, packten und versuchten es auszureißen, jedoch ohne Erfolg. Das Haar kräuselte sich und war schlagartig viel auffälliger.

Erneut berichtete David von den Schmerzen in seinem Fuß und dem Zeh und seiner Vermutung, der Zeh sei gebrochen. Eine Vermutung, denn eine medizinische Ausbildung hatte er nicht. Den üblichen Kram für erste Hilfe, wie ihn jeder Astronaut lernte, mehr nicht. Da lernte man, in solchen Fällen den Arzt aufzusuchen.

Wieder die Schmerztabletten und der Sekt und außerdem, er gab es ja zu, eine dritte Schmerztablette in der Nacht. Sonst hätte er vermutlich den Zeitpunkt für das perfekte Foto der Erde neben dem Mond während einer Sonnenfinsternis, vom nördlichen Kanada aus gesehen, verpasst. Da ging es um Sekunden, die einem ein schmerzender Zeh verleiden konnte. Er gestand die leichte Übelkeit, von der er nicht wusste, ob sie vom Schmerz, den Tabletten oder vom Sekt kam. Es war der ganze Packen Sekt gewesen. Viermal ein Viertelliter auf nüchternen Magen. Schmerzmittel zu nehmen, ohne gegessen zu haben, war ohnehin keine gute Idee. Die waren am elften dritten abgelaufen, ein paar Wochen bloß über der Zeit, deshalb nahm er eine mehr, um die womöglich nachgelassene Wirksamkeit zu kompensieren. Beide Tabletten landeten im Magen, bevor ihm ein Licht aufging. Das Datum war andersrum aufgedruckt und die Tabletten am dritten November des Vorjahres abgelaufen. Fast ein Jahr drüber! Den Schock kurierte er mit einem Magenmittel, mit Mineralstoffen und Salzen, um seinen Elektrolythaushalt wieder ins Lot zu bringen. Rein pflanzlich und harmlos, genau wie die homöopathischen Mittel, die er zur Sicherheit nahm, damit der Zeh nicht länger pochte und hämmerte und sich die Fraktur verschlimmerte oder eine Entzündung sich ausbreitete, sein Herz erreichte und ihn mitten im All ins Jenseits beförderte.

Insgesamt saß er eine halbe Stunde gegenüber der Ärztin. Er plapperte wie ein Wasserfall und erzählte ihr seine ganze Lebensgeschichte oder besser gesagt, die Lebensgeschichte seines Zehs, der – seiner Meinung nach – gebrochen war. Als ihm nichts mehr einfiel, gar nichts mehr, denn selbst das mit Desinfektionslösung getränkte Klopapier an seinem offenen Pickel am Hintern hatte er gebeichtet, fühlte er sich müde, heiser und elend krank.

Glenn rollte einmal die Lippen. „Medikamente haben Sie genug intus. Vermeiden Sie es, mit dem Zeh erneut anzustoßen."

Kein Röntgen, kein Tasten, kein Fühlen. Sie schaute sich den Zeh nicht einmal an, obwohl er längst die Socke ausgezogen hatte und den Fuß in die Höhe reckte. Ein sehr langes Haar hing von seiner Ferse und er fragte sich, woher das kam. An Bord hatte niemand so lange Haare.

„Reba!", schrie er, als er die Zentrale erreichte, in der der Kapitän und der Steuertechniker arbeiteten. „Da ist etwas Fürchterliches passiert!"

„Darauf können Sie Gift nehmen!", zischte sie zurück. „Sie haben mir mit Ihrem Geschrei meine Experimente ruiniert. Schon wieder! Ich kann keine Geräusche über fünfzig Dezibel brauchen und Ihr Geschrei hat mindestens siebzig."

„Kapitän", sagte Guylian von der anderen Seite, „das müssen Sie unbedingt sehen."

„Muss ich sehen!", blaffte Reba und schubste einen ihrer Plastikhandschuhe durch den Raum. „Muss ich sehen, muss ich sehen. Ist fürchterlich. Dramatisch. Nie dagewesen! Können Sie mich nicht in Ruhe lassen!" Das war keine Frage, sondern ein Befehl.

Guylian schüttelte den Kopf. „Sie müssen das sofort sehen. Jeder muss es sehen. Rufen Sie die Crew zusammen."

David zeigte hinter sich. „Im Fitnessraum." Er fühlte sich, als würde er keine Luft bekommen. Seine Kehle war wie zugeschnürt, das Herz hämmerte bis in den Hals, seine Hände waren schweißnass und verwischten die Blutflecken auf seiner Haut. Seit dem Frühstück hatte er nichts zu sich genommen. Seine Hände zitterten. „Ben ist…"

„Was", unterbrach ihn Reba und zeigte durch das Panoramafenster nach draußen, „ist das?"

David schwebte näher, ebenso wie die anderen, die im Raum waren. Reba hielt sich an Guylians Stuhl fest und reckte den Hals nach vorn. Der zweite Pilot Sven machte große Augen und schlug ein Kreuz über der Brust. Er murmelte ein Ave Maria.

Vom gegenüberliegenden Verbindungsschlauch sausten dicht hintereinander Stan und Procter heran. Beide zeigten zum Fenster. „Kapitän, sehen Sie das?"

„Wir alle sehen es", murrte Guylian. „Soll ich Boden anfunken?"

„Und was sagen?", flüsterte Reba heiser. „Hey, Leute, ihr werdet gerade…"

In diesem Moment gab es einen grellen Lichtblitz, der sich wie eine Explosion ausbreitete und mehrere Kilometer ins Weltall ragte. Eine weiße Wolke dampfte kreisförmig um den Kugelblitz herum. Im Blau der Ozeane war eine Druckwelle zu sehen, die vor den Kontinenten nicht stoppte. Sie raste weiter und wölbte für Bruchteile von Sekunden den Erdboden. Selbst dort, wo der Himmel voller Wolken war, erkannte man die Druckwelle. Sie zerstäubte den Hurrikan, der sich über dem Atlantik gebildet hatte, und sie wischte die Wolken über Südafrika fort.

Dort, wo der Brocken Kontakt zur Atmosphäre bekommen hatte, gab es eine glühende Staubwolke, schwarze Schlieren, Wellen, die durch die Atmosphäre rauschten, und Trümmerstücke, die zurück ins All geworfen wurden. Kurze Zeit später taumelten die meisten dieser Brocken als gigantischer Sternschnuppenregen zurück auf die Erde.

„Oh mein Gott!", stieß Guylian aus. „Der Asteroid hat die Erde getroffen."

„Woher wollen Sie das wissen?", flüsterte Sven. „Es könnte alles Mögliche sein. Ein Meteorit, ein KBO, ein Komet." Er hustete knapp. „Es könnte ein interstellarer Asteroid gewesen sein, die sind groß, schnell und katastrophal. Kuiper Belt Objects sind gut erforscht, von denen war es wohl keiner. Woher er kam, woraus er bestand und wie seine Bahn um die Sonne verlief, davon hängt es ab. Ich habe keinen Schweif gesehen. Kometen haben Schweife. Es war kein Komet aus Eis."

Guylian drehte ihm den gesamten Oberkörper zu. „Haben Sie den Verstand verloren? Was soll die Wortklauberei? Da ist ein Desaster passiert und Sie fachsimpeln? Wie bescheuert muss man sein!"

David spürte das dringende Bedürfnis nach einer Toilette. Siebzehn Uhr siebzehn. Ihm war schlecht. Der Zeh, den er sich vor einer Woche gebrochen hatte, tat wieder fürchterlich weh, er zitterte, bebte und fing gleichzeitig seine Tränen mit einem Taschentuch ein, bevor die kleinen Tropfen Guylians empfindliche Instrumente störten oder den Versuch des Kapitäns endgültig zunichtemachten.

Es dauerte Minuten, bis Procter fragte: „Wann lässt sich das Ausmaß der Zerstörung absehen?"

„Das Ausmaß?" Guylian tippte sich mit dem Zeigefinger gegen die Schläfe. „Tun Sie blöd oder sind Sie es? Sehen Sie nicht..."

Aus dem Verbindungsschlauch kam Dent geschwebt. Er hatte den Mund immer leicht geöffnet, was die Folge einer genetischen Mutation war, diesmal standen die Lippen besonders weit auseinander. „Habt ihr das gesehen?", krächzte er. „Ein Asteroid hat die Erde volle Kanne getroffen. Wusste Boden nichts davon? Was machen wir jetzt? Gibt es Funkkontakt? Haben wir Kontakt?"

„Sehr wahrscheinlich war es ein Asteroid. Geschosse dieser Größe kommen meistens aus dem Kuipergürtel. Er sah nicht aus wie ein Klumpen aus schmutzigem Eis, denn die ziehen einen Schweif hinter sich her." Svens Stimme klang rau. „Bei dieser Wucht könnte es ein Eisenmeteorit sein. Haben wir Aufzeichnungen?"

Es war deutlich zu hören, wie der Kapitän lange und tief durchatmete. Vielleicht legte sie sich Worte für eine Standpauke zurecht, weil sie wie so oft mit Informationen überschüttet wurde, die sie nicht angefordert hatte. „Guylian", sagte Reba schließlich, „bitte versuchen Sie Boden zu kontaktieren."

Guylian drückte Knöpfe. „Boden, hier Raumstation Pickles, bitte kommen. Boden, bitte kommen."

Es rauschte, nachdem sie auf Lautsprecher geschaltet hatte. Es surrte und knarzte. Ein leises Pfeifen hörte man durch das blecherne Summen hindurch.

„Boden", wiederholte Guylian, „Boden, bitte kommen. Bitte kommen, Boden. Hier Raumstation Pickles."

Stan klemmte sich mit einem Bein an einer Halterung fest und verschränkte die Arme. „Da unten ist nichts mehr. Dieser riesengroße

Wumms hat die halbe Welt gesprengt; der übrige Teil hat andere Sorgen als den Verbleib einer lächerlichen Raumstation."

„Boden", wiederholte Guylian. „Boden, bitte kommen. Boden, bitte kommen. Hier ist die Pickles."

Reba hielt mit ihrer dürren Hand den eigenen Hals umfasst. „Herr im Himmel", seufzte sie und schaute in die Runde. Als ihr Blick auf David fiel, flackerte ein Funken durch ihre Augen. „Sie wollten etwas berichten. Etwa einen Himmelskörper, der auf Kollisionskurs mit der Erde ist? Besser gesagt, war?"

David schüttelte den Kopf. „Ben sitzt tot im Fitnessraum auf dem Ergometer."

Kapitel 2

„Ein Komet!", brüllte Li, als er ins Steuerungsmodul schwebte. „Ein Komet hat die Erde getroffen! Vom Donnerbalken konnte ich es genau sehen! Er kam angerauscht aus dem Nichts und hat die Erde volle Kanne direkt in Mittelamerika erwischt."

„Wissen wir." Reba fing Li am Arm ab und bugsierte ihn an die Decke der Zentrale, wo er sich festhielt. „Wir haben es gesehen."

„Genau wie ich!" Li schnappte nach Luft. „Ich musste. Mir haben sich die Innereien nach außen gestülpt. Durchfall. Kotzen. Schweißausbrüche. Mir ging Bens Anblick nicht aus dem Kopf, bis zu dem Moment, wo es diese furchtbare Explosion gab. Haben Sie es gesehen, genau dort, wo der letzte eingeschlagen hat. Der letzte, der hat die Dinosaurier weggefegt. Ein riesiger Klumpen Fels aus den Tiefen des Alls. Heute wieder. Ein gewaltiger Brocken kam gesaust und knallte gegen die Erde. Aus dem, was zurück ins All geschleudert wurde, wird sich vielleicht ein neuer Trabant bilden. Die Erde wird zwei Monde haben." Er ließ seine Faust in die Handfläche schmettern und musste sich sofort wieder am Griff festhalten, wollte er nicht zu drehen und torkeln anfangen. „Wusste Boden nichts davon oder haben sie absichtlich nichts gesagt? Woher kam das Geschoss? War es aus Eis oder Fels oder Eisen? Hat denn niemand Antworten?"

„Ich kriege keine", zuckte Guylian die Schultern. „Egal auf welcher Frequenz ich es versuche, egal welche Station ich versuche..." Sie hob kurz den Blick aus dem Fenster. „Wir sind beinahe über Europa, da müssten wir jeden Moment Kontakt zu Eucon 3 haben." Sie drückte Tasten und drehte Regler, die außer ihr und Sven niemand an Bord benennen konnte. „Boden, bitte kommen, hier ist die Pickles, bitte kommen. Können Sie uns hören?"

Es knackte im Lautsprechersystem. Jemand kicherte. „Pickles-Station, hier Bodenkontrolle. Ich will ja nicht wissen, wie viele Millionen der Pickles-Konzern hat springen lassen, um eine ganze Raumstation nach sich benennen zu lassen. Egal wie viel es war, der Name klingt so lächerlich, es hätte das Doppelte kosten müssen."

„Boden", sagte Guylian, „wir sind nicht zu Scherzen aufgelegt. Vor wenigen Minuten haben wir beobachtet, wie ein Asteroid im Norden Südamerikas eingeschlagen ist."

„Nette Umschreibung", murmelte Sven. „Was immer es war, ein Komet, ein Meteorit, ein Asteroid – dieses Ding hat Amerika weggesprengt. Bis auf kleine Reste ganz im Norden und weit im Süden dürfte alles weg sein. Ratzekahl. Ich wette, die nächsten Satellitenbilder zeigen auf dem Infrarot ein gewaltiges Loch."

„Ha, ha, ha", kam aus dem Lautsprecher zurück. „Wenn eine Sternschnuppe auf Amerika fällt, ist das uns..." Die Stimme stockte. „Hey, was soll das? Pickles, bleiben Sie dran. Chris, was geht hier vor? Was sollen all die Fehlermeldungen? Sind die Satelliten ausgefallen? Alle? Was ist mit unseren Kontakten?"

„Woher soll ich das wissen?", blaffte eine andere Stimme zurück. „Was ist das?" Viele Stimmen sprachen durcheinander und immer wieder hörte man die Frage heraus: „Was ist das? Ein Erdbeben? Hier gibt es keine Erdbeben, das ist geologisch völlig ausgeschlossen."

Die Funkübertragung knackte und schepperte, es begann zu rauschen und zu pfeifen. David fing Rebas besorgten Blick auf und die Geste, die sie Guylian gab. Sie kurbelte mit der rechten Hand.

Guylian drückte sich den Kopfhörer gegen das linke Ohr. „Boden, hier Pickles. Ein Asteroid hat Mittelamerika vor wenigen Minuten getroffen.

Was Sie gerade erwischt, sind die ersten Ausläufer der Schockwelle. Sie erleben ein heftiges bis schweres Erdbeben, können Sie hören?"

Aus dem Lautsprecher drangen Schreie und laute Rufe. Eine Frau weinte. Umstürzende Möbel verursachten einen gewaltigen Radau und machten das Chaos größer.

David verzog das Gesicht. Ihm lief eine Gänsehaut über die Arme, als ein nicht menschliches Kreischen ertönte.

„Da birst Metall", flüsterte Procter. „So hört es sich an, wenn Metallplatten unter großer horizontaler Krafteinwirkung verschoben und zerfetzt werden."

„Die Tür zum Kontrollraum", wusste Stan, „ist aus Metall."

Die beiden Frauen tauschten einen langen Blick, bis Procter sagte: „In den Wänden und Decken sind Stahlträger verbaut, um die Anlage stabiler zu machen und gegen amateurhaftes Abhören zu sichern."

David musste eine Weile nachdenken, um es zu verstehen. Procter war ein Genie. Sie tat sich leicht mit Zusammenhängen jeglicher Art, besonders, wenn es um Materialien und Materialverbundstoffe ging. Sie schnupperte an einem Stück Blech und wusste, welche Legierung es war und welche Anteile von welchem Metall darin waren. Sie meinte, das käme von ihrer jahrelangen Berufserfahrung, David fand ihre Fähigkeiten phänomenal. Übernatürlich. Quasi nebenbei berechnete sie mit Leichtigkeit Flugbahnen und Landeplätze, beschrieb ohne Mühe mathematische Kurven.

Stacey war Zoologin und kümmerte sich mehr oder weniger gut um die Mäusepopulation auf der Station. Sie hätschelte und betüdelte die Tierchen je nach Versuchsaufbau, fütterte sie liebevoll mit Leckereien oder knallhart mit nur einem Maiskörnchen am Tag, je nachdem, was im Laborbuch stand. Wenn der Versuch vorsah, ein Mäuschen in den

Weltraum zu pusten, um zu sehen, wie lange es mit dem Sterben dauerte, stand sie mit einer Stoppuhr daneben. Sie ließ sich niemals mit Stacey ansprechen, sondern ausschließlich mit Stan. Das kam aus der Zeit, als sie einen Studienplatz suchte. Die Bewerbungen der Stacey Nathalia White führten zu Absagen, darum wurde sie wütend und kürzte ihren Vornamen ab. Sie fügte das N hinzu und gab sich als Stan aus. Dieselben Universitäten, die sie vorher abgelehnt hatten, schickten nun Zusagen und kassierten im Gegenzug Klagen wegen Diskriminierung.

„Da ist eine Menge Geld rausgekommen", erzählte Stan bei Gelegenheit. „Erst dachte ich, das lege ich für die Rente zurück. Man kann heutzutage immer ein zusätzliches Polster für später brauchen. Letztendlich habe ich für einige Mädchenschulen in Indien gespendet. Die können sich dort noch weniger gegen Diskriminierung wehren als wir hier. Ich glaube, die können das Geld sinnvoll verwenden. Zwölf Millionen waren es. Abzüglich einer halben Million, die ich in eine Privatuni gesteckt habe. Ich dachte mir, warum sollte ich auf eine billige Uni gehen, wenn ich immer von einer schnieken Privatuni geträumt habe, wo jeder Student sein eigenes Apartment bewohnt, niemand dazuverdienen muss und die Schule echt Geld für die neueste Technik und die besten Professoren hat."

David erinnerte sich, wie ihre Pupillen gefunkelt hatten, als sie diese Geschichte erzählte. Jetzt funkelte nichts in den weit aufgerissenen blauen Augen. Ihr blonder Pferdeschwanz schwebte hinter ihrem Kopf, das Haar war gerade lang genug, um es einzufangen und wie einen Besen abstehen zu lassen. Ihre Finger umklammerten einen Haltegriff. Seine Gedanken kehrten zu der aktuellen Lage zurück. „Ben ist..."

„Genau", fiel ihm Dent ins Wort. „Wo ist Ben? Auf dem Ergometer hatte er zwar die Erde nicht im Blick..." Er warf einen Blick auf seine Uhr.

„Nicht um diese Zeit. Er hätte allerdings den Asteroiden kommen sehen müssen. An seiner Stelle wäre ich sofort vom Rad gesprungen. Es sieht dem Knallkopf gleich, sein Sportprogramm über eine derartige Sensation zu stellen.“

Reba fasste sich an den Kopf. „David, ist es wahr, was Sie gesagt haben?“

Aus den Lautsprechern tönte nach einem eindringlichen Brechen und Bersten, Krachen, Scheppern und Knirschen ein dumpfes Zischen. Keine menschliche Stimme war zu hören. Statisches Rauschen und Knistern, mochte Guylian noch so viel an ihren Schaltern drehen und den Knöpfen rütteln.

Li sagte: „Darüber macht man keine Scherze.“

Bis auf Modi war die Crew mittlerweile vollständig vor dem Steuerpult versammelt. Reba brauchte einen Moment, um sich zu sammeln. „Guylian, Sie versuchen weiterhin eine Bodenkontrolle zu erreichen. Wir müssten es in wenigen Minuten zu Eucon 4 schaffen. Glenn und Dent, Sie kommen mit.“ Aus einer der Schubladen holte sie vier Kopfhörer, die sie nacheinander an Glenn, Dent und David reichte. Sich selbst steckte sie einen der Knöpfe ins Ohr und klemmte den Bügel hinter der Ohrmuschel fest. „Wir sind auf Kanal zwei zu erreichen. Ich will auf dem Laufenden gehalten werden, was mit Boden los ist.“

„Verstanden.“ Guylian schraubte und knapste an ihren Instrumenten herum. „Sven, volle Leistung auf das TiSet und den Bereich von MiKSat will ich so groß wie möglich. Sprechen Sie zufällig Russisch?“

„Ja“, war Svens Antwort. „Ich habe in Moskau studiert.“ Er begann zu sprechen und niemand auf der Pickles verstand ihn mehr.

David folgte dem Kapitän und den anderen durch den Verbindungsschlauch. Man war nach den Erfahrungen mit den anderen

Raumstationen vor langer Zeit dazu übergegangen, die einzelnen Module durch flexible Schläuche zu verbinden. Wenn die Pickles auf Unebenheiten im Raum reagierte und schwankte oder rollte, zerriss es nicht gleich die gesamte Station. Die Astronauten waren weniger mit Reparaturen kleiner Risse beschäftigt und das System meldete nicht mehr so viele Fehler. Ein guter Teil dieser störungsfreien Arbeit war auch dem magnetischen Schutzschild geschuldet, der die Station umgab.

David nestelte am Kopfhörer herum, der an seinem anliegenden Ohr nicht recht halten wollte. Er stellte den Bügel fester und prallte mit der Schulter gegen die Schränke an der Seite. Prompt spürte er eine Hand, die ihn am Kragen des T-Shirts packte und fortzog.

„David", sagte Reba ernst, „wenn das nicht wirklich ein Notfall ist, kriegen Sie so was von Ärger. Verarschen Sie mich niemals auf solche Weise, sonst wünschen Sie sich ganz schnell auf eine Einzelmission."

Endlich blieb der Ohrstöpsel hängen. „Kapitän, mir ist nicht nach Späßen zumute. Li wollte Ben etwas wegen der Bohnen fragen. Wenn man die beiden reden hört, könnte man meinen, die Existenz der gesamten Menschheit hinge einzig und allein von diesen Bohnen ab. Er überschätzt zweifellos die Bedeutung seiner blöden Bohnen."

„Kletterbohnen", sagte Dent. „Li und Ben arbeiten mit Kletterbohnen, nicht Blödbohnen."

„Blödbohnen", nickte Reba. „Ich mag keine Bohnen und schon gar nicht, wenn Ben sie mit seiner eigenen Kacke zu düngen beginnt. Allein die Vorstellung ist dermaßen widerlich."

David kam ein Schnauben aus. „Na, dieser Teil des Versuchs muss ausfallen. Was Ben an Kot produziert hat, ist in seinen Hosen gelandet."

„Welche Wette haben Sie verloren?", wollte Dent wissen. „Ich hab's vergessen?"

„Er hat mich reingelegt." David schwebte näher bei den anderen, damit er nicht so laut sprechen musste. „In der neuen Programmversion kann man direkt aus dem Programm heraus als pdf speichern. Das wusste er, ich nicht. Ich sagte, er müsse umwandeln, er meinte, das ginge leichter. Er hat mich reingequatscht und zu dieser Wette verleitet und ich war mir ja sicher. Ich meine, wer, wenn nicht ich, sollte sich auskennen mit den Programmversionen?"

„Ja, ja", machte Dent, „ich erinnere mich. Sie hätten seinen Schokoladenvorrat gewinnen können. Nicht die billige Schokolade, sondern die gute."

„Schokolade!" David versuchte den Gedanken an Süßkram aus seinem Kopf zu schütteln. „Wir hätten statt der Blödbohnen einige Kakaobäume mitnehmen sollen. Ich würde sterben für ein Stück richtig guter Schokolade." Auf dem Weg zum nächsten Durchgang suchte er seine Taschen ab. Schokolade hatte er natürlich keine und die Billigschokolade vom Sponsor schmeckte ihm nicht einmal, wenn er seit Wochen keine Schokolade gegessen hatte. Wenn alle paar Monate eine Versorgungslieferung kam, futterte er seine Tafel bester Premiumschokolade meistens am selben Tag. Kaugummi! Er fand das Döschen mit dem Kaugummi. Für den Notfall hatte er die Plastikbox an Bord geschmuggelt und wenn die Gier nach Süßem zu groß wurde, so wie jetzt, schob er sich einen Kaugummi zwischen die Zähne.
Reba wedelte mit dem Zeigefinger. „Spucken Sie den bloß nicht aus Versehen in die Ecke und pappen Sie ihn ja nicht an die Unterseite eines Tisches, verstanden?"
David zerstreute ihre Bedenken mit einer Pirouette um die Längsachse.
„Ich schlucke meine Kaugummis runter, sobald der Zucker weg ist."

Einen Moment schwebten sie schweigend hintereinander her, dann sagte Glenn plötzlich: „Zuckerfrei wäre besser, wegen der Zähne."

Keine Sekunde dachte David ernsthaft darüber nach. Süßstoff hatte nicht dieselbe Wirkung wie Zucker und schmeckte mehr bitter als süß. Ihm prickelte davon die Zungenspitze wie von Kokain. Colageschmack und echter Zucker, das war die einzig wahre Kombination. Er machte eine kurze Handbewegung, als er sich an einer Halterung entlang hangelte. „Mein Zahnarzt hat mir am dreizehnten November einen Termin eingestellt, obwohl an meinen Zähnen nie was zu machen ist. Keine Füllung, keine Krone, nichts. Er will mich zweimal im Jahr sehen, weil er fürs Entfernen von kaum vorhandenem Zahnstein ein Heidengeld kassiert und ich ihm damit quasi den Maserati finanziere. Was meint ihr, wie groß die Verwüstung auf der Erde ist?"

„Total", nickte Dent. „Ich wette, da steht kein Stein mehr auf dem anderen. Den Crash kann niemand überlebt haben. Wen der Einschlag selbst nicht niedergemacht hat, der wird an den Folgen jämmerlich krepieren."

Reba war blass geworden. „Wir sollten keine voreiligen Schlüsse ziehen und abwarten, was Boden sagt, sobald sie wieder auf Sendung sind. Es gibt immer die Möglichkeit weiterzumachen."

Dent tippte sich an die Stirn. „Dieser Asteroid hatte eine Größe von ungefähr vierzig Kilometern. Ich habe ihn fliegen sehen und seine Größe im Verhältnis zu Proxima gemessen."

„Häh?" David schloss zu ihm auf. „Sie haben Proxima gesehen?"

„Natürlich." Dent schwebte weiter. „Das Annäherungsfenster ist seit zwei Stunden bei hundertfünfzig Grad. Ich habe Proxima auf dem Monitor beobachtet, als dieser riesige Brocken hinter ihr entlanggeschossen ist. Auf dem Standbild sind die Größen gut zu erkennen und ich habe einen Durchmesser von ungefähr vierzig Kilometern berechnet."

„Mit der Sonne als Lichtquelle?", hakte David nach. „Sie steht im Moment völlig anders."

„Der Mond", sagte Dent über seine Schulter hinweg. „Die Reststrahlung des Mondes reicht, um ungefähr die Maße zu ermitteln. Es geht nicht auf den Zentimeter, Pi mal Daumen. Ich bin auf vierzig Kilometer, dreihundert Meter gekommen."

„Vierzig Komma drei." Reba ließ Glenn und Dent vorausschweben. „Wie groß war der Asteroid, der die Dinosaurier ausgelöscht hat?"

Unisono sagten Dent und David: „Zehn Kilometer."

„Den Einschlag damals", überlegte Reba weiter, „haben die Dinosaurier nicht überlebt, weil das Licht weg war und die Pflanzen eingingen. Erst starben die Pflanzenfresser, dann die Fleischfresser und zuletzt die Aasfresser."

„Diesmal hat er wohl Land getroffen", sagte Dent. „Mexiko, glaube ich. Das wirbelt jede Menge Staub auf und verdunkelt die Sonne für sehr lange Zeit. Wie es aussieht, rasen mächtige Erdbeben und Schockwellen um den Planeten. Die gesamte Erdkruste scheint in Bewegung gekommen zu sein, Spannungsfelder werden abgebaut und die Stellen, wo es vorher schon auf Zug ging, haben schlagartig nachgegeben. Das hat heftige Erdbeben in Asien und gewaltige Tsunamis rund um Japan ausgelöst. Wer den Einschlag überlebt hat, wird in den nächsten Tagen oder Wochen krepieren. Spätestens, wenn die Ernten ausfallen, wird die Menschheit die Flügel strecken."

„Ben", flüsterte Reba, „er könnte uns sagen, wie gut Pflanzen mit wenig Licht auskommen und welche Sorten den Staub handhaben, der sich legen wird. Er wüsste, wie man den Pflanzen helfen kann, mit zu viel oder zu wenig Wasser am Leben zu bleiben.“

„Ben sitzt tot auf dem Ergometer.“ Für einen Moment fühlte sich David, als würde er eine Geschichte erzählen, die seinem Hirn entsprungen war. Achthundert Kilometer unter ihnen war die Erde kaputtgegangen, im Fitnessraum war Ben gestorben. „Li schrie wie am Spieß, als er das halbierte Gesicht gesehen hat. Davon wird er wohl den Rest seines Lebens träumen.“

„Details?“, fragte Glenn.

„Er ist tot. Was daran ist schwer zu verstehen?“ David rieb sich die Gänsehaut von den Armen. „Hat jemand an der Klimaanlage rumgestellt? Mir war, als fühlte ich plötzlich einen kühlen Luftzug?“

„Wie tot genau?“, fragte Dent nach. „Mausetot, tot, halbtot?“

„Ihm fehlt ein Stück vom Kopf und dem Gesicht“, beschrieb David. „Sein Auge ist weg und sein brillantes Gehirn wurde in zwei Teile gesäbelt.“ Er suchte mit schneidenden Handbewegungen nach den richtigen Worten. „Als hätte ein gigantisches Messer mit einem kräftigen Schwung eine halbe Himbeertorte mit Krokantfüllung zerteilt. Ein Büschel Haare samt Schädelknochen schwebt durch den Raum, überall sind Bluttropfen unterwegs. Die Wände sehen aus, als hätten kleine Kinder mit Wasserfarben und Strohhalmen diese Feuerwerksbilder gemacht. Kennt ihr die? Man tropft Wasserfarbe auf ein Blatt Papier und pustet sie in eine Richtung davon. Wie Feuerwerk.“

„Wie ein eingeschlagener Komet“, nickte Dent. „Wie eine zerplatzte Schädeldecke. Glenn, kann man in der Schwerelosigkeit überhaupt schneiden?“

Ihre Antwort war wie üblich knapp: „Klar.“

Sie hatten die Pickles bis zum Fitnessraum durchquert, nachdem David sich von den Messinstrumenten losgerissen hatte, die grellrote

Warnungen zeigten. Einige Werte stimmten nicht. Die Entfernung zum Erdboden schwankte um mehrere Dutzend Meter, was auf schwere Erschütterungen schließen ließ. Über die Meere jagten Tsunamis von zweihundert Metern Höhe, jedenfalls ergaben das die Messungen der Satelliten. Die Temperatur der Erdoberfläche lag stellenweise bei tausend Grad und mehr. Eine der Warnleuchten meldete einen Fehler, nachdem die Sensoren den Hurrikan, der sich für die nächsten Tage über der Karibik angekündigt hatte, plötzlich verloren hatten. Der Sturm war weg. Nicht nachlassend und sich auflösend, sondern weggeblasen. Futsch!

Bereits hier vor der Tür schwebten Blutkügelchen im Raum und bewegten sich langsam zum Ansauggitter der Klimaanlage. Glenn hatte sich geistesgegenwärtig Handschuhe angezogen und fing damit eine der kleinen Kugeln auf. Sie drückte leicht und schnupperte daran. „Geronnen."

Reba stemmte die Tür auf und trieb sie in die Verankerung. Mehrere Kugeln trockenen Blutes fanden sofort den Weg heraus und wurden von Glenn eingefangen. „Helft mir dabei."

Vorerst dachte niemand daran. Dent war sofort in den Fitnessraum geschwebt und packte Ben an den Schultern. Sein Gesicht war verzerrt. „Ben!" Er rüttelte ihn, als konnte er dadurch aufgeweckt werden.

„Wie ist das passiert?", wollte Reba wissen. „Glenn?"

Glenn war ihnen nicht nachgekommen. „Helft einsammeln. Sofort."

„Glenn!" Der Ton des Kapitäns wurde schärfer. „Sie sind die Ärztin, bitte sehen Sie sich den Toten an. David, Sie sammeln das Blut und die Bröckchen, die rumschwirren, ein."

Glenn drehte sich im Raum um ihre eigene Achse. Momentan hatte sie den Kopf nach unten. Am Anfang war es ungewohnt, mit einem

Menschen zu sprechen, der kopfüber von der Decke zu hängen schien. Nach einigen Tagen gewöhnte man sich daran, nicht nur den Fußboden als Stellfläche zu nutzen, sondern auch die Decke und die Wände. Manche Module waren rund gebaut und jeder verlor die Orientierung, wo unten und oben waren. Wenn dort jemand schlafen musste, was nur im Notfall vorkam, sollte die Station überfüllt sein, tat er es aufgerollt wie eine Schnecke in ihrem Haus.

David mochte das Aufwachen nicht. Sobald er nach einem erquickenden Schlaf die Augen öffnete, schien sich der Raum um ihn herum zu drehen. Das war Einbildung, das wusste er. Sein Gehirn war orientierungslos und versuchte zu sortieren, wo oben und wo unten war. Leider kam aus dem Innenohr keine Information, mit der etwas anzufangen war. Das Gehirn brauchte eine Weile und währenddessen führte sich sein Zimmer auf wie die Trommel einer Waschmaschine im Schleudergang.

„Oha." Es war nicht zu erkennen, ob Glenn sich auf die Sauerei an Blut und Hirn bezog oder auf Ben. Sie sperrte die Kugeln aus geronnenem Blut, die sie in ihren Händen hatte, in einen Müllbeutel aus Plastik und hielt sich am Lenker des Ergometers fest. Um Energie zu sparen, war die Anzeige mittlerweile schwarz und die geradelte Distanz gelöscht. „Tot."

Von dieser messerscharfen Schlussfolgerung war David nicht überrascht. „Immerhin fehlt ihm ein Stück vom Kopf, ein Großteil seines Hirns und jede Menge Blut. Wenn der Asteroid nicht dazwischen gekommen wäre, hätten wir uns wegen des Interviews zum Triathlon etwas überlegen müssen. In diesem Zustand ist Ben nicht kameratauglich."

„Kann es ein Unfall gewesen sein?", wollte der Kapitän wissen.

Glenn schaute sich im Raum um. Offenbar suchte sie nach scharfkantigen Gegenständen, die blutverschmiert waren und zu einem solchen Schnitt taugten. Eine Guillotine, ein Henkersbeil oder eine Kettensäge?

„Das muss eine Machete gewesen sein." Dent streckte den Arm und drückte Bens verbliebenes Auge zu. „Ich kann mir nicht vorstellen, was es sonst gewesen sein soll. Ein Kaffeebecher oder ein Tablet richten keinen solchen Schaden an. Ihm fehlt der halbe Kopf, dazu braucht es ziemlich viel Kraft und ein sehr scharfes Messer. Kein Taschenmesser, sondern ein Kampfmesser, einen Säbel oder eine Machete."

Reba überlegte. „Wofür sollte jemand eine Machete an Bord eines Raumschiffes brauchen? Wir haben keinen Dschungel und Li soll für seine Projekte keinen züchten. Bei dem Zeug, das wir für die nächsten Missionen eingelagert haben, ist soweit ich weiß, keine Machete dabei. Jedenfalls steht keine auf der Liste." Sie schnalzte mit der Zunge. „Eine Machete, also wirklich."

Sein Kaugummi, wusste David, stand ebenfalls nicht auf der Liste. Das Plastikdöschen wog ein paar unauffällige und leicht zu verbergende Gramm, wohingegen eine Machete zu schwer war, um ohne entsprechende Vorausplanung durch die Kontrolle zu schlüpfen. Beim wöchentlichen Wiegen stürzte man kurz zuvor einfach einen Liter Wasser hinunter und schon war man schwer genug, um beim Einsteigen ins Shuttle eine Machete mitzunehmen, ohne die Waage ausschlagen zu lassen.

„Passt zur Art der Verletzung", sagte Glenn.

„Total", stimmte ihr Dent zu. „Der Kieferknochen wurde glatt durchtrennt, das Jochbein, die Schädeldecke." Er entdeckte das fehlende Stück in der Ecke des Raums, schwebte hin und holte es.

„Glatte Schnittflächen durch eine extrem scharfe Klinge. Sehen Sie sich das an, Kapitän. Sauber durchtrennt. So einen Schnitt bekommt ein Metzger erst nach jahrelanger Übung hin."

„Mit einer langen Klinge?", fragte Reba nach. „Wie lange muss die Klinge sein, um solche Verletzungen anzurichten?"

Glenn packte das Stück Schädeldecke zu den Bluttropfen in den Müllbeutel und hielt ihre Hände mit wenig Abstand an Bens Kopf. „Vierzig, fünfzig Zentimeter."

„Das wäre ein Schwert", wandte Dent ein. „Was Sie zwischen den Fingern haben, sind etwa einundzwanzig Zentimeter."

Er war gut im Schätzen und lag bei diesem Maß höchstens um zwei, drei Millimeter daneben. David beneidete ihn um diese Fähigkeit, denn er selbst lag – wie Glenn – immer meilenweit daneben. Ihm fiel ein, was er auf den Packlisten gelesen hatte: „Bei der Ersatzausrüstung für die Habitat-Mission sind Überlebensmesser dabei. Das hört sich nach einer langen Klinge an."

Überhaupt fanden sich bei der Habitat-Mission viele skurrile Gegenstände, die man auf einer Raumstation nicht erwartete. Werkzeuge wie Hammer, Pickel, Meißel. Blumentöpfe mit Pflanzgranulat waren ebenso dabei wie Kupferbleche, Schmirgelpapier und Grillkohle. Mit der nächsten Lieferung im September hätten Schweine und Kühe kommen sollen, nicht um auf der Pickles zu leben, sondern um weiter zum Mars zu fliegen. Dort waren bereits neun Container aufgestellt, in denen eine Crew von acht Leuten fest wohnen sollte. Vier Jahre sollten sie den Mars erforschen und bewirtschaften, die Tiere pflegen und den Grundstock für eine dauerhafte Besiedelung legen. Daher kam der Name der Mission, es sollte großzügiger Lebensraum geschaffen werden und eine für Menschen angenehme und wärmere Atmosphäre durch das gepupste Methan der Rindviecher.

Reba schnippte mit den Fingern. „Exakt!" Sie schaute die anderen an. „Auf unseren Listen ist nicht jeder Gegenstand dieser Ausrüstung separat aufgeführt. Es heißt nur: Ersatzausrüstung für bemannte Mission. Wer es genau wissen will, muss nachlesen. David hat recht, da sind Messer dabei."

„Die Ausrüstung", fuhr David fort, „ist im Lagerraum. Vor zwei Tagen habe ich geprüft, ob sich die Kisten an Ort und Stelle befinden."

„Und?"

„Vollkommen normal." David war aufmerksam geworden, weil die Tür zum Lager nicht ganz geschlossen war, der Sensor jedoch keinen Fehler meldete. Ein paar Millimeter stand die Tür offen, deshalb ging er hinein und prüfte, ob Kisten, Container und Behälter an den richtigen Stellen waren. „Festgezurrt und verschlossen." Er stutzte. „Ich habe nicht hineingesehen, ob alle Gegenstände da sind. Davon bin ich ausgegangen, denn wer", lachte er leise, „hätte in einem Raumschiff Verwendung für Zeug, das man zur Bewirtschaftung eines Planeten braucht?"

„Glenn?", fragte Reba, „ist von einem vielleicht merkwürdigen, tragischen Unfalltod auszugehen oder..."

„Mord", sagte Glenn.

„Das ist ein hartes Wort."

Glenn lieferte keine Erklärung, keine Rechtfertigung. Sie schwieg. Das obere Lid ihres linken Auges flatterte unruhig.

Das konnte ein Zeichen von Stress sein, hatte David gehört, und er überlegte, woher im All Stress kommen sollte? Ja, die Termine waren eng getaktet und die Versuche mussten wie am Schnürchen klappen. Davon abgesehen schob die Ärztin eher eine ruhige Kugel, denn gegen die im All häufiger auftretenden kleineren Infekte wie Schnupfen, Husten, Heiserkeit konnte sie nichts ausrichten. Wohl eher war ihr Augenzucken eine Fehlfunktion der Nerven. „Nehmen Sie Magnesium ein", riet ihr David. „Am besten hoch dosiert. Alternativ können Sie von dem Bananenpudding essen, der ist vollgepumpt mit extra vielen Mineralstoffen. Davon geht Ihr Augenzucken weg."

Glenn ignorierte ihn.

Reba rollte die Lippen und kratzte sich ausgiebig hinter dem Ohr. „Der Gedanke, einen Mörder auf der Pickles zu haben, will mir nicht in den Kopf. Wir kennen einander. Wir pflegen einen höflichen, meist sogar freundschaftlichen partnerschaftlichen Umgang. Niemand verletzt vorsätzlich oder schneidet einem anderen das Gesicht ab."

Glenn zeigte hinter sich, wo durch die offene Tür der Rest vom Solarismodul zu sehen war. Bens Experimente waren an den Wänden und der Decke angebracht, ein Modul zur Simulation von Schwerkraft war durch einen flexiblen Anschluss angebracht, damit es sich mit hoher Geschwindigkeit drehen konnte. Er hatte vier Computer, die die Daten überwachten und speicherten und genaue Versuchsabläufe steuerten, drei Computer, die er für seine Auswertungen brauchte, und zwei Laptops für seinen privaten Bedarf. Mit dem einen hielt er Kontakt zur Erde, mit dem anderen spielte er in seiner Freizeit dieses Rollenspiel, nach dem die Hälfte der Erdbevölkerung verrückt war. David kannte es dem Namen nach. Das Spiel wurde gern gehackt und von fiesen Typen als Verbreitungsmöglichkeit von Spyware genutzt, deshalb musste Ben anmelden, wenn er ein Update machte, was mehrmals die Woche der Fall war. David schaute ihm dabei über die Schulter und während Ben sich über neue Gadgets im Spiel freute, fing David dubiose Dateien ab. Das hatte ihn genervt, denn Ben kam mit seinen Updates meistens, wenn David Freizeit hatte und einen Film schauen wollte. Den letzten Film hatte er wegen Ben fünfzehn Minuten vor dem Ende abbrechen müssen. Er hatte sich ungehalten gegeben, bis Ben sagte: „Was machen Sie so ein Drama draus? Die Titanic sinkt, viele Menschen sterben, das Ende ist in jeder Version dieser Geschichte gleich. Es geht immer übel aus."

„Sehen wir im Lager nach", entschied Reba. „Ich will wissen, ob das Messer fehlt." Sie schwebte voraus.

Glenn folgte ihr nicht. „Autopsie?"

„Wozu?", sagte Reba nach kurzem Nachdenken. „Offensichtlich ist er am Fehlen seines halben Kopfes gestorben. Packen Sie ihn zusammen und machen Sie sauber. Li soll Ihnen dabei helfen."

„Warum nicht ich?", wollte Dent wissen. „Ich habe ein medizinisches Studium und war einige Jahre als Notarzt unterwegs. Li hat schon wegen des Anblicks gekotzt, mir hingegen macht das nichts."

Reba zuckte die Schultern. „David, sehen eben wir beide nach dem Messer."

Er ließ den Kapitän voraus und folgte in wenig Abstand. Das Lagermodul kannte er besser als jeder andere. Er hatte in diesem Modul sein Zimmer und außerdem schichtete er die Kisten im Lager gern um, wenn er das Gefühl hatte, mit einer anderen Ordnung den Platz besser nutzen zu können.

Im Vergleich zu einem Zimmer in einem Haus auf der Erde war es lächerlich. Sein Schlafsack war an der Wand gegenüber der Tür befestigt. An der linken Seite hatte er seine Laptops festgemacht, an der rechten war ein Fach für seinen persönlichen Kram. Mit Klebefilm hatte er Fotos von seiner Freundin neben den obersten Laptop geklebt. In seinem persönlichen Fach fanden sich ein elektronischer Reader mit genügend gespeicherten Büchern für ein ganzes Leben, ein zweiter Reader mit Sachbüchern aus verschiedenen Themenbereichen, welchen, die ihn interessierten, und welchen, die ihm egal waren, sein Tagebuch mit Bleistift und sein Smartphone, um Musik zu hören. Er hatte genau zwölfhundertvier Songs auf seinem Smartphone, die er der Reihe nach anhörte. Bei drei Minuten pro Song brauchte er etwas mehr als sechzig Stunden, um sämtliche Lieder anzuhören. Am Tag schaffte er zwanzig Minuten, also reichte ihm der Liedervorrat für ein halbes Jahr, bevor er von vorne anfangen musste. In einem zweiten Ordner hatte er Lieder gespeichert, die zum kulturellen Erbe der Menschheit gehörten. Die konnte er anhören, wenn ihm langweilig werden sollte. Das war eine ordentliche Perspektive für jemanden, der sehr lange durchs All düsen würde. Das Sicherheitssiegel, das er von der Rückseite des Smartphones abgeknibbelt hatte, klebte längst über dem Gesicht seiner Freundin. Er sollte versuchen, es vorsichtig zu entfernen, sobald er die Zeit dazu fand und sich überwinden konnte, mit einer lästigen Aufgabe anzufangen.

Meistens ließ David die Schiebetür zu seinem Zimmer offen. Es war winzig, wenn er sich einsperrte, und er hatte die Tür knapp vor der Nase. Lieber schaute er auf das Lager mit all den Kisten und Containern und Tanks. Er würde die Tür schließen, wenn er auf der anderen Seite des Zimmers einen Mitbewohner bekam und seine Privatsphäre gefährdet war. Damit war allerdings nicht zu rechnen. Astronauten waren teuer und alle Staaten sparten seit der Wirtschaftskrise wie verrückt. Es wäre klug gewesen, sehr viel früher in diese Missionen investiert zu haben, dann würden jetzt nicht alle Menschen hilflos auf einer kaputten Erde festsitzen. Hätte man mal auf den für verrückt gehaltenen Präsidenten gehört, der eine Weltraumpolizei einführen und bis zur Grenze des

Sonnensystems fliegen wollte. Stattdessen hatten sie ihn seines Amtes enthoben und ihm die Steuerfahndung geschickt.

Wenn man vor zwanzig Jahren ordentlich Geld in die Habitat-Mission gesteckt hätte, würde die Siedlung auf dem Mars wahrscheinlich längst voll funktionsfähig sein. Man hätte – mit genug Geld für die Desaster-Mission – den Asteroiden kommen sehen und sehr viele wichtige Menschen rechtzeitig auf den Mars umsiedeln können. Als die Diskussion in der Öffentlichkeit um dieses Thema kreiste, wollte niemand Steuern zahlen, um die Projekte zu finanzieren. Niemand hatte die Anleihen gekauft, die Geld in die Kasse spülen sollten. Wie viele der Skeptiker sich wohl jetzt wünschten, sie hätten vor Jahren anders entschieden?

„Wissen Sie, wo die Ersatzausrüstung ist?", fragte Reba. „In welchen Kisten genau?"

David fühlte sich aus seiner Gedankenwelt in die Gegenwart gezerrt. Er brauchte einen Augenblick, bis er den Arm streckte: „Diese gelben Boxen sind es."

Sie standen übereinander gestapelt an der Wand, besser gesagt, sie sahen so aus, als wären sie an der Wand gestapelt. Es waren die Klettbänder, die die Kisten in Position hielten.

Reba schwebte dorthin. Die Kisten standen ganz vorn, damit im Falle eines Austauschs mit der Originalausrüstung nicht das gesamte Lager umgeräumt werden musste. „Sieht unberührt aus."

„Dachte ich mir auch." David hielt sich an einem der Griffe fest, die überall in den Modulen verteilt waren. Wer sich nicht festhielt, schwebte davon, deshalb lernte man sehr schnell sich Halt zu suchen.

Reba hatte die Finger an den Klettbändern und zog das erste auf. „Wir werfen einen Blick in die Kisten und versuchen dabei, alles an seinem

Platz zu lassen. Ich habe keine Lust, den kompletten Inhalt wieder wie ein Puzzle hineinschichten zu müssen.“

„Hätten Sie gern so“, seufzte David. „Ich wette, da drin ist nicht mal mehr Platz für ein Blatt Papier. Bei den Unsummen, die diese Missionen kosten, wird keine leere Luft transportiert.“

Er lag richtig. Als Reba den Deckel hob, kam der Inhalt zum Vorschein. Er schloss bündig mit der Oberkante der Kiste ab. Da hätte man nichts mehr hineinbekommen. An der Innenseite des Deckels war mit Folienstift eine Anleitung gemalt, wie man all die Dinge wieder hineinbekam. Sie machte einen komplizierten Eindruck.

„Besser“, sagte David, „man nimmt nichts raus. Es dauert selbst mit Anleitung ewig, all das Zeug wieder einzuräumen. Ehrlich, ich musste mal einen Akku aus so einer Kiste holen und habe zwei Stunden gebraucht, bis ich wieder aufgeräumt und die Kiste verschlossen hatte.“

Reba fing die erste Schachtel auf, die sich selbstständig machte. Sie holte die anderen Pappschachteln und Metalldosen heraus. „Nachsehen müssen wir trotzdem, ob die Messer fehlen.“

„Die Buttermesser wohl kaum.“ David klemmte die Füße versetzt unter einen Haltegriff und streckte die Hände. „Geben Sie her, ich halte das, sonst müssen wir nachher im ganzen Modul danach suchen.“

„Okay.“ Reba reichte ihm die ersten Dinge. „Da sind Tablets und Akkus verstaut. Einige Notizbücher, Formelsammlungen, Taschenrechner und die Anleitungen für die Luftsysteme.“ Sie wühlte sich weiter nach unten. „Hier sind Taschentücher, Einmalslips und Ersatzsocken. Keine Messer. Nächste Kiste.“

David reichte ihr zurück, was er hielt. Tatsächlich schien Reba sich zu erinnern, wie sie einräumen musste, denn der Deckel ging zu. Sie ließ die Verschlüsse einschnappen und schubste die Kiste sacht zur Seite. Sie schwebte davon, hatte Kurs auf ein Paneel, hinter dem leere Pflanztöpfchen waren, und stupste sanft dagegen. Sofort änderte sie die Richtung und machte sich auf einen Rundflug durchs Modul.

„Küchenzeug." Reba hatte den Deckel der nächsten Kiste bereits geöffnet. „Das könnte eine heiße Spur sein." Sie reichte ihm Beutel und Schachteln zu. „Suppen und Eintöpfe, Nudelgerichte verschiedener Art und Hähnchen. Ich fürchte, wir haben Essen erwischt."

David mochte die Hähnchengerichte nicht. Es fehlte etwas, wenn man Hähnchen aus einem Plastikbeutel essen sollte oder die Filetstücke mit Gelatine in einen Zusammenhalt gezwungen wurden, den das Gericht auf der Erde nicht hatte. Frikassee, hart genug, um es aufzuspießen, war eine Zumutung. Die Haptik stimmte nicht. Es war ein ekelhaftes Gefühl, diesen festen Matsch im Mund zu haben, der sich gar nicht nach Hähnchen anfühlte, sondern bloß danach schmeckte. Besonders die Hähnchenschenkel oder Chicken Wings fehlten ihm, die Knorpel, die er knirschend und knarschend zwischen seinen Backenzähnen zermalmte, und die Sehnen, die sich beim Abnagen der Knochen zwischen die Schneidezähne klemmten. Weil niemals Abfall von der Erde ins All transportiert wurde, blieben Teile vom Hähnchen, die man normalerweise nicht aß, am Boden. Grillhähnchen kam ohne Haut und Knochen.

„Küchenzeug", seufzte Reba, „ohne Messer oder Besteck."

„Besteck!" David lachte und hielt ihr die Hände hin, in denen er portionsweise abgepacktes Essen hielt. „Das letzte, was wir hier oben brauchen, sind Messer und Gabel. Kommt gleich nach einem Koch. Mir fehlt gutes Essen am meisten, gutes Essen, für das man mehr braucht als einen Löffel. Schnitzel mit Pommes und viel Ketchup, das wäre was.

Doppelt frittiert und mit extra viel Salz und Chilipulver."

Reba packte den Inhalt zurück in die Transportkiste. „Ich habe in den letzten Wochen bestimmt drei Kilo zugenommen. Meine Klamotten sitzen so knapp wie nie zuvor. Das Essen ist nicht überragend, dafür schmeckt mir der Orangensaft richtig gut. Diese Kalorien läppern sich."

Sie musste einige Hähnchenbeutel umschichten, damit der Deckel wieder auf die Kiste passte. „Ich hoffe, mein Heimflug in sieben Wochen kann durchgeführt werden, jetzt, wo dieser Asteroid eingeschlagen hat. Ich hatte gleich ein schlechtes Gefühl, als die ursprünglichen Missionen dermaßen verändert werden mussten. Nichts ist geblieben, wie es geplant war. Plötzlich muss sehr viel mehr Zeug nach oben als je vorgesehen war und es werden Exobiologen und Astrobiologen geschickt, die sonst immer vom Boden aus gearbeitet haben. Reicht es denen nicht mehr, ihre Daten zu analysieren, müssen sie mit eigenen Augen fremde Himmelsköper sehen? Die sehen aus einem Raumschiff heraus nicht mehr als auf den Fotos, die wir zur Erde funken."

In der nächsten Kiste waren Gemüsesuppenbeutel. Mit Vitaminen und Mineralstoffen überangereicherte Portionen von Brokkolipamps und Blumenkohlschlonz, Erbsenschleim, Linsenmus, Bohnengebatze, Kürbismatsch. Einigermaßen essbar fand David die untersten Beutel, die Tomatengemüse enthielten und ihn an die Tomatensuppe seiner Oma erinnerten. Sie hatte immer viel Zucker und süße Sahne verwendet.

„Aha!" Reba reichte ihm den Deckel der nächsten Kiste. Der Inhalt war nicht auf Kante gelegt und bis zum letzten Platz aufgefüllt, sondern schwebte sacht umher. „Offensichtlich fehlt hier etwas." Reba prüfte die Liste auf dem Tablet. „Wir haben zwei Hämmer und vier Zangen, Schraubendreher, Schraubenschlüssel, Kneifzangen und

Seitenschneider, Teppichmesser, Scheren, Klebeband, vier Rollen Draht, eine Abisolierzange, Reißzwecken und Pins, drei Wasserwaagen, zwei Winkelmesser, diverse Schrauben, Nägel und Muttern, Beilegescheiben, drei Meißel, drei Brecheisen und statt drei Macheten und drei Kampfmessern haben wir drei Macheten und zwei Kampfmesser." Sie holte eines der Messer heraus. Es lag in einem durchsichtigen Plastikgehäuse und wurde von einem Gummiring im Futter gehalten. „Wo ist das dritte Messer?" Sie hob die Augen zu David. „Wer wusste von diesen Messern und wo sie zu finden sind? Haben Sie jemanden bemerkt, der dieses Lager durchsucht hat?"

David schüttelte den Kopf. „Ich bin nicht in meinem Quartier festgetackert. Bei den Problemen, die wir mit dem Greifarm und dem Betriebssystem haben, bin ich meistens im Getit oder in der Zentrale. Das letzte Update ist so schief gelaufen..."

„Ich weiß", unterbrach ihn Reba. „Sie haben oft genug ausführlich Bericht erstattet." Sie legte die beiden Messer zurück in die Kiste, nachdem sie mit dem Tablet ein Foto gemacht hatte. „Ihnen hätte durchaus jemand begegnen können, der hier nichts verloren hat. Jemand, der unter einem fadenscheinigen Vorwand eine wilde Geschichte erzählt, warum er sich stundenlang durch Kisten gräbt."

David schüttelte den Kopf. „Ich selbst bin aus Neugier auf die Messer gestoßen. Ich wollte wissen, mit welchen Kisten und welchem Inhalt ich mein Zimmer teile. Wer sonst so neugierig ist? Keine Ahnung."

„Wir hätten das Team nicht tauschen sollen." Sie strich sich durch das kurze Haar an der Stirn, das prompt ein Eigenleben entwickelte und sich selbst in wellenförmige Muster legte. „Dem alten Team habe ich blind vertraut. Mit den Leuten hätte ich gern die komplette Mission durchgezogen. Zwei Jahre hier oben, kein Problem, wenn man umgeben ist von Kollegen, die man kennt, schätzt und mag." Sie brauchte ein paar Sekunden, bis sie die Kisten eingefangen und ordentlich verstaut hatte. „Ein Vierteljahr mit der neuen Crew und den geänderten Vorläufen, dachte ich, ziehe ich durch. Ich bin Profi und kann mit Leuten arbeiten, die ich verabscheue. Wie es aussieht, bin ich einer von wenigen Profis. Irgendwer kommt mit der Situation nicht klar und hat einen Streit eskalieren lassen."

„Streit mit Ben?", hakte David nach. „Wer könnte Streit mit Sonnyboy Ben haben, dem Liebling und Arschkriecher der Agentur, dem Vorzeigeastronauten schlechthin? Weswegen?"

„Das gilt es herauszufinden." Reba tippte sich an den Ohrstöpsel. „Ist in der Zentrale alles klar? Warum wird mir nicht regelmäßig ein Statusbericht übermittelt?"

„Mehr oder weniger", kam Guylians Antwort, die David im vollkommen leisen Lager durch den Kopfhörer des Kapitäns hören konnte. „Wie es aussieht", fuhr Guylian fort, „ist ein Schiff auf dem Weg zu uns."

„Welches Schiff?"

„Da wir keinen Funkkontakt aufbauen können, muss es der fliegende Holländer sein", sagte Guylian. „In etwa zwanzig Minuten müsste es nahe genug sein, um es zu sehen. Vielleicht kann David mir zur Hand gehen und die Steuerung überreden, mir einen kompletten Suchlauf zu machen? Auf den üblichen Befehl reagiert sie nicht."

„Wir sind auf dem Weg in die Zentrale." Reba schaltete das Funkgerät ab. „Dieser Tag wird immer seltsamer. Erst der Asteroid, dann der Mord, jetzt ein Schiff. Ich werde Stunden brauchen, um das ins Logbuch zu diktieren."

Sie schwebte mit dem Tablet in der linken Hand voraus zur Tür. David folgte ihr. „Genau genommen geschah erst der Mord, dann kam der

Asteroid und nun sehen wir das Schiff. Wenn wir es jetzt sehen“, überlegte er, „muss es gestartet sein, bevor wir den Asteroiden gesehen haben und bevor der Mord passierte. Die korrekte Reihenfolge wäre demnach Schiff, Mord, Asteroid.“

Reba schaute über die Schulter zurück zu ihm. Sie hatte eine ihrer schmalen Augenbrauen hochgezogen und machte einen Gesichtsausdruck, als würde sie ihn entweder mit Schimpfworten beladen oder für einen teuer bezahlten Vortrag über logische Reihen engagieren. „Wozu will Guylian diesen Suchlauf haben?“

„Um sich die manuelle Suche zu sparen“, sagte David. „Normalerweise haben wir für die Annäherungen eine vorgegebene Frequenz. Wir stellen die vereinbarte Frequenz ein und erwischen das andere Schiff sofort. Diesmal haben wir nichts abgesprochen und müssen suchen. Das fängt mehr oder weniger bei sechsmal null an und endet bei sechsmal neun.“

„Verstehe“, sagte Reba. „Geht es mit Suchlauf schneller?“

David winkte ab. „Das sind ein paar Einstellungen und der Computer sucht allein. Er schickt auf jeder Frequenz eine kurze Anfrage, die Umschaltung dauert Bruchteile von Sekunden. Damit werden wir die Frequenz in ein paar Minuten wissen.“

Die gesamte Station hatte eine Länge von fast zweihundert Metern und eine Breite von mehr als hundert Metern. Sie mussten nicht die maximale Strecke zurücklegen, nur vom Lager ins Lindenmodul und von dort durch die Küche in die Zentrale. Von einem Modul zum anderen zu schweben und dabei nichts versehentlich kaputt zu machen, dauerte eine Weile. Für solche Strecken wurden auf der Erde gern Fahrräder benutzt.

„Meinen Sie“, sagte Reba, kurz bevor sie die Küche verließen, „die haben den Asteroiden kommen sehen und in Panik einen Schnellstart durchgezogen, um wenigstens ein paar Leute zu retten?"

„Überaus riskant", meinte David. „Es kommt einem Himmelfahrtskommando gleich, wenn man ein Schiff überstürzt starten lässt. Ich weiß von einem startbereiten Schiff in China und die Chinesen sind nicht gerade dafür bekannt, spontan und pragmatisch auf eine veränderte Lage zu reagieren."

„Himmelfahrtskommando", nickte Reba. „Genau das ist es." Sie hielt vor einem der Fenster, von dem aus man einen Blick auf die Erde hatte. „Sehen Sie sich das an."

Der Planet brannte. Wo der Asteroid getroffen hatte, war ein riesiger brennender Kreis zu sehen. Er reichte von dem, was einmal Florida gewesen war, bis in den Urwald Südamerikas hinein. Obwohl bereits einige Stunden seit dem Impakt vergangen waren, pulsierte das Einschlagsloch wie Wasser in einem See Wellen schlägt, nachdem man einen Kiesel hineingeworfen hat. Dieser See bestand aus glühenden Flammen und die Wellen aus geschmolzenem Gestein. Vom karibischen Meer war nichts übrig. Die Inseln waren vom Feuersee überflutet worden.

Der Einschlag hatte das Wetter durcheinander gebracht. Wolken rasten die Erde entlang, schneller als David es je gesehen hatte. Es mussten fürchterliche Stürme toben. Sie rissen Staub und Dreck mit sich fort, Häuser, Brücken, Tiere, Pflanzen, Menschen. Ein schmutziger Nebel bedeckte die Erde. Er war immer in Bewegung, verdichtete sich mal hier, riss mal dort auf und waberte wie zäher Klebstoff in einer lange offenen Dose. In den dunklen Schwaden zuckten Blitze. Es gab immer Gewitter auf der Erde; so groß, so lange und so heftig waren sie nie gewesen. Teilweise verästelten die Blitze sich ins Weltall hinein, ein

Anblick, den David bisher nicht gekannt hatte. „Dort unten ist wirklich die Hölle los."

„Kann man das überleben?", wollte Reba wissen. Mit drei Fingern hielt sie sich in Position. Über ihre nackten Arme zog sich eine Gänsehaut.

„Ich schätze allein diesen Feuersee auf mehrere hundert Kilometer im Durchmesser und die Auswirkungen der Erdbeben, Tsunamis und Gewitter kann ich mir nicht mal vorstellen."

Rund um den Einschlagskrater lebte niemand mehr, so viel war klar. Der Asteroid war kleiner gewesen als dieser gewaltige See, hatte mit seiner Energie allerdings enorme Verwüstung angerichtet. Dazu kamen die Schockwellen, die rings um den Erdball liefen. Jedes Lebewesen musste gespürt oder sogar gesehen haben, wie der Erdboden sich hob und senkte und wellte. Stürme, vermutlich sehr heiß, fegten durch die aufgewühlte Luft und zündeten an, was brennbar war. Tsunamis überschwemmten die Küsten bis weit ins Landesinnere hinein. Selbst auf der gegenüberliegenden Seite des Erdballs mussten die Wellen riesengroß sein und wenn sie sich überlagerten, machten diese Interferenzen das Chaos immer größer. Womöglich hatte der Treffer die Erdachse verschoben oder die Erde aus ihrer Bahn geworfen? Nein, dafür war die Größe des Brockens zu gering.

„Mit Glück." David speicherte Messdaten, die einen Teil der Erbebenwellen und deren Überlagerungen eingefangen hatten, für spätere Forschungen. „Irgendwer auf dem Planeten hat immer unverschämtes Glück. Es wird Leute geben, die überlebt haben. Es wird welche geben, die die kommende Eiszeit überleben. So gesehen ist die menschliche Rasse hartnäckiger und zäher als jedes natürliche Virus. Na, was erwarten wir von einer Spezies, deren früheste Vorfahren eine solche Katastrophe schon einmal überlebt haben? Wir sind extrem widerstandsfähig und robust.“

Dicht hinter ihm schwebte Reba. Sie durchquerte die Zentrale bis sie sich an Guylians Sessel festhalten konnte. „David kümmert sich gleich um die Frequenzsuche. Sonst etwas Neues?“

Guylians Augen schwammen in Tränen. „Die Erde brennt und niemand kann etwas tun. Li meint, für die Evolution würde sich eine neue Chance bieten, die Karten des Lebens seien neu gemischt worden. Ich kann diesem Inferno beim besten Willen nichts Positives abgewinnen. Amerika ist ausradiert, Europa brennt lichterloh und Asien ist stockdunkel.“

Li klemmte mit einem Fuß unter Guylians Armlehne. Er hatte das Gesicht nahe an der Scheibe und machte sich Notizen auf seinem Tablet. „Ein Asteroid von einem Viertel dieser Größe hat damals zum Aussterben der Dinosaurier geführt. Was für die Dinos eine Katastrophe war, ebnete den Säugetieren den Weg zur Weltherrschaft. Es ist faszinierend, einen ähnlichen Moment mitzuerleben.“ Er schaute mit leuchtenden Augen in die Runde. „Es wird interessant sein, welche Pflanzen und Tiere einen Nutzen ziehen können. Genau das meinte Darwin mit dem Überleben der am besten angepassten Arten. Nicht der größte Löwe mit der geballten Potenz überlebt, sondern das Lebewesen, das sich auf solchen Schrecken am schnellsten und effektivsten einstellen kann. Heute hat dort unten ein Projekt begonnen, das über Jahrhunderte und Jahrtausende kein Ende nehmen wird. Wir werden bahnbrechende Erkenntnisse erlangen.“

Es brauchte ein paar Minuten, um den Computer dazu zu bringen, sämtliche Frequenzen abzusuchen. Guylian beobachtete, wie die Zahlen auf der Anzeige zu sausen begannen. Sie hängte ihren Kopfhörer an die Halterung. „Ich muss aufs Klo. Sven?“

Der zweite Pilot nickte knapp. Er drückte einen Knopf und legte die komplette Steuerung der Pickles auf seine Seite des Kontrollpaneels. Mit einem Auge verfolgte David die Suche nach der richtigen Frequenz, mit dem anderen Auge beobachtete er, wie der Feuersee langsam aus dem Blickfeld verschwand. Die Raumstation bewegte sich unglaublich schnell und brauchte für eine Erdumrundung eine knappe Stunde. Am Anfang war es ein Spaß gewesen, diese Geschwindigkeit zu beobachten und sich mehr oder weniger demütig zu wundern, zu welchen technischen Meisterleistungen der Mensch in der Lage war. Man gewöhnte sich bald daran und nahm es hin, wie man überhaupt jede Neuerung schnell akzeptierte und hinnahm. Der Mensch war nicht dafür geschaffen, übermäßig lange mit seinem Schicksal zu hadern, und David glaubte persönlich ohnehin nicht an so Firlefanz wie Vorsehung.

In den letzten Tagen hatte David nicht oft hinausgesehen. Sein Arbeitspensum war ordentlich, weil das System muckte und ihn Zeit und Nerven kostete. Die Lebenserhaltung lief nicht stabil. Ständig kam ein Fehlercode oder der Hinweis, ein Update sei nicht richtig eingespielt worden. Besonders oft meldete das System, der Vorrat an Wasser sei aufgebraucht, dabei stand die Anzeige auf Vollanschlag. Einmal schien die Dichtung an einer der Ausgangstüren kaputt zu sein. Es gab mitten in der Nacht einen kreischenden Alarm, der alle weckte und manche glauben ließ, ihr letztes Stündlein habe geschlagen. Sie diskutierten hin und her, verglichen die Werte, schickten den Roboter nach draußen und meldeten nach sieben Stunden erfolgloser Suche eine Fehlfunktion des Alarmsystems. Die Dichtung war tadellos in Ordnung.

Seit ein paar Tagen rasselten mehr Fehlercodes auf sein Tablet als David bearbeiten konnte. Er löschte sie und kümmerte sich erst um die

Bearbeitung, wenn derselbe Fehler zum dritten Mal binnen kurzer Zeit auftauchte und er sich daran erinnern konnte. Ihm schien es, als hätte sich bei der Programmierung ein Fehlerteufel eingeschlichen, den sie nicht auf der Erde gelassen, sondern ins All mitgenommen hatten.

„Und?", fragte Procter neben ihm. „Was fällt Ihnen dazu ein?"

„Kein Wunder", erinnerte sich David an eines der letzten Briefings. „Sie lassen so billig wie möglich in Indien programmieren, dabei reden unsere Kulturen aneinander vorbei. Obwohl wir übereinstimmende Worte benutzen, meinen wir völlig unterschiedliche Dinge. Meiner Ansicht nach ist das der Grund, weshalb die Systeme so merkwürdig laufen. Der kulturelle Hintergrund, der unsere Sprache prägt, ist einfach zu verschieden. Obwohl jeder Englisch spricht, reden wir aneinander vorbei. Das passiert übrigens auch Muttersprachlern. Die Menschen bedienen sich der Sprache, um Informationen auszutauschen, und hantieren dabei mit einem sehr fehleranfälligen System, das man unter rein logischen Gesichtspunkten besser nicht nutzen sollte. Haben Sie mal an einem bewölkten Tag jemanden gebeten, den Gartentisch abzudecken? Das Resultat besteht etwa zur Hälfte aus einem abgedeckten Tisch und zur anderen Hälfte aus einem abgedeckten Tisch. Einmal mit Schutzplane, einmal ohne. Eine verzwickte Sprache eben."

„Nerd." Procter tippte an das Fenster. „Was Sie hierzu meinen."

Auf der Erde hatte sie dunkelblaues kinnlanges Haar getragen. Kurz vor dem Abflug hatte sie es abrasieren lassen und nun waren ein paar Millimeter weißblonder Haare zu sehen. Sie hatte ein hübsches Gesicht und eine manchmal charmante Art, aber David fand ihren Glatzkopf hässlich. Unter dem runden Schädel mit der dicken Schlagader über dem linken Ohr steckte ein brillantes Gehirn, dessen Leistung ihn faszinierte, solange das blaue Haar den Kahlkopf verdeckte. Nun vermied er es sie anzusehen. Er ertappte sich dabei, wie er ihr auf die Kehrseite starrte. Sie schwebte mit leicht angewinkelten und gegrätschten Beinen vor dem Fenster und durch die überaus enge Hose zeichneten sich ihre Schamlippen ab. Die inneren und die äußeren. Offensichtlich trug sie keinen Slip.

„Es wird Wochen oder sogar Monate dauern", sagte sie, „bis die Partikel und Teilchen, die in die Atmosphäre geschleudert wurden, wieder zu Boden gerieselt sind. Über die ganze Welt wird sich eine dicke Staub- und Ascheschicht legen. Selbst in Australien und der Antarktis werden einige Zentimeter zusammenkommen."

„Anzunehmen." David zwinkerte mehrmals und tat, als hätte er etwas im Auge. Er rieb daran. „Hochkonjunktur für Putzfrauen. Die Stundenlöhne werden steigen."

„Das verstopft jeden Hohlraum." Procter ging nicht auf seine flapsige Bemerkung ein. „Sämtliche Ritzen und Rillen sind dicht, auf jeder Oberfläche landet dieser Dreck. Das wird zu Problemen führen in Gegenden, die keinen Niederschlag außer Regen kennen. Dächer werden unter dem Gewicht einstürzen, Kondensatoren werden durchschmoren, Stromkabel geben nach und reißen und setzen alles unter Strom oder verursachen Kurzschlüsse. Haben Sie Familie?"

Es brauchte Zeit, bis er den Gedankensprung nachvollziehen konnte. „Nicht direkt." Er dachte an seinen jüngeren Bruder Elon, der sich für einen Rockstar hielt und all seine Zeit und sehr viel Geld seiner Bekannten und Freunde in eine Band investierte, die aus einem schlechten Schlagzeuger, zwei lausigen Gitarristen und einem Querflötenspieler bestand. Elons Freundin Kate war die Sängerin. Sie traf keinen Ton, was nicht schlimm war, solange das Schlagzeug und die Gitarren laut genug und ihr Rock knapp genug waren. Mit seiner Band war Elon im August in Miami, um an dem nachgeholten Finale des Wettbewerbs in Amsterdam teilzunehmen. In Amsterdam hatten sie sich keinen Namen machen können und das Publikum hatte bloß höflichen Applaus spendiert. Die Band packte ihren Krempel zusammen, als eine halbe Stunde vor dem Ende der Show ein Sprengsatz detonierte. Verdammte Extremisten! Aus Mitleid und um den Zusammenhalt Europas zu demonstrieren, waren alle Teilnehmer des Wettbewerbs nach Miami eingeladen worden. „Zweite Chance", erinnerte sich David an Elons Worte, als sie vor einigen Wochen zuletzt gesprochen hatten. „Diesmal spielen wir *Shake the Planet*, das ist härter und Kate kann sich den Text besser merken. In Amsterdam hat sie die dritte Strophe von *Get into Hell* vergessen, kannst du dir das vorstellen? Wenn sie nicht einen Tennisball durch zwanzig Meter Gartenschlauch saugen könnte – du verstehst? – hätte ich sie längst zum Teufel gejagt."

Ihm war der Asteroid zuvorgekommen. Er hatte den Planeten durchgeschüttelt und weil es der zwölfte August war, lebte Elon sehr wahrscheinlich nicht mehr. Zerschmettert von einem kosmischen Brocken oder ertrunken in einem See aus flüssigem Gestein, erstickt von einer Wolke glühendem Staub oder waren ihm die Blutgefäße im Gehirn geplatzt, als ihn die Druckwelle traf? Der Gewinner des Festivals sollte gleich im Anschluss einen Auftritt in Japan haben.

„Meine Eltern", erzählte David, „wohnen in Italien. Mein Bruder lebt in den Niederlanden. Ich glaube, er war heute in Florida."

Procter legte ihm die Hand auf die Schulter und drückte leicht zu. „Das tut mir leid für Sie und Ihre Eltern."

David zog die Schultern bis zu den Ohren hoch. „Meine Mutter ist schwer dement. Selbst wenn sie es gesagt bekommt, hätte sie es gleich wieder vergessen. Ihr Geist ist in einem Zustand stecken geblieben, in dem sie ein junges Mädchen ist, das keine Verantwortung für Mann und Kinder kennt. Es ist für sie gewiss eine Gnade. Die Hölle ist es für meinen Vater und meinen Bruder. Ich selbst habe meine Mutter vor Monaten abgeschrieben und warte auf den Tod ihres ausgezehrten Körpers. Ich besuche sie nie."

Procter nahm ihre Hand weg und zog sich zurück von ihm. Sie schien sich mit Daten auf einem Tablet beschäftigen zu wollen, wandte ihm jedoch wieder den Blick zu. „Meine Oma wohnt in England, in der Nähe von London. Bei ihr bin ich aufgewachsen. Meine Eltern interessieren sich mehr für die Rettung der letzten Berggorillas als für mich. Sie stecken seit Jahren in Afrika. Zu Weihnachten und zu den Geburtstagen schicken wir einander Nachrichten. Momentan mache ich mir mehr Sorgen um meine Oma als um sie. Ich hoffe, es hat London nicht stark erwischt." Sie seufzte. „Wenn man den Staub und die Asche und all das lose Material sieht, das von den Winden über den Erdball geblasen wird, glaube ich, es hat jeden Flecken schlimm erwischt."

Eine Geschichte fiel David ein, die er im Kindergarten gehört hatte. „Stimmt es denn?", fragte er. „Asteroiden schmelzen beim Einschlag auf die Erde, aber ein ordentlicher Batzen bleibt übrig, der unter dem gewaltigen Druck zu einem riesigen Diamanten wird?"

Sie blickte ihn mit großen Augen an. „Ich bin keine Geologin, sondern Materialwissenschaftlerin. Woher soll ich das wissen?"

„Ist ein ähnliches Thema", fand David. „Stellen Sie sich vor, ein tapferer, schneidiger Kerl würde diesen Diamanten heben. Er müsste so groß und schwer wie ein Auto sein. Schwerer! Diamanten haben eine große Dichte. Damit könnte er sich kaufen, wonach ihm der Sinn steht.

Häuser, Inseln, Partys, Frauen. Er bräuchte bei Bedarf bloß ein Stückchen vom Riesenklunker abzuschlagen. Komplett kann den eh niemand bezahlen."

„Selbst wenn", zischte Procter und schwebte langsam rückwärts davon. Ihre Fußsohlen in den weißen Frotteesocken zeigten auf ihn. „Der glückliche Finder könnte sich weder saubere Luft kaufen noch ein Stück Boden, das man in den nächsten Jahren ganz normal bestellen kann. Der reichste Mann der Welt würde genau wie er ärmste Bettler elendig verhungern." Sie drehte sich von ihm weg. „Es könnte eine Frau sein, die den Diamanten findet, Arschloch. Ist Ihnen das nicht in den Sinn gekommen?"

„Eine Frau?" David schürzte die Lippen, rollte die Augen und dachte nach. „Könnte sein. Frauen finden so allerhand und manchmal sogar Nützliches."

Ein leises Piepen kam vom Computer. Er hatte die Frequenz gefunden, mit der das Raumschiff zu erreichen war, das auf sie zusteuerte. Die Anzeige stand auf zwo-sieben, null-neun, eins-sieben. Ein automatischer Gruß von Computer zu Computer war erfolgreich ausgetauscht worden.

Sven, der zweite Pilot, drückte einen Knopf und sprach: „Hier Raumstation Pickles, Shuttle, bitte kommen. Hier Raumstation Pickles, bitte kommen. Shuttle, bitte kommen." Er wartete drei Atemzüge lang. „Unbekanntes Raumschiff", sein Ton wurde schärfer, „hier ist die Raumstation Pickles, bitte antworten Sie. Unsere Systeme melden Ihre Annäherung und in den nächsten fünf Minuten erwarten wir visuellen Kontakt. Bitte identifizieren Sie sich."

„Vielleicht", sagte Reba, als sich mehrere Sekunden lang nichts tat, „sprechen sie kein Deutsch? Falls das Raumschiff tatsächlich aus

China kommt, besteht durchaus diese Möglichkeit."

Sven versuchte es in anderen Sprachen. Manche fielen ihm leicht, andere las er von seinem Tablet ab. Zuletzt ließ er den Computer sprechen. Keine Antwort. Er bewegte unentschlossen die Schultern und blickte hilfesuchend zu Reba.

„Weiter versuchen", befahl der Kapitän. „Es war kein angemeldeter Start, es ist kein Manöver, das in einem Notfallplan auftaucht. Wer weiß, ob überhaupt und welche Crew an Bord ist, wie gut diese Leute ausgebildet sind, was für ein Team die sind."

David musste plötzlich lachen. „Na, es werden nicht die Putzfrauen und Pförtner sein, die sich angesichts des Asteroiden ein Raumschiff geschnappt und ins All abgesetzt haben. Solche Leute wüssten gar nicht, wie man das Ding zum Fliegen bekommt. Dazu braucht man gewisse Kenntnisse."

Sven machte ein Geräusch, das einer Mischung aus Knurren und Husten glich. „Man muss wissen, wie man einen Knopf drückt, Trottel. Den Start legt der Autopilot allein hin."

„Tatsächlich." David war versucht, ihn am Kragen zu packen und zu würgen. „Wenn der Autopilot so toll ist und allein fliegen kann, warum sitzen Sie am Steuerknüppel? Wir hätten uns Ihre Gegenwart sparen können."

In seinem Sessel drehte Sven sich halb herum, gehalten von den Sicherheitsgurten, die sich vor seiner Brust kreuzten. Sein spitzer Zeigefinger deutete hackend auf David und auf der Zunge lag ihm gewiss ein entsprechender Konter, als unvermittelt eine Rolle Klopapier durch die Zentrale torkelte. Einige Umdrehungen waren bereits abgewickelt, die Rolle sah wie ein Komet aus, der einen Schweif hinter sich herzog. Die Leute in der Zentrale wirkten wie die Weisen aus dem

Morgenland, die mit großen Augen das Erscheinen des heiligen Sterns deuten wollten.

Im Übergang zum Küchenmodul verharrte kreidebleich Guylian. „Modi ist tot", japste sie. „Er sitzt tot auf dem Lokus."

Kapitel 3

Die Frage, wo das Messer abgeblieben war, das Bens Gesicht zerstückelt hatte, stellte sich nicht länger. Es steckte bis zum Heft in Modis Brust. Einem Reflex folgend wollte Reba es herausziehen, doch gleichzeitig griffen David und Sven nach ihrer Hand.

„Auf keinen Fall!", fauchte David schärfer als er wollte. „Wenn Sie das Messer rausziehen, schwirren unzählige Bluttropfen durch die Pickles und gefährden die Instrumente. Lassen Sie es lieber stecken. Das verschließt die Wunde am besten."

Modis weit aufgerissene Augen starrten sie an. Die Toilette war ein winziger Raum, in dem gerade genügend Platz für denjenigen war, der musste. Modi saß unter den Haltebügeln, die ihn auf der Schüssel fixierten. Mit ohrenbetäubendem Lärm lief der Sauger, der alle Ausscheidungen sofort in einen Tank transportierte. Dazu brauchte es eine ordentliche Saugleistung und David schätzte, die Ingenieure, die diese Einstellungen vorgenommen hatten, waren mit kurzen Gliedern gesegnet, die nicht genug Angriffsfläche für den Saugstrom lieferten, wenn sie nach unten in die Schüssel baumelten. Er jedenfalls – und Modis zwischen den Beinen aufragendem Schwanz nach war er nicht der Einzige – er hielt seinen Penis mit einer Hand nach oben, wenn er kacken musste, außerhalb der Reichweite dieses Saugmonsters.

David wusste von Kerlen, die sich extra breitbeinig über die Schüssel setzten und ihr Ding tief reinhängen ließen, weil es angeblich wenig Unterschied gab zwischen dem Blowjob eines heißen Girlies und dem, was dieser Sauger schaffte. Es schien eine Option für harte Kerle zu sein oder für Typen, die beschnitten waren und mehr Stimulanz als eine sanfte Zunge brauchten.

Sven streckte den Arm und schaltete den Sauger ab. Die plötzliche Stille traf sie. Es stank nach einem üblen Furz, dessen Urheber bestimmt nicht Modi war. David spürte Übelkeit in sich aufsteigen und konzentrierte sich auf die mechanischen Geräusche, um sich abzulenken. Die Systeme surrten. Die Lüftung brummte leise, die Filteranlagen knarzten in unregelmäßigen Abständen, das Plastik der inneren Wandverkleidungen knackte. In der Küche gluckerte sanft der Wasserspender, das Funkgerät piepte lautstark durch die halbe Station und über all das hinweg war Guylians Schniefen zu hören.

Sie hatte ein Taschentuch in der Hand und tupfte sich die Tränen weg, bevor sie sich selbstständig einen Weg durch die Station suchten. Einmal war ein Kurzschluss ausgelöst worden, weil jemand ordentlich niesen musste und die winzigen Partikel in den für eine Wartung geöffneten Steuerkasten gelangt waren. Mit Körperflüssigkeiten konnte man hier oben nicht vorsichtig genug sein, ganz im Gegensatz zu dem Furz, den die Anwesenden mittlerweile weggeschnauft hatten.

„Durchlassen." Glenn wartete, bis alle zur Seite geschwebt waren. In ihrem linken Ohr war das Funkgerät zu sehen, allerdings blinkte das rote Licht nicht, es leuchtete auf Dauer. Sie hatte auf Empfang geschaltet, nicht auf Gegensprechen. Sie drängte sich an Reba vorbei und legte zwei Finger an Modis Hals. „Tot."

Ein Raunen ging durch die Gruppe, das David nicht zuordnen konnte. War es Überraschung oder Abscheu? Genervte Zustimmung nach dem Motto: „Echt? Hätten wir nicht gedacht, wo er ein Messer in der Brust hat und mit glasigen Augen stiert."

Glenn trug Einmalhandschuhe. Sie zupfte das zerstochene Shirt an der Einstichstelle auseinander, bis der Stoff riss und von Modis blank rasierter Brust ein Ausschnitt zu sehen war. „Mitten ins Herz."

„Als ob!", entfuhr es Sven. „Das würde heißen, die Klinge hat die Haut und das Fleisch zertrennt und die Rippen zerteilt und ist direkt ins Herz eingedrungen. Das ist ein ordentliches Stück Arbeit, das eine Menge Kraft kostet. Der das getan hat, muss ein starker Kerl sein." Die anderen blickten ihn mit großen Augen an und ehe sich ein Verdacht aussprechen ließ, fragte Guylian: „Ist mit diesem Messer Ben getötet worden?"

Glenn schaute sich Modis Rücken an.

„Es muss sich um das fragliche Messer handeln", sagte Reba. „David und ich haben die Kisten durchgesehen. Drei Kampfmesser sollten in der Kiste liegen, eines fehlt. Lange Klinge mit Wellenschliff, hinten am Griff hat es Zacken wie eine Säge. Die anderen Messer sehen so aus wie dieses, also ist dies das Messer, das in der Kiste fehlt." Sie zeigte das Foto herum, das sie auf dem Tablet gespeichert hatte.

„Jetzt ist es aufgetaucht." Sven schaute nacheinander in die Gesichter seiner Kollegen. „Einer von euch ist ein Mörder."

Zu den Geräuschen in der Station mischte sich das Knirschen von Stans Zähnen. Ihr Blick war schärfer als das Messer in Modis Brust. „Ich würde es angemessen finden, wenn Sie sagten, einer von *uns* ist ein Mörder."

„Genau meine Worte. Einer von euch."

„Sie könnten ebenso der Mörder sein", konterte Stan. „Jeder von uns könnte es sein, bis auf Ben und Modi. Die sind aus dem Schneider."

„Sie sind tot", mischte sich Reba ein. „Ich bitte um Respekt gegenüber den Toten."

„Gegenüber den Lebenden wäre wichtiger", schnappte Stan zurück. „Sonst ist bald nurmehr einer von uns übrig."

David entkam ein Lachen. „Also gilt, je schneller die Morde geschehen, desto eher ist Schluss damit. Sobald dem Täter die Opfer ausgehen."

Sven rümpfte die Nase. „Manchmal vergessen Sie, wann es genug ist. Jetzt ist so ein Moment. Niemand von uns will solche obskuren Theorien hören."

Reba schnippte mit den Fingern. Es war die allgemein anerkannte Ersatzgeste für ein Händeklatschen. Mit beiden Händen zu klatschen, war im Weltall nicht empfehlenswert. Mehr als einmal war man weggeschwebt und hatte etwas mitgerissen oder ein Experiment zurück auf Anfang gestellt.

„Krisentreffen", bestimmte Reba. „Ich will sofort die gesamte Crew in der Zentrale sehen. Wir müssen reden." Sie tippte sich an ihren Knopf im Ohr. „Dent, sofort in die Zentrale. Krisentreffen."

Die meisten waren vor der Toilette geschwebt und hatten es nicht weit in die Zentrale. Obwohl sie seit einigen Wochen gemeinsam hier waren und bis auf den Kapitän denselben Rang hatten, gab es eine Hackordnung, was die besten Plätze anging. David schwebte zu dem Fenster ganz links und hängte sich an den Griff. Guylian setzte sich auf den Pilotensitz und Sven auf seinen Platz daneben. Timothy und Martin hatten ihre Plätze an der erdabgewandten Seite, Reba schwebte frei in der Mitte, hinter ihr neben dem Eingang machte sich Glenn breit. Dent, der zuletzt kam, musste sich entscheiden, ob er sich zwischen Timothy und Martin an die Decke hängen oder Li von dessen Platz neben dem Pilotensitz scheuchen wollte. Er hätte mit Procter oder Stan streiten können, die beide einen angenehmen Platz mit Halteleisten für die Füße ergattert hatten, schließlich war Dent der Ältere. Anscheinend wollte er seine vier Jahre mehr Lebenserfahrung nicht in die Waagschale werfen. Er hielt sich neben dem Eingang an einem der Versuchskästen fest.

„Fangen wir an." Reba reckte die Brust vor und hob die Stimme. Der Kapitän in ihr schlug voll durch. Sie hielt Blickkontakt zu ihren Leuten, sie wusste, was es zu besprechen galt. Sie hatte mehrmals militärische Sondereinsätze am Hindukusch geführt, bevor sie auf Umwegen zum Weltraumprojekt gekommen war. Damals hatte man bewusst Leute gesucht, die psychisch extrem belastbar und von Natur aus autoritär waren. Damit hatte Reba keine Probleme. Wenn jemand nicht nach ihrer Pfeife tanzte, genügten ein ernster Blick und wenige gut gewählte Worte. Wie immer bei solchen Besprechungen waren alle still und blickten Reba aufmerksam an.

„Ma'am", sagte Guylian, „wir haben Sichtkontakt zu dem sich nähernden Raumschiff."

Reba wandte sich dem Fenster zu. „Wo?"

Anscheinend hatten äußere Umstände die Krisensitzung verschoben und das Fenster ins Zentrum des Interesses gerückt. David hatte einen Platz in der ersten Reihe. Die Versuchung war groß, sich mitten ins Fenster zu stellen und den Leuten hinter sich den Blick zu versperren. In seinem Hals kratzte und brannte es, da bahnten sich Halsschmerzen an, deshalb wollte er keinen Streit heraufbeschwören und hielt sich am Rand, wo er mit einem Auge um den Rahmen lugte. Hinter ihm wurden die Hälse gereckt.

„Hier drüben." Guylian zeigte mit einer Kopfbewegung nach links. „Es kommt von elf Uhr auf uns zu."

Es war eher fünf vor zwölf. Von der Seite traf das Licht der Sonne auf das Raumschiff und ließ die Seitenverkleidung funkeln. Die Triebwerke gaben Schub, nicht kurz, wie es normalerweise war, wenn man in dieser Höhe über der Erde angekommen war, sondern Dauerschub.

Martin brummte und verfolgte die Flugbahn auf dem Bildschirm vor seinem Arbeitsplatz. „Die sollen zu bremsen anfangen, sonst rammen sie uns und wir werden aus dem Orbit gekickt."

Guylian griff zum Funkgerät. „Raumschiff, bitte kommen, Raumschiff, bitte kommen. Sie müssen dringend den Schub wegnehmen und mit dem Bremsmanöver beginnen. Raumschiff, bitte bestätigen Sie."

David ging in Gedanken die Missionen durch, die er mit verschiedenen Teams in den letzten Jahren betreut hatte. Am meisten genervt hatte ihn die Freedom-Mission und am meisten gelacht hatten sie über die Simpsons-Mission. Es war eine geniale Idee, den Fanclub der Fernsehserie für das Sponsoring zu gewinnen und es hatte nicht nur Millionen in die Kasse gespült, sondern auch für lustige Momente gesorgt. Zum Beispiel, ob Bier im Weltall genauso schnell betrunken machte wie auf der Erde. Das Ergebnis war nicht ganz eindeutig. Die Probanden konnten vor lauter Rausch ihren Promillegehalt im Blut nicht mehr messen. Einer stach sich mit der Nadel durch die Vene und hatte tagelang einen blau angelaufenen Arm.

„Das ist die Mobility." David erinnerte sich genau an die Zicken, die der Computer machte, jedes Mal, wenn er neu gestartet werden musste, um die Updates einzupflegen. Er runzelte die Stirn. „Sie sollte erst im Dezember starten. Was tut sie hier?"

„Ursprünglich sollte sie im Juli starten." Martin wusste wie immer alles besser. „Der Start wurde wegen eines Sturms abgesagt und auf Dezember verschoben. Startklar war sie trotzdem." Er blickte angestrengt nach draußen und kniff dabei die Augen zusammen. „Rote Schnauze, blaues Heck, es ist die Mobility. Kein unbekanntes Raumschiff aus China, sondern unsere gute alte Mobility. Von all den Katastrophen, die unsere Ingenieure seit ich dabei bin zusammengebaut haben, bist du mir das liebste Wrack. An dir ist mit

Abstand am wenigsten kaputt. Sogar der rote Schutzlack vorn ist prima.“

David konnte die Farben des Shuttles nicht erkennen, nur die auf Dauerbetrieb stehenden Triebwerke, die grell jedes Detail überlagerten. Außerdem blickte Martin nicht genau in die Richtung des Shuttles, er lag einige Grad daneben. „Sehen Sie schlecht“, fragte David, „oder warum kneifen Sie die Augen so zusammen?“

Martins Wangen färbten sich rot. Im hellweißen Licht der Pickles leuchtete er wie eine Ampel. Er zwinkerte mehrfach, ehe er sich den Anzeigen vor sich widmete, wo unterhalb der Funkfrequenz die Gegenkennung des anderen Computers leuchtete. „Der Sehtest ergab keine Auffälligkeiten.“

Nach einigen Momenten des Schweigens, in denen viele Blicke in jede Richtung getauscht und mit unflätigen Gesten gewürzt wurden, bohrte Reba nach: „Welcher? Der mit den offenen Ringen? Die Lösungen werden unter der Hand weitergereicht und kosten nicht mehr als ein Mittagessen.“ Sie seufzte. „Sie wären nicht der Erste, der schwindelt. Wie viele Dioptrien?“

Martin wischte sich durch das kurze Haar. „Meine Augen sind gut.“

„Ich mag es nicht, wenn man mich anlügt.“ Reba sprach nicht laut, obwohl sie sauer war. „Wie viele Dioptrien? Eins? Damit könnte ich leben.“ Martin reagierte nicht. „Zwei?“, schlug Reba vor. „Das wäre definitiv zu viel für einen Aufenthalt im Weltraum. Bei zwei Dioptrien können Sie entfernte Anzeigen im Notfall nicht lesen.“

Martin hob die linke Hand und streckte die mittleren Finger hoch. „Minus drei.“

„Drei!“ Glenn war es, die sich mit der flachen Hand gegen die Stirn schlug und damit einen Impuls auslöste, der ihre Beine hinten gegen die Wand prallen ließ.

Martin rollte die Augen. Jetzt, wo man es wusste, kam es einem komisch vor, wenn er einen anschaute. Er konnte bei minus drei Dioptrien unmöglich fünfzehn Meter quer durch die Zentrale die Gesichter seiner Kollegen erkennen. „Ich bin kurzsichtig", gab er zu. „Ich kann die Technik sehen, keine Angst. Mir ist nie ein Fehler passiert. Im All ist es ja wichtiger, auf die Nähe scharf zu sehen. Für weite Entfernungen haben wir die Teleskope."

Er bemerkte nicht die Fratze, die ihm Procter schnitt, und wie Stan sich unauffällig an ihrer rechten Schläfe berührte und dabei mehr tippte als kratzte.

„Dieser Sehtest", meinte Reba, „gehört abgeschafft und durch moderne Messung ersetzt. Jeder Optiker von der Straße hat so ein Gerät, unsere Agentur lässt ihre Astronauten Kreise mit Lücken benennen. Sie, Martin, sind blind wie ein Maulwurf."

„Mobility", begann Guylian ihre Predigt erneut, „bitte kommen. Mobility, bitte kommen. Können Sie uns hören? Hier ist die Pickles. Sie nähern sich mit unangebracht hoher Beschleunigung. Mobility, bitte kommen." Sie versuchte es immer wieder.

Davids Blick blieb an Timothy hängen. Er kannte den Kerl kaum und wusste wenig über ihn. Er lebte getrennt von einer ehemaligen Schönheitskönigin und hatte eine Tochter, die fünf Wochen alt war. Er hätte in der nächsten Mission mitfliegen sollen und war in diese gerutscht, nachdem aus dem ursprünglichen Team ein paar Leute Malaria bekommen hatten. Es war ein Kreuz mit diesen tropischen Mücken, die sich seit einiger Zeit in Gebieten wohlfühlten, in denen sie früher keinen Winter überlebt hätten. Malaria war ihr Problem geworden, das Denguefieber quälte das nachfolgende Team und einige wichtige Leute vom Bodenpersonal kämpften mit Ebola, seit sie einen Aufenthalt im Dschungel durchgezogen hatten. Teambildung war das Zauberwort, vorausgesetzt diese Krankheiten ließen etwas vom Team übrig.

Man sollte das gesamte Projekt weiter in den Norden verlagern, fand David. Nach Norwegen, Schweden oder Spitzbergen. Dort gab es keine Tropenkrankheiten und wenn man krank wurde, plagten einen Husten oder Schnupfen. Das war blöd beim Start, aber man musste nicht zu Hause bleiben oder die Crews völlig neu zusammenstellen. Die Dschungeltouren konnte man im norwegischen Fjord durchziehen, warm genug war es dafür seit einigen Jahren geworden.

Timothy war ihm nie richtig aufgefallen, obwohl er mit Sven nebenan im Solarismodul schlief und jeden Morgen und jeden Abend am Lagermodul vorbeischwebte. Er grüßte und beschränkte sich auf berufliche Kommunikation. Der gesprengte Upload, den die Exfrau verursachte, war das Einzige, was David an Timothy interessierte.

Sportwissenschaftler war er, das wusste David. Er beschäftigte sich mit den Auswirkungen der Schwerelosigkeit und dem anderen Geblubber, das man aus der Presse kannte, wenn man Raumfahrt für unnötigen Luxus hielt. Auf der Erde war Timothy nach den Meetings meistens gleich zum Laufen gegangen. David fühlte sich genervt von Leuten, die mit den Inlinern zum Tennis düsten, um sich danach beim Radfahren zu entspannen und Kraft für den nächsten Triathlon zu sammeln. So sah Timothy aus. Als würde er der Umwelt zuliebe zu Fuß zu seinem nächsten Marathon gehen. Eine breite Brust, schmale Hüften, kräftige Arme, die das T-Shirt vollkommen ausfüllten und den Stoff spannten. Wo bei anderen Leuten ein Bäuchlein über die Badehose schwabbelte, trug er Sixpack. Dazu ein Gesicht, das im altgriechischen Sinn bildschön war, und ein Verstand, der es mit den größten Genies der Welt aufnehmen konnte. Er hatte sich auf die Sportwissenschaft spezialisiert, war promovierter Ingenieur und in seiner Freizeit schrieb er Haikus über philosophische Themen. In den guten alten Zeiten hätte man ihn als Streber bezeichnet, heute war er der nach außen bescheidene Besitzer eines vollkommen optimierten Selbst.

David wünschte ihm Akne in sein Gesicht, einen Knick in die Nase und einen Stoffwechsel, der ab sofort mit der Hälfte Energie auskam. Plattfüße, Erektionsstörungen und Gicht in den Fingern wünschte er ihm, dazu einen üblen Durchfall und Sodbrennen, das von einem bösartigen Speiseröhrentumor rührte.

„Können wir ausweichen?", fragte Reba in die Runde und löste damit einen kollektiven Zusammenbruch aus. Schließlich hatte sie das Kommando über eine riesengroße Raumstation, die nicht wendig wie ein Einkaufswagen war. Wenn die Pickles ausweichen sollte, hätte man das Manöver längst anfangen müssen. Mal schnell zur Seite fliegen war schlicht unmöglich, besonders, wenn man den Ausweichkurs schätzte und nicht wusste.

Es war David, der am schnellsten reagierte: „Was sagt der Computer? Trifft sie uns?"

Guylian begann zu tippen.

„Ich könnte", sagte Martin und wartete, bis Reba ihn anschaute. Er hatte seine normale Gesichtsfarbe wieder. „Ich könnte den Computer übernehmen und das System von hier aus steuern."

„Hacken!", stieß Guylian aus. „Das ist erstens unmöglich und zweitens ungeheuerlich. Die Systeme sind durch die besten Passwörter und Vorkehrungen geschützt und selbst wenn sie es nicht wären, dürfen Sie nicht wie ein gesetzloser Pirat ein fremdes Raumschiff kapern."

„Es wäre ein halbes Kapern", fuhr Martin fort. „Die Mobility hatte schon immer Probleme mit dem Computer. Da laufen Programme quer, die vor allem nach dem Neustart immer Sorgen machen." Er wurde leiser. „Die Chefs meinen, es würde gut genug für eine Mission funktionieren. Im Team waren wir bis zum Schluss nicht zufrieden mit der Rechnerleistung. Ich glaube, bei der grundlegenden Programmierung ist etwas tief im Bios schiefgelaufen und deshalb..."

„Kommen Sie zum Punkt!", herrschte ihn Reba an. Sie zeigte nach draußen. „Die sind fast da! Wir haben keine Zeit für ausschweifende Erklärungen."

„Die Passwörter sind bestimmt nicht geändert worden", stieß Martin hervor. „So komme ich ins System und aktiviere die Bremse."

„Für den anderen Fall könnte ich einen Passwort-Crack anbieten", schlug David beiläufig vor.

„Tun Sie es schnell." Reba reichte Martin das Tablet.

Er lehnte dankend ab. „Dazu brauche ich einen ordentlichen Rechner, nicht so ein Wischkästchen." Er schwebte zur Seite, wo eine ganze Wand mit Bildschirmen und Tastaturen bedeckt war. Seine Finger huschten über die Tasten und das Klappern erfüllte eine Zeitlang die Stille.

„Drin", meldete Martin schließlich. „Es waren genau die zuletzt verwendeten Passwörter."

Stan kicherte. „Eins, zwei, drei, vier. Vermute ich mal."

„Und die fünf", gab Martin zurück. „Wollen Sie über die Kamera einen Blick in das Schiff werfen?"

„Geht das?" Reba kam sofort näher.

Natürlich war das möglich. David blieb, wo er war. „Seit Apollo 13 wird jede Mission intensiv überwacht. Die Kameras lassen sich im Notfall extern einschalten."

„Das ist ein Notfall", entschied Reba. „Die rammen uns und bis wir uns gefangen haben, sind wir womöglich längst am Jupiter vorbei." Sie schaute über die Schulter zu den Piloten. „Fertig mit den Berechnungen? Was brauchen Sie so lange damit?"

„Meinem Gefühl nach", sagte Sven, „erwischen sie das Cake. Sie fetzen uns eines der Sonnensegel weg."

„Gefühl!", zischte Guylian. „Diese Berechnungen haben nichts mit Gefühl zu tun. Zahlen und Fakten statt *könnte* und *sollte*. Auf welche Baumschule sind Sie gegangen, um so mies rechnen zu können?"

„Ich habe ein Bild", meldete Martin.

David kam näher. Er schaute an Procters Glatze vorbei auf den Monitor.

„Schlechtes Bild", meinte Dent, der nahe am Bildschirm dran war.

„HD gibt es daheim." Martin hob den Finger über das Kamerabild. „Die beiden hier vorne sind bewusstlos oder tot."

David war seiner Meinung, obwohl Bewusstlosigkeit ohne Gravitation schwer vom Tod zu unterscheiden war. Die Köpfe der Personen hatten keinen Halt, die Hände schwebten ein Stückchen über den Armlehnen. Die Augen waren geschlossen und der Mund der linken Person leicht geöffnet.

„Die tragen keine Raumanzüge", stellte Procter fest. Sie zeigte auf den Mann, der rechts saß. „Jeans und Jacke, oder? Erkennt ihn jemand? Er muss von der Agentur sein, er hat das Logo am Ärmel."

„Können Sie den hinteren Bereich vergrößern?", fragte Reba und zeigte in die obere Ecke des Bildschirms.

„Als erstes", sagte Martin, „bringe ich das Ding relativ zu uns zum Stehen. Anschließend haben wir genügend Zeit, um die möglichen Einstellungen mit den Kameras durchzugehen."

Aus dem Fenster war zu sehen, wie die Steuerdüsen gezündet wurden, für kurze Zeit arbeiteten und ausgingen. „So", meinte Martin, „die werden uns nicht mehr gefährlich." Er tippte wieder auf der Tastatur und griff zur Maus. Er drehte und klickte.

Der Bildausschnitt veränderte sich. Hinter den beiden Piloten waren drei weitere Sitze in Reihe. Darin saßen zwei Männer, der dritte Stuhl war leer.

„Ich glaube", sagte David, „dort ist jemand an der Decke. Können Sie nach oben drehen?"

„Begrenzt", antwortete Martin. „Das ist eine fest installierte Kamera, die lässt sich in einem gewissen Radius drehen. Mit dem Zoom sieht es leider mittelmäßig aus. Ich habe mehrmals vorgeschlagen, das Nachfolgemodell G9 zu verwenden. Es bringt mehr Leistung bei längerer Haltbarkeit. Zu meinem persönlichen Bedauern hängen die Bosse am G8. Es ist ein Drama."

„Martin", sagte David, „Sie brauchen mir keine Details zu liefern. Ich bin Profi und kenne mich damit aus. Ich habe Sie darum gebeten, weil Sie an der Steuerung sitzen, nicht ich."

Auf dem Monitor wanderte der Bildausschnitt zur Decke der Mobility. Tatsächlich hing ein Mensch dort in der Ecke. Es war nicht auszumachen, ob es ein Mann oder eine Frau war, denn mehr als die Beine und ein Teil des Rückens waren nicht zu sehen. Jeans, dunkelblaues Hemd. Der rechte Arm drehte sich langsam ins Bild.

„Das ist Blaire!", stieß Stan aus und dabei tippte sie auf den Bildschirm und hinterließ wahrscheinlich eine Million fettiger Fingerabdrücke.

„Blaire Kruger, die Doktorandin, die uns den Versuch mit den Gravitationswellen mitgegeben hat. Dent, Sie müssten sie kennen, Sie hatten deswegen Kontakt mit ihr!"

Dent runzelte die Stirn und schaute lange auf das Bild. „Ich tu mich schon schwer, wenn ich die Gesichter von Leuten sehe. Von hinten erkenne ich niemanden.“

Stan tappte unentwegt auf den Bildschirm. „Sie ist mit diesem irre heißen Hausmeister verheiratet, der im Sommer den Rasen immer oben ohne mäht. Der sieht teuflisch gut aus und ist total nett. Er lässt mich in den Sicherheitsbereich, wenn ich meine Karte daheim vergessen habe, was ehrlich gesagt ziemlich oft vorkommt.“

Reba verschränkte die Arme und begann sich langsam auf den Kopf zu drehen. „Erstaunlich, was Sie von hinten erkennen.“

„Sie trägt einen Ring aus Stahl an der rechten Hand. Niemand sonst in der Agentur trägt einen Ehering aus dunklem Stahl.“

Martin hatte ihr zugehört und versuchte das Bild größer zu machen. „Möglicherweise ist es tatsächlich ein Stahlring. Sie wäre einfacher zu identifizieren, wenn sie im Stuhl sitzen würde.“

„Das hier“, sagte Stan, „könnte der Hausmeister sein. Er hängt zu schlaff in seinem Sitz, deshalb bin ich nicht sicher.“

„Schlaff“, feixte Procter, „ist sonst nicht seine Sache. Er ist rundherum eher fest gebaut. Anstatt ihm die Hand zu schütteln, könnte man sich die Finger im Schraubstock quetschen.“

Reba hatte eine Umdrehung geschafft, löste ihre verschränkten Arme und hielt sich wieder fest. „Es ist keine Frage, wohin es führt, wenn eine Doktorandin und ein Hausmeister in einem Raumschiff sitzen. Die gesamte Crew ist wahrscheinlich tot. Keiner von denen ist dazu ausgebildet, einen Start zu überleben.“

„Ich glaube“, sagte Timothy von der Seite, „die linke Pilotin ist Doktor Helen Namara. Wir treffen uns beim Morgenlauf immer an derselben Stelle, vorausgesetzt, keiner von uns wird aufgehalten oder ist später dran. Sie wohnt ein paar Häuser entfernt von mir und läuft die zehn Kilometer immer gegen den Uhrzeiger. Ich laufe im Uhrzeigersinn. Beim Sport trägt sie ein Käppi mit dem gleichen weißen Logo wie jetzt auf ihrer Hose."

„Namara!", stieß Guylian aus. „Ihr Name steht auf den Memos, die die Kursänderungen betreffen. Berechnet sie unsere Flugbahnen?"

„Das würde erklären", sagte Reba, „warum sie im Schiff sitzt. Sie hat den Asteroiden kommen sehen, errechnete seine Flugbahn und entdeckte den Kollisionspunkt mit der Erde. Sie hat versucht sich mit der einzigen Möglichkeit in Sicherheit zu bringen. Menschen begehen leichtsinnige Fehler, wenn sie die Hoffnung verlieren."

Bisher war von Li nichts zu hören gewesen, obwohl er unter normalen Umständen sein Mundwerk selten halten konnte. Er war ein Musterbeispiel für extrovertierte Astronauten. Ihm war es nicht zu peinlich oder zu dumm, selbst kleinste Geschehnisse oder Körperfunktionen ausführlich zu diskutieren und zum Beispiel aus aufgenommenen Fürzen und Rülpsern einen Song zu komponieren. Das sorgte stets für Heiterkeit, obwohl die Grenze zur Anmaßung oft nicht weit weg war. David sah sich nach ihm um. An der Stelle, wo er sich festgehalten hatte, war er nicht mehr.

Gerade als David sein Fehlen melden wollte, kam Li durch die Tür geschwebt. Er hatte ein Smartphone in der Hand. „Fragen wir die Gesichtserkennung, ob sie uns weiterhelfen kann", schlug er vor. „Diese neue Version erkennt Leute sogar, wenn sie verkleidet, vermummt oder zwanzig Kilo schwerer sind. Wir haben uns bei einer Party mal den Spaß gemacht und versucht, das Ding auszutricksen. Mich erkennt es am längeren Zeigefinger meiner linken Hand, der leicht zur Seite gebogen ist. Kommt anscheinend nicht häufig vor. Den Chef

erkennt es am Hintern, aber wer würde den Arsch nicht erkennen?"
Während David seine Finger verglich, beglückwünschten die anderen Li zu seiner tollen Idee. Sie ließen ihn nach vorne durch und Martin justierte die Kamera neu, um möglichst große Teile der Passagiere ins Bild zu bekommen.

Es dauerte wenige Augenblicke. „Helen Namara", bestätigte Li. „Sie ist Chefin des ersten Teams für Flugbahnberechnung." Wenig später kam die zweite Identifikation: „Zacarias Flint." Li verzog das Gesicht zu einer kurzen Grimasse. „Der Datenbank nach ist er in der Kantine tätig. Verkauf. Sein Motto unterm Porträtfoto lautet: Lieber Schlangengurken als Gurkenschlangen." Er blickte fragend in die Runde, aber niemand wusste etwas zu sagen. Er richtete die Kamera des Smartphones wieder auf den Bildschirm. „Hakan Bovic, Flugbahnberechnung. Ist erst seit vier Monaten bei der Agentur und hat keinen Kommentar unter seinem Profilbild. Bei den anderen beiden..." Er musste kurz warten. „Der Mann ist tatsächlich der Hausmeister Oliver Kruger und an der Decke schwebt mit einer Wahrscheinlichkeit von siebzig Prozent seine Frau Blaire Kruger." Li wischte über sein Smartphone und steckte es sich in die Tasche an seinem Oberschenkel. „Illustre Truppe, die sich da einstellen wird."

„Falls sie leben." Reba schien diese Wahrscheinlichkeit eher gering einzuschätzen. „Keiner von denen ist ausgebildet für einen Weltraumaufenthalt. Niemand hat mit ihnen geübt, wie es sich anfühlt, wenn das Treibstoffgemisch unterm Allerwertesten explodiert und den Körper schneller als das Hirn ins All schießt. Da verlieren Profis die Besinnung, von Amateuren ganz zu schweigen. Wenn sie tatsächlich leben, müssen wir ihnen von der Benutzung des Aborts bis zum Zähneputzen alles beibringen."

„Nähern wir sie langsam an", schlug Martin vor. „Wir holen sie per Fernsteuerung rein und sehen nach, ob sie leben."

„Selbst wenn sie jetzt am Leben sind", wandte David ein, „werden sie es nicht mehr sein, wenn das Andocken nach Plan läuft. Sie verdursten, wenn wir sie drei Tage warten lassen."

Martin zuckte die Schultern und musste diese Bewegung sofort ausgleichen, indem er sich an der Wand abstützte. „Wir können diese Leute nicht am ausgestreckten Arm verhungern lassen. Wenn jemand Hilfe braucht, muss man helfen. Wir geben Gas, dann ist das Andocken in neun Stunden erledigt."

„Gas geben!" Guylian tippte sich an die Stirn. „Ist im Weltall keine gute Idee. Ich sage, wir machen es nach Vorschrift. Unsere Sicherheit aufs Spiel zu setzen, um denen vielleicht helfen zu können, wenn sie am Leben wären..." Sie schüttelte energisch den Kopf. „Bin ich total dagegen."

Sven wischte ihren Einwand mit einer schnellen Handbewegung weg. „Die ersten Sicherheitsfenster hat die Mobility längst hinter sich gelassen. Wir stecken praktisch in der vorletzten Phase des Andockens und das ist durchaus in acht, neun Stunden machbar. Ich übernehme die Pickles, Martin die Mobility und David gleicht die Systeme ab." Er schaute hinter sich zu David und wartete auf eine Bestätigung.

David kratzte sich am Ohr, obwohl er das nicht tun sollte. Es war gruselig genug, was jeder Mensch an Hautschuppen, Haaren und Ausscheidungen von ganz allein verlor, da musste man nicht mit Kratzen oder Knibbeln nachhelfen. Schnell nahm er die Hand runter. „Als ich am Mobility-System gearbeitet habe, hat es üble Zicken gemacht. Ehrlich, als es hieß, ich wäre für den Einsatz auf der Pickles vorgesehen, war ich mehr als erleichtert. Diese Macken haben sich einfach nicht beheben lassen, obwohl wir über ein Jahr lang nach der Fehlerquelle gesucht haben. Im zweiten Quartal wurde Personal gestrichen, deswegen wird es den Fehler immer noch geben. Ich halte es für leichtsinnig, wenn wir unsere Systeme angleichen. Wir könnten uns den Fehler runterladen und dann Gnade uns Gott. Wenn das passiert, geht hier alles die Milchstraße runter."

Eine hitzige Debatte brach aus, in der sich drei Lager formierten. Die einen wollten die Mobility so schnell wie möglich heranholen, um die Neuen aus ihrer offensichtlich miserablen Lage zu befreien, die anderen pochten auf die Vorschriften, denn wer überstürzt ins All aufbrach, hätte kein Recht auf leichtsinnige Rettung, und Reba wollte am liebsten erst einmal besprechen, wie es mit dem Mörder weitergehen sollte. Glenn beobachtete die Diskussion mit der für sie typischen stoischen Gelassenheit. Wenn man es genau nahm, machte sie das vierte Lager aus.

Minutenlang redete man durcheinander, die Stimmen wurden lauter, es wurde geschrien, geschimpft, beleidigt und das Schlimmste angedroht und irgendwer bezeichnete den Kapitän als frigide blöde Dummtussi.

Schlagartig war es still. Reba blickte von einem zum anderen. „Ich werde diese Bemerkung ins Logbuch aufnehmen", sagte sie. „Wenn ich herausfinde, welcher Vollidiot das gesagt hat, wird der- oder diejenige mit der Mobility zurück zur Erde geschickt, wo es momentan zum allgemeinen aufrichtigen Bedauern nur den Feuersee oder eine von Erdbeben durchgeschüttelte Trümmerwüste als Landemöglichkeit gibt."

„Das heißt", folgerte Martin, „wir holen sie so schnell wie möglich zu uns?"

Reba zeigte auf den Bildschirm. „Nehmen Sie Kontakt zu der Besatzung auf. Während hier gestritten wurde, ist der Verkäufer zu sich gekommen. Ich habe seinen Namen vergessen."

Offensichtlich ging es ihm nicht gut. Er saß weit vornüber gebeugt in seinem Sitz und hielt sich mit beiden Händen den Kopf. Aus seiner Nase lief Blut, das sofort in runden Tropfen zu schweben begann.

„Mobility", hörte man Guylian sagen, „hier ist die Pickles. Können Sie uns hören?"

Der Kopf des Verkäufers ruckte hoch. Er blickte sich in dem kleinen Raumschiff um, wobei er den Kopf hektisch von einer Seite zur anderen bewegte und dabei eine Spur an Blutkügelchen zog. Seine Lippen bewegten sich. Er begann an seinem Sicherheitsgurt zu fummeln.

„Können Sie ihm das Funkgerät einschalten?", fragte Reba.

Martin schnaubte. „Ich kann ihm den Arsch abwischen, wenn Sie das möchten."

Wenig später hörte man die Stimme des Kantinenverkäufers. Er fragte nicht: „Couscous oder Bulgur? Darf es ein bisschen mehr sein? Ach, Sie machen bei dieser Basendiät mit? Naja, das ist angenehmer als die letzte Diät, bei der es um Darmspülungen mit Kaffee ging." Er schimpfte und fluchte. „Verflixtes Drecksding, geh' endlich auf. So eine gottverdammte Scheiße, wer hat sich diesen dussligen Quatsch einfallen lassen? Die haben diesen dämlichen Ingenieuren ins Hirn geschissen, so eine..."

Reba wedelte mit der Hand, um ihn zu unterbrechen. „Bewahren Sie Ruhe, wir haben die Kontrolle der Mobility übernommen. Wir können Sie sehr gut hören und sehen. Bleiben Sie angeschnallt sitzen, es ist die sicherste Position für Sie."

Auf dem Bildschirm war zu sehen, wie er in seinen Bewegungen innehielt. Er blinzelte und bemerkte erst jetzt das Blut, das ihm aus der Nase lief. Schnell drückte er einen Ärmel gegen die Nasenlöcher. „Wer zur Hölle spricht da?"

„Ich bin Rebecca van der Wanden, Kapitän der Raumstation Pickles." Sie schaute in die Runde, als müsste sie das Team daran erinnern, wer hier der Boss war. „Wir haben die Kontrolle Ihres Raumschiffes übernommen, um eine Kollision mit der Raumstation zu verhindern. Wer hat bei Ihnen das Kommando?"

Glenn mischte sich ein: „Wattepad."

„Was?", fragte er zurück. „Haben Sie was gesagt? Ich kann Sie kaum verstehen, wenn Sie nuscheln. Irgendwas pfeift hier und da ist so ein scheiß Licht, das blinkt wie verrückt."

Reba forderte Glenn mit eifrigen Handbewegungen zum Weitersprechen auf. „Rechts außen am Sitz", sagte die Ärztin. „Schieben Sie sich ein Stück Wattepad in die Nase."

Er beugte sich zur rechten Seite, fand die Tasche, öffnete den Klettverschluss und Sekunden später taumelte der gesamte Tascheninhalt durch das Innere des Shuttles. Wattepads, Taschentücher, Notizblock, Stift, Ersatzbatterien, Plastiktüten unterschiedlicher Größe und verpackte Einzelportionen an Snacks bildeten ein Muster wie nach einer Explosion.

Die Hälfte der Crew auf der Raumstation schüttelte den Kopf, die andere Hälfte fasste sich murrend an denselben. „Der hat keine Ahnung", raunte Stan, „wie man sich im All verhält. Wahrscheinlich ist der einzige Flug seines Lebens auf eine Partyinsel gegangen. Schwerelosigkeit kennt er bloß aus der Achterbahn."

Seine Versuche, all die losen Gegenstände einzufangen, scheiterten. Was er zu fassen bekam, legte er sich in den Schoß, von wo aus es erneut fortschwebte. Er wollte hinterher, bekam seinen Gurt nicht auf, verpasste allem einen viel zu großen Drall und zu allem Überfluss musste er niesen, was aussah, als würde es ihm den Kopf wegreißen. Wenigstens hatte er seinen Ärmel griffbereit, was die Sauerei eindämmte.

„Es weiß jeder, wer ich bin. Zacarias Flint." Endlich gab er es auf, den schwebenden Einzelteilen hinterher zu wollen. Er blieb sitzen und drückte sich einen der runden Wattepads in die Nase. „In der Kantine sagen alle Zac zu mir. Wenn das Essen nicht schmeckt, heißt es immer *Mister Flint*. Das höre ich nicht so gern, ehrlich. Das, was wir verkaufen, habe ich ja gar nicht selbst gekocht. Was kann ich dafür, wenn das Essen nicht schmeckt? Es weiß jeder, man soll einem nur die Schuld geben, wenn derjenige was dafür kann."

„Warum sind Sie in der Mobility und nicht in der Kantine?", fragte Reba nach. „Sie sollten sich um Currywurst und Pommes kümmern, oder?"

„Das wäre besser als hier abzuhängen. Mir ist schlecht", antwortete Zac. „Ich wollte gerade aus dem Lager einen Karton Würste holen, als mir diese Frau über den Weg lief." Er zeigte auf Helen Namara. „Sie meinte, sie hätte einen Asteroiden entdeckt, der auf die Erde prallen würde. Wenn ich überleben wollte, sollte ich sofort und auf der Stelle mit ihr kommen." Er lachte leise. „Wir haben schon ein paar Kaffee gemeinsam getrunken und ich dachte, das wäre ihre Art, um endlich was Ernstes daraus werden zu lassen. Ich fand es megacool, wie sie mich in dieses Raumschiff gebracht und am Sitz festgeschnallt hat. Den Start finde ich reichlich übertrieben. Ich bin kein Astronaut. Ich kenne mich mit der Fritteuse aus, nicht mit all dem Schnickschnack hier drinnen." Er schaute sich um. „Außerdem fand ich die anderen Leute blöd. Ich mag mir beim Sex nicht zuschauen lassen." Er seufzte sehr schwer. „Können Sie dieses Raumschiff zurück nach Hause schicken? Ich will heim. Mir dröhnt der Schädel und mir ist schlecht."

David beobachtete mit einiger Sorge, wie Martin den Computer bediente und sich in immer mehr Systeme der Mobility einmischte. Irgendwo dort in den Tiefen der Programme hauste ein monströser Fehler, der große Probleme verursachen konnte und den er auf keinen Fall auf der Pickles haben wollte. Wenn Martin anfing etwas herunterzuladen oder Kompatibilität herzustellen, würde er ihn kopfvoraus in ein schwarzes Loch stecken.

„Wie geht es den anderen?", fragte Reba. „Können Sie versuchen sie anzusprechen?"

Er war nicht zimperlich in der Wahl seiner Mittel. Wen er mit der Hand erreichen konnte, der kassierte eine deftige Kopfnuss und lautes Gebrüll: „Hey, ihr Luschen! Aufwachen!" Er streckte sich nach Blaire Kruger, die in der Ecke schwebte, konnte sie jedoch nicht erreichen.

Oliver Kruger und Hakan Bovich reagierten. Beide brummten und rieben sich die schmerzenden Stellen am Kopf. Bovich ließ ein harsches Knurren hören: „Tut mir der Kopf weh! Der ganze Nacken bis runter zum Hintern."

„Mir auch." Der Hausmeister hielt sich die Stirn. „Als wäre ein Laster über mich drübergefahren. Ich bestehe quasi aus Schmerzen. Die Arme, die Beine, der Brustkorb. Die Hüften!"

„So ein Dreck!", schimpfte Bovich weiter, „meine Hose ist total nass und kalt. Ist dieses Ding undicht? Leckt hier etwas?"

„Na, super", murmelte Guylian von vorne, „die tragen keine Windeln."

„Ein Start ohne Windeln?" Procter wedelte mit der Hand vor ihrer Nase. „In dem Schiff mag es ganz schön stinken. Die können froh sein, wenn es ihnen nicht zusätzlich den Darm entleert hat."

„Hat hier einer in die Ecke gepisst?", fragte Kruger. „Überhaupt, was ist das für Zeug, das hier rumschwebt? Kann das mal jemand wegräumen?" Er schubste alles, was Kurs auf ihn hatte, mit den Händen in andere Richtungen. Aufgerollte Kabel, Getränkedosen, Snackbeutel und vieles mehr wurde schneller und schneller.

„Im Weltall", maulte Zac, „ist es nicht halb so toll wie gedacht. Leute, ich habe seit einer Ewigkeit Nasenbluten. Das hört nicht auf. Nach zehn Minuten braucht man einen Arzt, oder?" Er zwirbelte eines der Pads und schob es sich ins rechte Nasenloch. Ein zweites Pad landete im linken. Er sah wie ein Monster aus, dem Zähne aus der Nase wuchsen. „Da schießen sie einen ins All und bauen eine Stadt auf dem Mars, aber das Nasenbluten kriegt man nicht in den Griff."

Ein leises Kichern ging durch die Kommandozentrale. Auch David musste schmunzeln, als Procter den Verkäufer mit Gesten und Grimassen nachäffte.

„Bovich", sagte Reba, „sind Sie in der Lage, den Computer zu bedienen und das Schiff zu steuern? Waren Sie jemals für einen Einsatz im Weltraum vorgesehen?"

Bovich lachte lauthals. „Machen Sie Witze? Ich trage eine Prothese am linken Bein. Man schießt Leute wie mich nicht nach oben, nur perfekte Menschen." Er riskierte einen Seitenblick. „Und welche mit Nasenbluten."

Verkäufer oder Hausmeister, wer war der bessere Ansprechpartner für diese Technik? Reba neigte den Kopf zur Seite und tauschte einen Blick mit Martin. „Unser Techniker wird das Andockmanöver durchführen. Halten Sie sich von der Steuerung fern und wenn es Ihnen möglich ist, verteilen Sie keine weiteren Gegenstände im Raum."

„Im Raum!" Plötzlich lachten die Männer im Shuttle wie von Sinnen los und klopften sich gegenseitig auf die Schultern. Sie benahmen sich, als hätten sie eine Überdosis Lachgas erwischt. Eine Weile ließ Reba sie feixen, ehe sie fortfuhr: „Das wird acht bis neun Stunden dauern, je nachdem, wie stabil das Programm läuft und ob wir mit unvorhergesehenen Ereignissen konfrontiert werden.“

„Acht bis neun Stunden!“ Das Lachen wollte nicht abebben. Zac bog sich und Kruger hielt sich den Bauch. „Wenn die Lady für ein automatisches Raumschiff so lange braucht, was macht sie beim Shoppen am Wochenende? Die braucht Tage, um ihr Auto in eine Parklücke zu wuchten. Oje, nur zwei Meter Platz links und rechts, das könnte knapp werden!“

Aus Zacs Nase rutschte eines der Pads. Es schwirrte durch den Raum und er versuchte nicht einmal es aufzuhalten. „Acht Stunden ist unmöglich“, japste er zwischen dem Lachen. „Ich muss dringend pinkeln. Ihr habt höchstens eine Stunde, bevor mir die Blase platzt. Ihr könnt mir alternativ verraten, wo hier das stille Örtchen ist und wie ich dorthin komme? Mein Gurt geht nicht auf.“

Bovich hingegen rüttelte an Helen Namaras Schulter. „Hey, können nicht Sie einparken? Immerhin sitzen Sie vorn im Schiff und es war Ihre beknackte Idee, mit dieser Feuerkiste zu starten. Sie haben den Knopf gedrückt.“ Er bekam keine Reaktion und rüttelte heftiger. Plötzlich verflog sein Lachen. „Ich glaube, sie ist tot!“

In der Ecke hatte Oliver Kruger den Sicherheitsverschluss an seinem Gurt aufbekommen. Sofort schwebte er in die Höhe und dabei drehte er sich auf den Kopf. Er begann mit den Armen zu rudern, trudelte umher, stieß an die Decke, wurde in die andere Richtung getrieben und kreiselte schließlich völlig außer Kontrolle zwischen den Bluttropfen, den Wattepads und dem übrigen Krempel herum. Wann immer er etwas langsamer wurde oder mit einem Bein anstieß, streckte er die Arme nach seiner Frau aus. „Blaire!", rief er immer wieder. „Blaire, kannst du mich hören? Schatz, was ist mit dir?" Meistens schoss er durch den Innenraum des Shuttles wie eine Billardkugel. Das war die übliche Abfolge, wenn man mit dem gewohnten Kraftaufwand der Erde im All zurechtzukommen versuchte. Sich abstoßen, Schwimmbewegungen ausführen, die Kontrolle verlieren, Halt suchen – der Teufelskreis begann von vorn.

Selbst mit Training und guter Vorbereitung brauchte ein Astronaut mehrere Tage, bis er sich bewegen konnte, ohne eine Gefahr für sich selbst, andere oder die technischen Geräte zu sein. Gerade am Anfang bückte man sich im Reflex nach allem, was einem aus der Hand glitt. Dabei löste man eine taumelnde Bewegung aus oder man stieß sich von irgendwo ab mit sehr viel mehr Kraft als man brauchte. Auf der Erde musste jede Bewegung gegen die Schwerkraft ausgeführt werden und wenn die plötzlich fehlte, war es schnell zu viel. Oft waren die Hände angeschwollen und man hatte kaum Gefühl in den Fingerkuppen. Diesen Nachteil wollte man instinktiv mit mehr Kraft oder Schnelligkeit wettmachen und schon war das angerichtete Chaos perfekt.

„Wenn er nicht bald Halt findet", sagte Guylian, „kotzt er denen die Bude voll. Er dreht sich schneller als die meisten Zentrifugen."

„Bovich", sagte Reba laut, „versuchen Sie Kruger einzufangen, bevor ihm schlecht wird."

„Ihm wird schlecht, mir ist schlecht." Bovich drückte den Kopf gegen die Lehne seines Sessels und blies die Backen zu tiefen Atemzügen auf. Er kniff die Augen zusammen.

„In den Sitztaschen", rief Martin, „finden Sie Kotztüten! Erbrechen Sie nicht in den Raum hinein!"

Während Bovich mit seinem Magen kämpfte, hatte Kruger seine Frau erwischt. Es schien Zufall gewesen zu sein. Er klammerte sich an sie, übertrug sämtliche Bewegungsimpulse auf sie und schon torkelten sie zu zweit umher. Ein Knäuel aus Armen und Beinen und Haaren versperrte kurzzeitig die Sicht auf das Innere des Raumschiffes. Zu hören war, wie jemand sich übergab. Offensichtlich hatte Bovich den Kampf mit seinem Magen verloren.

Martin drückte eine Taste. „Sobald die Mobility angedockt hat, machen wir erst einmal die Tür auf und lassen den ganzen Müll, die menschlichen Ausscheidungen und den Gestank ins All zischen. Ich habe keine Lust, hier in der Station Kotzbröckchen einzusammeln."

„Wie denn?", fragte Li sofort. „Wie sollen wir diesen Laien erklären, wie ein Raumanzug angelegt wird? Oder wie sie die Schleuse von innen öffnen?" Er machte eine Handbewegung, die an ein Kaugummipapier erinnerte, das in hohem Bogen in den Müll geworfen wird. „Lassen wir sie Richtung Tares beschleunigen. Sollen die sich Gedanken machen, wie es mit dieser Dreckschleuder und ihren Passagieren weitergeht."

Vor Davids innerem Auge entstand ein Bild, wie die Tares von der Mobility eingeholt wurde. Als hätte ein Kind sein Schulbuch daheim vergessen und Mama sauste hinterher, um den Bus einzuholen. Die Leute der Tares würden kein vergessenes Buch finden, sondern eine stinkende Raumfähre mit mindestens einer toten Person darin. Die Tares war bereits ziemlich weit entfernt, also dauerte es Wochen, bis man sie einholte. Zwar verfügte die Mobility über ein Lebenserhaltungssystem, das achtzehn Monate lang sieben Passagiere versorgen konnte, weniger Passagiere entsprechend länger, aber um das System zu nutzen, musste man es bedienen können. Niemand der Mobility konnte das, also würden sie auf dem Weg zur

Tares sterben. Was in einigen Wochen ankam, wäre von einem Komposthaufen nicht mehr zu unterscheiden.

Die Audioverbindung zur Mobility war unterbrochen, solange Martin den Finger auf dem Knopf hatte. Man erkannte an Krugers Gesichtsausdruck, was längst unausgesprochen im Raum schwebte. Seine Frau Blaire war tot. Man überlebte keinen Start, wenn man nicht festgeschnallt auf seinem Sitz fixiert war. In der Kabine baumelnd hatte man keine Chance, da kam es nicht auf die Ausbildung oder das Training an. Die Körper, die am wenigsten aushielten, hatten sofort aufgegeben. Die beiden Frauen waren tot. Die Männer, die von Natur aus kräftiger und robuster waren und obendrein festgeschnallt in ihren Stühlen gesessen hatten, kamen mit vollgepissten Hosen, Nasenbluten und einigen Prellungen davon.

Von ganz links kam ein tiefes, langgezogenes Seufzen. David erschrak, als er sich selbst als Quelle dieses Seufzens wahrnahm. „Wie es aussieht", sagte er schnell, „haben wir zwei Tote hier und zwei Tote dort."

Li streckte den Arm und winkte durch das Fenster zur Mobility, als wäre er der Hauptdarsteller eines Cartoons. „Die werden sich freuen, wenn wir sie bei uns aufnehmen. Hey, Leute, schön, euch zu sehen. Denkt euch nichts, einer von uns ist ein Mörder, dafür sind die anderen echt nette Leute. Beruhigend, oder? Ihr bleibt sicher gern bei uns. Nein? Wollt ihr lieber weiter zur Tares? Wenn das so ist, helfen wir euch beim Packen." Er hatte mit Fistelstimme gesprochen und räusperte sich nun. „Ich bin dafür, sie sofort weiterzuschicken. Wir informieren die Tares, damit sie die Mobility in ein paar Wochen auffangen. Ich würde mitfliegen. Ich sollte eh zu A104." Lis Augen bekamen einen aufgeregten Glanz. „Ich könnte auf der Mobility für Ordnung sorgen und aus den Anfängern passable Astronauten machen. Sie könnten mir bei der Erkundung von A104 helfen und am Ende der Mission treffen wir uns wie geplant auf dem Mars. So in vier, fünf Jahren."

„Quatsch!" Sven schüttelte energisch den Kopf. „So ein Manöver hat nie jemand geflogen. Das ist Irrsinn. Das andere Shuttle, das planmäßig Ende September starten sollte, ist für einen dermaßen langen Flug ausgerüstet." Er schnaubte. „Tatsächlich sind diese Hornochsen voll Karacho auf uns zugeflogen. Sie haben viel mehr Treibstoff verbraucht als geplant, der Rest kann unmöglich bis zur Tares reichen."

„Slingshot?" Reba stellte diesen Begriff in den Raum, als würde sie ernsthaft darüber nachdenken, das Raumschiff mit einem Bogen um die Erde beschleunigen zu lassen und es von der Gravitation ins All katapultieren zu lassen. „Guylian, was meinen Sie, würde das funktionieren?"

„Niemals." In Sekundenschnelle brachte Guylian eine Grafik auf einen ihrer vielen Bildschirme. „Wir bräuchten nicht nur einen Slingshot um die Erde, sondern einige weitere, um die Mobility stark genug zu beschleunigen, nachdem wir sie jetzt auf null gebremst haben. Dabei entfernt sie sich allerdings immer weiter von der Tares. Es wäre klüger, einen Slingshot um den Mars oder die Sonne zu planen, wozu die Vorräte nicht reichen. Nein, Kapitän, das funktioniert nicht."

„Lassen wir die Mobility mal außen vor", sagte Procter, „wie viele Vorräte haben wir eigentlich? Können wir es uns leisten, drei Leute mehr zu versorgen?"

Wieder ging es drunter und drüber. Jeder gab seine Meinung ab und David zählte bald mehr Meinungen als sie Leute an Bord waren. Auf eine anständige Diskussionskultur war in der jahrelangen Ausbildung offenbar kein Wert gelegt worden. Er gähnte lange und ausgiebig und warf einen Blick auf die Uhr. Mittlerweile war er seit mehr als siebenundzwanzig Stunden wach. In all dem Trubel hatte er die Wartung des Sonnensegels vollkommen vergessen. Es hing seit Stunden halb eingezogen in der Halterung, obwohl die Zeit zwischen Einfahren und Ausfahren nur ein paar Minuten hätte betragen sollen. Während sich das Segel einklappte, war er schnell wegen Bens Pflanzenversuchen losgesaust. Die Zeit hätte prima gereicht, um den Versuch zu bewerten, solange die Wartung des Segels lief. Er tippte Reba auf die Schulter. „Ich habe völlig vergessen, das Sonnensegel wieder auszufahren. Das sollte ich besser nachholen."

Reba nickte ihm zu. „Sie können sich Zeit lassen. Wie es aussieht, diskutieren wir hier bis zum Sankt Nimmerleinstag."

Kapitel 4

Am meisten vermisste David sein Bett. Wenn er die Augen schloss und sich an sein Zuhause erinnerte, tauchte nicht das Gesicht seiner Freundin auf oder der Blick von der Terrasse in die Berge oder wie er am See lag und in der Abendsonne schwitzte. Daheim, das war der Moment, wenn Arme und Beine schwer waren, ebenso die Augenlider und wenn der Kopf ins Kissen schmolz. Genau der Moment war es, wo die Gliedmaßen in die Matratze sanken, die Belastung auf Muskeln und Gelenke nachließ und das Gesicht bis zur Nase im zarten Kissenstoff verschwand. Das fehlte ihm. Das vermisste er in der Zeit zwischen Schlafen und Wachen, wenn für den Hauch eines Augenblicks sein gesamtes Dasein zart vibrierend zu einem bedeutungslosen Nebel verschwamm.

„Mir ist eine Idee gekommen", sagte er später in der Küche zu Reba, nachdem er das Sonnensegel wieder ausgefahren hatte und die Computersysteme das einwandfreie Funktionieren meldeten.

Sie trug wie immer eine ihrer selbstgehäkelten Wollmützen, damit die längeren Strähnen ihres Haars nicht wie die Stacheln eines Igels abstanden. Diesmal war es eine geringelte Mütze. Grellgrüne und dottergelbe Reihen wechselten einander ab. Nach vier Stunden Pause sah Reba müde aus. Tiefe Ringe unter den Augen und rissige Lippen ließen ahnen, wie gering der Schlafanteil an ihrer Auszeit gewesen war. Sie gähnte lange und reichte ihm einen Becher Kaffee. Das war eine Weiterentwicklung des bisher verwendeten Gefäßes, bei der man durch eine spitze Tülle den Kaffee wie auf der Erde trinken konnte. Diese neuen Becher waren beliebt, denn sie funktionierten bestens und man konnte den Kaffee sogar riechen, was die Stimmung an Bord ungemein hob. „Hoffentlich eine gute Idee?“

Der Kaffee war heiß und David legte die Hände um den Becher. Ihm war nicht kalt. Die vielen technischen Geräte heizten und die erzeugte Wärme konnte durch die hervorragende Isolierung nicht ins Vakuum des Weltalls entweichen. Kühlung war auf der Pickles ein größeres Problem als das Einheizen. Niemand fror hier. Die Hände um die Tasse zu legen, war eine Gewohnheit, die er von der Erde mitgebracht hatte. Prompt begann er sich zu drehen, sehr langsam. Reba und er ignorierten es gleichermaßen, schließlich waren sie Profis. „Am Boden gibt es jede Menge Kameras.“ David schnupperte an der Trinköffnung des Bechers und genoss den herben Duft nach stark gerösteten, teilweise verbrannten Bohnen. „Damit könnten wir nachsehen, wie groß die Verwüstung auf der Erde ist, wie immens die Zerstörung um sich greift.“

Reba nippte an ihrem Kaffee. „Denken Sie sich eine Skala aus und nehmen Sie den höchsten Wert. Von dem Einschlag ist ein riesiger Lavasee übrig, den wir von hier oben durch die Staubschicht sehen können, die sich um den Planeten gelegt hat. Ich fürchte, da lebt nichts mehr, auch wenn die Tsunamis und Erdbeben mittlerweile nachgelassen haben. Das glühend heiße Impactmaterial, das nach dem Einschlag zurück auf die Erde gefallen ist, hat Brände ausgelöst, die niemand löschen konnte. Wahrscheinlich gibt es keine Feuerwehrleute mehr.“

„Nicht bloß in unserer Bodenstation sind Kameras aufgestellt“, fuhr David fort. „Firmen haben Kameras, mit denen sie ihre Mitarbeiter überwachen. Geheimdienste spionieren sämtliche Wohnzimmer aus, die Staaten verfolgen ihre Bürger auf Schritt und Tritt, jeder private Haushalt hat in jedem Zimmer mehrere Kameras, sämtliche

Smartphones agieren für die sozialen Medien als Aufpasser. Davon rede ich."

„Ich fürchte, die sind ohne Strom. Ohne Strom keine Bilder."

David hatte im Vergleich zu Reba heftige Schlagseite. In einem Winkel von neunzig Grad war er verdreht und er kreiste weiter. „Es werden Notstromaggregate angelaufen sein. Nicht im Einschlaggebiet und der unmittelbaren Umgebung, aber in Asien und in Australien. Dort werde ich Kameras finden. Irgendwelche verrückten Prepper haben sich garantiert auf einen solchen Fall eingestellt und mit Aggregaten und technischem Equipment vorgesorgt. Ich wette, es gibt Wahnsinnige, die ihre eigenen Server am Laufen halten."

„Selbst wenn", zögerte Reba, „was hoffen Sie zu finden?"

„Vielleicht die Antwort auf die Frage nach Leben auf der Erde." David lachte leise. „Bei der Auswertung der Bilder könnte mir Li helfen. Mit etwas Glück ist er der bedeutende Exobiologe, der auf einem lebensfeindlichen Planeten tatsächlich Leben findet."

„Vorausgesetzt, es gibt eine Kamera, die sendet und nicht mit einem Passwort…" Sie stutzte. „Wollen Sie sich reinhacken?" Ein Seufzen folgte. „Himmel, geht denn gar nichts mehr ohne Hacken? Als würden das die Kinder heutzutage in der Krippe lernen."

David winkte ab. „Man braucht nicht mehr zu hacken, seitdem die Leute ihre Geheimnisse freiwillig ins Netz stellen. Der Kühlschrank meiner Tante lädt alle zehn Minuten ein Bild hoch und Sie wollen nicht wissen, wie viel Sekt sie gebunkert hat. Aus diesen Daten hat die Krankenkasse ein Alkoholproblem abgeleitet und sie zur Therapie verdonnert."

Mittlerweile stand er auf dem Kopf und Reba nippte wieder am Kaffee. Sie trank ihn so heiß wie niemand sonst auf der Station. Manche taten Kaffeeweißer hinein, Reba trank ihn schwarz. Keine Milch, kein Zucker, keine Ersatzstoffe. „Ist die Leitung stark genug dafür? Immerhin braucht Martin einiges an Kapazität für die Fernsteuerung?“

„Kein Problem“, meinte David. „Wir schimpfen zwar gern und viel über unsere Technik, dabei ist sie total in Ordnung. Also, darf ich suchen?“

Reba nickte. „Das wird Li nicht passen. Er wollte die Kapsel für die Weiterreise nach A104 vorbereiten, dabei bin ich eh nicht sicher, ob es eine Weiterreise geben wird.“

„Ich dachte, wir halten uns an den Plan?“ David wusste genau, wie die Abstimmung ausgegangen war. Man hielt sich an genau die Vorgaben, die vor dem Einschlag gültig gewesen waren. Die Mobility wurde im sicheren Verfahren angedockt, die Tares erhielt einen Bericht über den Einschlag und das Prozedere mit der Mobility. An dem seit Jahren vorbereiteten Rendezvous von Tares und der Kapsel sollte sich nichts ändern. Li würde in vier Wochen aufbrechen, die Tares in einigen Monaten einholen und sich gemeinsam mit ihr auf den Weg zu A104 machen. Sie würden A104 auf Spuren von Leben untersuchen und den Plutoiden auf seinem Weg um die Sonne eine Weile begleiten. Die Tests und Experimente würden geplant ablaufen und erst gegen Ende des Aufenthalts bei A104, also in etwa drei Jahren, würde man sich beraten, ob die Tares angesichts der neuen Umstände zurück zur Pickles kam oder planmäßig zum Mars fliegen sollte.

„Was bringt es uns“, sagte Reba, „A104 zu untersuchen und nach Leben zu forschen, wenn es auf der Erde kein Leben mehr gibt?“ Diese Frage hatte sie beim Meeting oft gestellt und die Antwort lieferte sie erneut: „Wir sind verloren.“

David konnte diese Niedergeschlagenheit nicht mit seinen eigenen Gedanken in Einklang bringen. „Wir setzen die Pickles in Bewegung und fliegen mit ihr zum Mars, wo wir eine neue Existenz aufbauen. Sie ist eine Raumstation, die für den Aufenthalt im All gebaut wurde und diese lange Strecke spielend schafft. Mit dem Landemodul lässt sich ein sicherer Touchdown auf dem Mars hinkriegen. Dieses Vorgehen bietet der Menschheit die größte Chance aufs Überleben, weil die vorherigen Missionen bereits damit begonnen haben, den Marsboden in einem abgegrenzten Bereich zu kultivieren. Die ersten Bakterien leben dort und vermehren sich den jüngsten Daten nach prächtig. Um nachzuhelfen, müsste jeder von uns ordentlich mit reinkacken, dann wird das schon."

„Erde." Reba bildete mit ihren Mittel- und Zeigefingern angedeutete Gänsefüßchen. „Li meint, es würde so etwas Ähnliches wie Erde werden, wenn wir unsere Ausscheidungen untermischen. Ob es für den Ackerbau in nennenswertem Umfang taugt, ist fraglich. Wir könnten die Hilfe einer Elefantenherde dazu brauchen." Ein kurzes Lachen entkam ihr. „Als bräuchte man nur zu landen, Körner zu säen und ein paar Wochen später zu ernten. Es ist utopisch, an eine zweite Erde zu glauben. Die Unterschiede sind zu groß."

David erinnerte sich an die vielen Gespräche, die er mit Li geführt hatte. „Natürlich möchte Li es lieber mit A104 versuchen, denn an diesem Projekt arbeitet er seit Jahrzehnten. Allerdings wird A104 in zweitausend Jahren weiter von der Sonne weg sein als die Erde heute. Man wird dort nicht mehr leben können. Sind zweitausend Jahre genug, um die Ressourcen zu plündern, neue Techniken zu entwickeln und einen besseren Planeten zu finden, um dort erneut von vorne anzufangen?"

Diesmal tippte sich Reba mit dem Finger gegen die Stirn. „Genau genommen hat die Menschheit beim letzten Mal bloß wenige hundert Jahre gebraucht, um die Ressourcen zu plündern und mit diesen

Rohstoffen eine hochtechnisierte Zivilisation zu entwickeln. A104 bietet eine gute Chance für uns. Wir haben Vorkenntnisse, mit denen die dort vorhandenen Stoffe viel schneller umgesetzt werden."

David schnitt ihr eine Grimasse. „Die Menschheit hat hundert Jahre gebraucht, um genug Treibhausgase in die Luft zu pusten, damit sich das Klima ändert. Wenn wir das auf dem Mars ebenso tun, läuft das Terraforming von ganz allein im Handumdrehen."

„Wasser", sagte Reba. „Woher soll all das Wasser kommen?"

„Unter den Polkappen aus gefrorenem Kohlendioxid soll es Wasser geben." David fand die Idee großartig. „Der Mars ist kleiner als die Erde, wir brauchen den Lebensraum, das Kohlendioxid und das Wasser gleichermaßen. Diesmal dürfen wir ungeniert alles schmelzen."

„Wir brauchen den Lebensraum?" Reba lachte. „Wir sind bloß ein paar Menschen, wir brauchen einige Wohncontainer, mehr nicht. Außerdem bräuchten wir ein paar neue physikalische Gesetze, denn der Mars hat nicht genug Schwerkraft, um eine Atmosphäre, die wir auf bisher ungeklärte Weise einbringen, festzuhalten. Sämtliche Gase würden sich verflüchtigen, anstatt eine Atmosphäre zu bilden. Unter diesen Gesichtspunkten ist A104 ebenfalls die bessere Wahl. Er hat den Berechnungen und Erkenntnissen nach genügend Schwerkraft, um seine Atmosphäre zu halten, über flüssiges Wasser verfügt er und Lis Daten nach ist es dort sogar warm."

Li meinte, es müsse warm sein, schließlich gelänge es A104, das Wasser auf seiner Oberfläche flüssig zu halten. Anzeichen für Strahlung, die einem Menschen gefährlich werden könnte, hatte er nie gefunden. „Bis das Ding abgekühlt ist", erinnerte David sich an Lis Worte, „vergehen ein paar tausend Jahre. Für geologische Verhältnisse ist das nicht viel und auf keinen Fall genug, um von allein nennenswertes Leben hervorzubringen. Für uns Menschen, die wir mitbringen, was wir brauchen, ist es der ideale Platz." David erinnerte sich ebenfalls an Lis Schmunzeln. „Das Licht wird nicht so sein wie daheim, eher mit einem Stich ins Rote. Was kümmern uns Farben, wenn wir eine völlig neue Welt geschenkt bekommen?" Li war nicht zu bremsen, wenn das Gespräch auf dieses Thema kam. „Natürlich werden wir erst aus einer stabilen Umlaufbahn heraus Erkenntnisse gewinnen. Wir werden eine Sonde landen lassen, die uns Messwerte liefert. Wenige Wochen später werden wir landen, um heimisch zu werden. Davon bin ich überzeugt, denn ich habe in meinen Forschungen Anzeichen für festen Boden gefunden. Kein Fels oder Stein, sondern vergleichbar mit Erde oder Humus." An dieser Stelle winkte Li stets ab. „Vergesst den Mars, Leute. Bis wir den zu einer zweiten Erde geformt haben, dauert es Jahrtausende. A104 ist eine zweite Erde im Standby-Modus. Wir brauchen sie nur anzuschalten."

„Die Pickles", wandte David ein, „ist für eine Langzeitmission konstruiert. Sie schafft den Flug zum Mars spielend und mit dem Habitatmodul kann man auf dem Mars landen."

Nun musste Reba herzlich lachen. „Das Habitat ist für eine Bruchlandung gebaut worden. Ein kontrollierter Absturz. Die Geräte sind gut verpackt und sicher, uns Menschen fehlt dieser Schutz. Wir würden einen Aufprall im Habitat nicht überleben. Ihr eigenes Körpergewicht würde Sie zermalmen."

„Welches Gewicht?", konterte David, „wo die Schwerkraft auf dem Mars nicht mal halb so groß ist wie auf der Erde? Die Landung mit Habitat wäre möglich, da ist Guylian mit mir einer Meinung."

Dent schüttelte den Kopf. „Wenn die Schwerkraft nicht ähnlich ist wie auf der Erde, gleicht die Landung eher dem Aufprall auf Götterspeise.

Die Fähre wird wegen zu geringer Schwerkraft zurückgeworfen werden. Immer wieder. Ich habe keine Lust, Passagier in einem Hüpfball zu sein."

Sven hielt dagegen: „Bei der ersten Mission, die von Dizzy Donut gesponsert wurde, habe ich ein Raumschiff auf dem Mars gelandet. Es ist nicht schwieriger als auf der Erde zu landen, sondern eine Frage des Timings. Man muss zur richtigen Zeit die Steuerdüsen aktivieren und kurz vor der Landung die Düsen nach oben richten, damit die Landeeinheit auf die Oberfläche gepresst wird. Habe ich schon mal gemacht, ist für einen begabten Piloten keine Schwierigkeit."

„Wenn das Vehikel dafür ausgelegt ist." Dent hob den Finger, als würde er seine Schüler unterrichten. „Ich kann Ihnen genau ausrechnen, wie groß der Masseunterschied zwischen der Dizzy Donut und der Habitat ist. Abgesehen davon haben wir keinen Treibstoff, um nachzutanken."

„Haben wir schon", unterbrach Procter. „Wir stellen täglich Wasserstoff her und ob wir den ins All ablassen oder in den Tank leiten, ist ein Mehraufwand von ein paar Schläuchen und Schrauben."

„Das hört sich nach einem Bausatz an." Dent verzog angewidert das Gesicht. „Auf der Erde leicht zu handhabende Bausätze entpuppen sich im All schnell als Problem. Sie müssten in einem stundenlangen Einsatz außerhalb der Station einen Schlauch in den Tank des Habitats legen. Ein Provisorium. Da hindurch Wasserstoff zu leiten, erscheint mir wie ein Selbstmordkommando. Ein falscher Funke und wir finden heraus, wie weit Explosionen im Vakuum kommen."

„Das bleibt unter uns." Damit tilgte Reba die Erinnerung an die hitzige Debatte. „Ich habe nicht vor, mich dieser dämlichen Abstimmung zu beugen. Wenn wir binnen vier Wochen nichts von der Erde gehört haben, machen wir uns auf den Weg."

Um die Menschheit auf A104 weiterleben zu lassen. David erinnerte sich an ihre Worte. „Sie sind der Kapitän." Er trank endlich einen Schluck Kaffee. Die Kopfüberphase hatte er hinter sich gelassen. Er war beinahe wieder richtig herum. „Wenn Li nicht will, kann ich das mit den Kameras allein."

Diesen Einwand wischte Reba mit einem Augenblinzeln zur Seite. „Mit einem Mörder auf der Station will ich niemanden irgendwas allein tun lassen. Li wird Ihnen helfen. Das ist ein Befehl." Sie hob den Kaffeebecher an die Lippen und setzte wieder ab, bevor sie getrunken hatte. „Wo steckt Li überhaupt? Sein Zimmer ist offen, er fehlt, dabei sollte er sich hinlegen."

David schnaubte aus einem Reflex heraus. „Seit wann hält Li sich an Befehle."

Reba trank endlich vom Kaffee. „Ich mag dieses neue Gesocks nicht und ich mag es erst recht nicht, wenn wir hoppla hopp beste Freunde mit Leuten sein sollen, mit denen wir nicht mal zelten waren." Sie schaute ihn über den Becherrand hinweg an. „Als wäre es unmöglich gewesen, uns übers Wochenende ein paar Zelte herzurichten und auf eine Insel zu fliegen. Das nehme ich der Agentur wirklich übel. Bin total sauer deswegen." Sie stellte den Becher auf einen Vorsprung in der Wand, wobei sie ihn festhielt, damit er sich nicht selbstständig machte. „Es ist zu viel verlangt, wenn man mit Leuten ein Team bilden soll, die man nicht kennt, und ich kenne keinen von denen. Keinen." Sie zeigte auf David. „Ich kenne Sie. Uns haben sie gemeinsam im Tauchbecken versenkt, da war dieses junge Gemüse nicht mal geboren. Wir haben uns im Wald mit einem Kompass und einem Taschenmesser durchgeschlagen, erinnern Sie sich daran? Wir haben aus Kräutern und Pilzen eine Suppe gekocht und danach haben wir einen Uhu eingefangen und ins Zelt gesperrt. Ich weiß bis heute nicht, wie zum Teufel wir einen Uhu in ein Zelt bekommen haben." Sie kicherte. „Wahrscheinlich waren ein paar von den Pilzen giftig. Der eine hatte geschlossene Lamellen anstatt Poren und sah nicht so aus wie in dieser Broschüre."

Anscheinend hatte sie den Kaffee mit einem geheimen Vorrat an Rum gestreckt. „Reba", lächelte David, „Sie fangen zu labern an. Lassen Sie den Alkohol weg und legen Sie sich nochmal schlafen."

„Alkohol?", gluckste sie. „Es gibt auf der Pickles keinen Alkohol, das wissen Sie genau." Prompt setzte sie den Becher an die Lippen und trank ihn leer. „Also, wo ist Li?"

Er hatte sein Quartier im Küchenbereich, weil er der einzige von ihnen war, der zu jeder Tageszeit und in jeder Umgebung prima schlafen konnte. Brüllend laute Musik oder das dröhnende Hämmern der Wasseraufbereitungsanlage machte ihm nichts aus. Wenn sich jemand frühmorgens etwas zu essen machte und die Mikrowelle erst surrte, dann piepte und schließlich klingelte, weil man in der Zwischenzeit etwas anderes angefangen hatte und nicht mehr ans Essen in der Mikrowelle dachte, war es Li völlig egal. Er schlief wie ein Stein. Immer. Ständig. Wenn er aufwachte, geschah es auf ein geheimes Zeichen seiner inneren Uhr hin. Ob er bloß ein Nickerchen machen wollte oder am nächsten Morgen um sechs aufstehen musste, sein innerer Taktgeber weckte ihn zuverlässig. David, der meistens schwer in den Schlaf fand und ständig bei jedem Flohhusten aufwachte, beneidete ihn um diese Fähigkeit.

Die Tür zu Lis Zimmer stand offen. Sie war in der Verankerung eingerastet und gab den Blick auf seinen Schlafsack und die beiden persönlichen Fächer frei. Er hatte Fotos von seiner Familie angebracht.

Drei Teenager standen neben einer schönen Frau und lächelten in die Kamera. David mochte Lis drei Töchter und die Frau. Sie waren nett, man fühlte sich wohl, wenn man bei ihnen zu Gast war. Er hatte beim obligatorischen Kennenlernen bei ihnen zu Abend gegessen.

„Zimmer ist übertrieben", sagte Reba. „Es ist eher, als würden wir in Schränken schlafen, fein säuberlich aufgehängt wie Hosen." Mit einem feuchten Tuch wischte sie ihren Becher sauber, mit einem trockenen Tuch rieb sie nach und klippte ihn in das Fach, das für ihr Geschirr war. Jeder hatte ein eigenes Fach mit Geschirr und Besteck, das sogar mit einem Zahlencode versperrt werden konnte. Ein kluger Psychologe hatte herausgefunden, welche heftigen Streits sich an der Hygiene des Geschirrs entzündeten. Niemand wollte die schlecht gereinigten Tassen, Teller und Löffel eines anderen benutzen, niemand wollte auf Dauer den Kaffee aus Plastikbeuteln schlürfen. Also gab es persönlich zugeteilte Trinkbecher, eigene Geschirrfächer und Besteckschubladen und jeder war selbst dafür verantwortlich, seine Küchenutensilien in einem Zustand zu halten, den er oder sie für angemessen hielt. David hatte seinen Becher seit Tagen nicht saubergemacht. Er wollte wissen, ab wann die Benutzung dieses Bechers für ihn eklig wurde. Erschwert wurde sein Experiment durch die blickdichte Außenseite des Bechers. Um ins Innere zu sehen, musste er ihn zerlegen, und das, so die Ingenieure, sollte man nur tun, wenn man den Becher nicht bloß mit Wasser ausspülen, sondern mit dem beigelieferten Zubehör reinigen wollte. So blieb es seiner Fantasie überlassen, sich ein Bild vom Inneren zu machen.

„Er ist zur Toilette", überlegte David. „Wo soll er sonst sein?"

„Wir suchen ihn", entschied Reba. „Sicher ist sicher." Sie zeigte hinter David. „Ich sehe im Solaris und Linden nach, samt Anhängen. Sie übernehmen Cake und Getit samt Anhängen. In der Zentrale treffen wir uns." Sie schaute auf die Uhr. „Zehn Minuten? Reicht Ihnen das?"

David ließ die Augen im Kopf rollen. „Wenn wir seit dem Einschlag etwas haben, ist es Zeit im Überfluss. Wir mussten uns in den letzten Stunden keine Vorhaltungen von Boden anhören, wir seien zu langsam im Ablauf der Experimente und zu schnell im Absolvieren unserer Freizeit. Zeit ist das kleinste unserer Probleme."

Reba machte sich bereits auf den Weg. Sie schwebte mit gestreckten Beinen auf den Übergang zum Lindenmodul zu. „Schön", hörte David sie säuseln, „ich packe mir eine Tüte Zeit für später weg. Kann man vielleicht mal brauchen."

David nahm seinen Kaffeebecher mit. Zuerst warf er einen Blick ins Host, wo unter einem aufgeblasenen Plastikzelt Glenn, Dent und Ben steckten. Ben war auf dem Tisch festgeschnallt, Dent und Glenn hatten die Füße in Halterungen verkeilt. Das Zelt war von innen mit Blut verschmiert.

„Hey", wandte David ein, „sollten Sie Ben nicht zusammenpacken und aufräumen?"

„Tun wir doch", sagte Dent.

David legte den Kopf schräg. „Ich habe genügend Krimis angeschaut, um eine Obduktion zu erkennen. Was soll das, Sie Querulant? Können Sie sich nicht an Befehle halten?"

Plötzlich schaute Dent hoch, um seinen Kopf kreisten Blutkugeln und Gewebereste. „Hören Sie zu, Sie verdammter Klugscheißer, wir machen hier unseren Job. Nicht mehr und nicht weniger. Verpissen Sie sich."

„Das ist gegen die Anweisung des Kapitäns. Man sollte Sie vors Kriegsgericht stellen." David wusste es genau. „Anderes Thema, Sie arroganter Sack. Haben Sie Li gesehen? Sie, Doktor?"

Glenn schüttelte den Kopf.

Dent schien erst nicht antworten zu wollen und sagte schließlich: „Zuletzt beim Meeting. Sollte er sich nicht hinlegen? An Ihrer Stelle würde ich die glupschigen Glotzerchen weit aufmachen und im Bett nachschauen."

„Die besten Hinweise kommen von Leuten, die einem das Naheliegende nicht zutrauen." David schwebte rückwärts. „Wenn ich einen offensichtlichen Tipp von einem Volltrottel brauche, komme ich auf Sie zurück."

Dent zeigte ihm den gestreckten Mittelfinger: „Machen Sie die Tür zu, es reicht, wenn hier unter der Schutzplane alles voller Blut ist, da braucht uns nicht aus Versehen jemand Dahergeschwebtes ins Nichts kotzen. Schnapsidee, das Host an die Küche angrenzen zu lassen. In freier Wildbahn hat man vom Restaurant schließlich auch keinen Blick in den OP."

David schwebte rückwärts und verschloss die Tür. Er durchquerte das Küchenmodul, ignorierte Guylian und Sven in der Zentrale und beschleunigte, als er das Getit erreichte. Er wollte beim Cake anfangen und sich zurück zur Zentrale arbeiten.

Das Lied von Major Tom summend, schwebte er die etwa achtzig Meter in einem Tempo, das jeden anderen schwindelig gemacht hätte. Er war richtig schnell und wenn er Lust hatte, drehte er sich um die eigene Achse. Zeitweise fühlte er sich wie ein Torpedo.

Im Cake waren die beiden Türen geschlossen, die in die Zimmer von Stan und Procter führten. Mit mehreren langen Klebestreifen war ein Poster von Captain Future daran befestigt. Im Grunde war David viel zu jung, um eine Erinnerung an diesen Anime-Captain zu haben, als die Serie im Fernsehen gelaufen war. Hin und wieder schaute er die alten

Folgen im Netz und die waren im Vergleich zu Stans neumodernem Zeug echt sehenswert. Hinter der Tür von Procter war Musik zu hören, deshalb klopfte David an: „Hier ist David. Haben Sie Li gesehen?"

„Nicht in den letzten fünf Stunden", kam die Antwort. „Sorry, ich komme nicht zu Ihnen raus. Ich habe nichts an und schwebe im Bett."

David versuchte ringsum durch die Lamellen zu spitzeln. Manchmal schlossen die Elemente nicht vollständig ab und wenn das Modul dunkel war, in den Einzelzimmern jedoch Licht brannte, konnte man einen Blick hineinwerfen. Er drehte sich auf den Kopf und suchte. „Wissen Sie, ob Li bei Stan ist?"

„Bei Stan?" Procter lachte heiter. „Niemals."

„Sicher?"

„Nicht mal ich darf in ihr Zimmer und ich würde es niemals versuchen." Etwas brummte, das sich wie ein Rasierapparat anhörte. „Wenn Li mit ihr im Zimmer wäre, würden Sie Kampfgeschrei und Morddrohungen hören, ganz sicher. Sie will absolut niemanden bei sich haben. Her home is her castle, Sie verstehen? Eindringlinge werden geteert, gefedert und mit heißem Öl übergossen."

Es gab kein Leck in den Lamellen und um den Frieden zu wahren, platzte David nicht einfach so in den Raum. Keine Tür auf der Pickles war verschlossen, es war der gegenseitige Respekt, der einen aus den Zimmern der anderen draußen hielt. David rotierte wieder in die Aufrechte und unterdrückte seine Neugier, was bei Procter im Zimmer brummte. „Ich werde weitersuchen."

Auf der erdabgewandten Seite befand sich der Übergang zum Sonnensegel. David schwebte in das Kontrollmodul. Er brauchte bloß einen kurzen Rundumblick. Inmitten der Technik hätte ein Mensch aufrecht vor dem Sichtfenster schweben müssen, anders war kein

Platz. Li war nicht hier.

David bemerkte etwas im Fensterrahmen, schwebte näher heran und begann mit einem Schnauben den Kopf zu schütteln. Da hatte sich tatsächlich eine Spinne zwischen den beiden Glasscheiben breitgemacht und ein Netz gesponnen. Wie sie dorthin gelangt war und wie sie mit der Schwerelosigkeit umging, war David ein Rätsel. Wovon sie sich ernähren wollte, auch. Er beschloss einen Eintrag ins Logbuch vorzunehmen und den Kapitän zu informieren, sobald er sie traf.

An der Seite, die der Erde zugewandt war, liefen bereits Vorbereitungen fürs Andocken der Mobility. Der Computer ließ einen Sicherheitscheck laufen und während des simulierten Andockens bewegten sich die Zapfen und Schieber vor dem Guckfenster wie von Geisterhand. Hydraulik surrte. David ließ seinen Blick in die Ferne schweifen. Weit unter ihnen lag die Erde, der nicht mehr ganz so blaue Planet. Eine Schicht aus schwarzem Staub und grauem Dreck hatte sich wie eine Kontaktlinse in die Atmosphäre gelegt. Die Meere waren von trübem Schlackeblau, die wenigen Wolken gelbstichig. Wenn er die Suche nach Li für einige Minuten unterbrach, konnte er sich in Ruhe den See aus flüssigem Gestein ansehen. Von der Karibik war nichts mehr übrig. Südamerika fehlte ein Teil seiner nördlichen Küstenlinie und Nordamerika war um ein Viertel kleiner als vor zwei Tagen, als hätte ein Schulkind die Landkarte mit einem Radiergummi bearbeitet. Rauchwolken stiegen auf, gewaltig wie die der verheerenden Waldbrände, die David aus Australien oder Kalifornien kannte. Jetzt brannte es überall auf der Erde, selbst in Gegenden, die nie von Menschen bewohnt waren. Die Sahara stand in Flammen, wobei ihm ein Rätsel war, was dort brennen konnte, und der Teil des Pazifiks, wo der große Müllstrudel kreiste, spuckte schwarzen Qualm.

Neben der Erde war die Mobility zu sehen. Martin hatte sie in einem festen Abstand von der Pickles in den Raum gestellt und arbeitete gemeinsam mit Sven die Protokolle für die letzte Phase der Annäherung und das Andocken durch. Hin und wieder wurde die Lage durch die Steuerdüsen korrigiert. Ein kurzes Aufflammen der Düsen, oft kürzer als ein Augenblick, in der Dauer genau vom Computer berechnet und gesteuert.

Wenn in einigen Stunden die Mobility an der Pickles andockte und die Systeme richtig arbeiteten, würde man von hier aus das Raumschiff betreten können. Es würde wie ein neues Modul an der Pickles hängen und sich völlig in den Arbeitsalltag integrieren. Das Magnetfeld fiel David ein. Man würde prüfen müssen, ob es intakt war und sich vollständig um die erweiterte Raumstation schmiegte.

David stieß mit der Schulter gegen die Außenwand und erhielt einen neuen Impuls. Er half nach und beschleunigte seine Bewegung, bevor er an all den gelagerten Kisten vorbei zurück in das Getit schwebte. Der Übergang zwischen Cake und Getit war der längste der Station und der einzige, der kein flexibler Schlauch war. Zu einem Großteil war er aus Glas gemacht, damit man beobachten konnte, wie der Greifarm arbeitete. Ein bruchsicheres, stabiles Material, mehrere Zentimeter dick und mit vakuumierten Zwischenräumen, das man von außen oder innen abwischen konnte, wenn Schmutz die Sicht auf den Greifer versperrte. Es gab wesentlich mehr Schmutz innen auf dem Glas. Anscheinend war das Weltall selbst nicht sonderlich schmutzig.

Der Greifarm war am Getit angebracht und wurde von dort aus bedient. Wenn man geschickt war, konnte man mit dem Ausleger die Hälfte der Pickles erreichen, um Reparaturen durchzuführen, Module anzubringen oder eben die Mobility zu stabilisieren. Es war ungleich schwieriger, die Mobility freihändig an die Pickles anzudocken als sie zuerst mit dem Greifer zu packen, in die richtige Position zu drehen und dann anzudocken. Wenn es soweit war und Sven oder Martin mit dem Greifer nach der Mobility langten, wollte David unbedingt hier in diesem Übergang sein und zusehen.

Das würde erst in Stunden der Fall sein. Im Film lief es schnell ab und der Computer erledigte die ganze Arbeit, in Wirklichkeit dauerte es sehr lange und war überaus kompliziert. Ein Fehler konnte dramatische Folgen haben, weshalb jeder Arbeitsschritt und jede Kursänderung doppelt und dreifach überprüft wurde.

David schwebte ins Getit und wandte sich dem dort angeschlossenen Pearmodul zu. Im Pear wurden ebenso viele Experimente und Tests abgehalten wie in den anderen Modulen. Jeder freie Fleck war mit Geräten besetzt, als hätten die Ingenieure eine Wette abgeschlossen, wer den vorhandenen Raum am besten nutzen konnte. Die Wände waren vollgestopft mit Regalen, deren Fächer mit Klettverschlüssen übersät waren, um Dinge sicher lagern zu können. Eine Kolonie Nacktmulle und zwei Zwerghühner waren mit der letzten Lieferung eingezogen und quälten sich nun durch die Schwerelosigkeit. Man musste kein Experte sein, um die Verwirrung der Tiere zu erkennen. Bauten die Mulle gewöhnlich weitgreifende Behausungen in den Boden hinein, eierten sie hier im Weltall um sich selbst. Sie versuchten zu graben und zu schaufeln und schafften manchmal eine Delle, die sich in behäbiger Geschwindigkeit wieder schloss. Jeder Nacktmull, der sich nicht festkrallte, schwebte durch das Gehege, und die Königin kreiselte quiekend. Es war durch das Plexiglas hindurch zu hören. Die Hühner hingegen rotierten in Schockstarre, ohne einen Laut von sich zu geben. Sie gackerten und krähten nicht.

Im Pear hielt sich niemand auf und David wollte nicht länger als nötig in Rebas Wohnbereich schnüffeln. Er bewegte sich zurück ins Getit, wo Martin in seiner Kammer hing und schlief. Sein Schnarchen war durch die geschlossene Tür hindurch zu hören.

Auf der anderen Seite des Getits gelangte man ins Tessinamodul. Der Name klang für David griechisch, stammte jedoch von dem indischen IT-Konzern, der das Modul sponserte. Abgesehen von den üblichen Versuchsreihen und den aufgebauten Experimenten für Materialtests gab es hier einige besonders genaue Uhren. Es war ein Spaß für manche Wissenschaftler, die Relativitätstheorie mithilfe dieser Uhren sichtbar zu machen. David schauderte, wann immer er auf die Ziffernblätter guckte. So genau wollte er die Zeit gar nicht wissen und bis er die letzte Nachkommastelle ausgesprochen hatte, waren die Zahlen vorne schon wieder völlig anders. Ihm waren einfache Zeitangaben lieber: abends, später, nie.

Im hinteren Bereich des Tessinas waren die Schlafkojen für Modi und Dent untergebracht. Natürlich ließ David die Finger von Dents Sachen. Er wühlte sich durch das hindurch, was Modi hinterlassen hatte. Fotos seiner Familie und Freunde, ein Reader für seine Bücher und das Smartphone. Es war mit Gesichtserkennung gesichert, also hielt David das Smartphone vor eines der Fotos, auf dem Modi abgebildet war. Beim zweiten Versuch klappte es und das Smartphone entsperrte sich. Hauptsächlich Chats mit denen, die daheim geblieben waren. Die kürzeste Distanz zur Erdoberfläche betrug etwa achthundert Kilometer, was weniger war als die Strecke, die Leute im Urlaub zurücklegten. Trotzdem fühlte es sich hier oben an wie sehr, sehr weit weg von daheim. Als lägen Welten zwischen hier oben und dort unten. Entsprechend schnulzig waren die Chatverläufe. Heimweh und

Fernweh auf den gegensätzlichen Seiten, Liebesschwüre und Mahnungen an die Kinder, ein böser Chat mit einem Lieferanten, der ein fehlerhaftes Produkt nicht tauschen wollte. Der restliche Speicherplatz des Smartphones ging für Musik drauf. Das waren mehr als fünfzehntausend Songs. Nie zuvor hatte David so viel Musik auf einem Speichermedium gesehen.

Er legte das Smartphone zurück ins Fach und tastete den Schlafsack ab, ob es Dinge gab, die Modi versteckt hielt. Tatsächlich fand sich ganz unten im Schlafsack außer dem Kopfkissen eine Flasche mit einer klaren Flüssigkeit. Auf der Erde hätte David sie geöffnet und daran gerochen. Hier öffnete er sie, setzte sie sofort an die Lippen und nahm einen kräftigen Schluck, indem er den Oberkörper schnell nach vorn bewegte. Er musste husten und schraubte den Verschluss wieder auf. Sein Keuchen röhrte durch das Modul und brachte Martin nebenan aus dem Takt. Das Schnarchen stoppte für einige Sekunden.

David unterdrückte den nächsten Hustenreiz, presste sich die Faust in den Kehlkopf und kniff die Augen zusammen. Er hielt die Luft an, bis er sich unter Kontrolle hatte. Das war der stärkste und leckerste Kakaoschnaps, den er je probiert hatte, köstlich wie die beste flüssige Schokolade. Die Flasche nahm er natürlich mit sich, fein säuberlich verborgen in seiner Hose. Kleidung lag nicht eng an, sondern waberte wie eine Seifenblase, es fiel niemandem auf, wenn man etwas darunter verbarg, solange es nicht zu groß war. Ein Kürbis klappte nicht, die Flasche durchaus.

Mit dem Gesicht nach oben schwebte er in die Zentrale. Er hörte Guylian ins Funkgerät sprechen, belangloses Zeug, das für ihn völlig uninteressant war. Es ging um lange Zahlenkolonnen und Buchstabenkombinationen, die für die Annäherung der Mobility wichtig waren. Er rotierte auf den Bauch und erblickte dabei Reba. „Habe ihn nicht gefunden. Sie?"

„Ja." Sie knurrte wie ein Hund, dem man auf den Schwanz gestiegen war, während man ihm den Knochen wegnahm. „Im Solaris. Er hat den Kopf im Schraubstock und der Laser zielt mitten auf seine Stirn."

„Hört sich ungesund an", gab David zurück. „Selbst auf niedrigster Stufe brennt der Laser Löcher in jedes Material. Es darf auf keinen Fall zu Hautkontakt kommen. Ein Treffer auf der Netzhaut und man erblindet sofort."

„Ach." Reba zischte wie eine Schlange. „Sie kennen sich mit dem Laser aus?"

David kreiste um seine eigene Achse. „Wir haben eine Einweisung bekommen, erinnern Sie sich? Das Scheißding ist verdammt gefährlich und hochgradig tödlich. Am liebsten hätte die Agentur einen Laserspezialisten mitgeschickt, damit sich niemand wehtut. Leider sind diese Experten zu fett für unsere Raumanzüge und nicht fit genug, um vom Bürostuhl in die Rakete zu kommen."

„Das unselige Drecksding", stieß Reba aus, „hat Li umgebracht. Er hängt nicht zum Spaß unterm Laser, er ist tot."

Für den Bruchteil einer Sekunde hielten alle den Atem an. Still wurde es trotzdem nicht. Zu viele Geräte surrten, brummten, knatterten, ratterten, quietschten. Ein regelmäßiges Klicken verriet das Anspringen der Heizspiralen hinter den Pflanzenregalen im Tessina. Dort wurde überprüft, ob Pflanzen ohne Schwerkraft toleranter gegenüber hoher Temperatur und Schädlingen waren. Statt der kuscheligen fünfundzwanzig Grad hatte es in den Schränken zwanzig Grad mehr. Ein Büschel Gras in einem Versuchsbehälter war bereits eingegangen, was vielleicht an den Raupen lag, die ein Forscher mit dazu gesperrt hatte.

David stellte sich Li vor, dessen kugelrunder Kopf fest im Schraubstock klemmte, bis fast die Augen aus den Höhlen traten. Mitten in die Stirn brannte der Laser ein Loch. Wie in den alten Agenten-Filmen und diesmal triumphierte der Bösewicht.

„Haben Sie den Laser abgeschaltet?" David packte Reba an den Armen und schüttelte sie. Was ihre Gedanken klären sollte, versetzte sie beide in einen bizarren Tanz, der sie kopfunter an die Decke bugsierte. „Läuft der Laser oder ist er ausgeschaltet?"

Reba schlug seine Hände weg und hielt sich am Vorsprung eines Tischchens fest, auf dem ein Laptop mit Klettverschluss befestigt war. „Sonst hätte ich nicht gewusst, woran er gestorben ist! Das Loch in seiner Stirn ist winzig wie ein Mückenstich."

„Himmel Herrgott!" David stieß sich ab, streckte die Beine und hob die Arme wie zum Kopfsprung nach vorn. Als er den Durchgang zum Küchenmodul erreichte, stieß er sich erneut ab und beschleunigte.

„Hey!", rief ihm Reba hinterher. „Was soll das?"

Aus einiger Entfernung hörte man ein unwirsches Brummen: „Ja, was zur Hölle soll das? Manche Leute wollen schlafen, könnt ihr nicht leiser streiten? David, Sie geistiger Tiefflieger, was haben Sie jetzt wieder angestellt?"

Aus dem Augenwinkel sah David, wie Reba ihm folgte. Dicht hinter ihr schwebte Guylian. Obwohl David sich in der Schwerelosigkeit gut aufgehoben fühlte und sich in seinen Bewegungen sicherer als die anderen wähnte, erreichten sie gleichzeitig das Solaris und Li.

Um seine Oberschenkel war der Klettverschluss gelegt, mit dem Procter ihre Materialproben fixierte, bevor der Laser zum Einsatz kam. Sie hatte stets nur kleine Flecken unter kurzer Hochleistung zu testen, nie etwas, das so groß wie Li war. Erstaunlicherweise war der Klettverschluss trotzdem lang genug, um ihn zu halten.

Seine Augen waren aufgerissen, sein Mund leicht geöffnet. Oberhalb der Nasenwurzel brannte der Laser ein Loch in ihn. In der Helligkeit des Moduls war der feine rote Laserstrahl kaum zu erkennen. Es stank nach verbranntem Fleisch und verkohlten Haaren, wie nach einer Grillparty, wenn man im Vollrausch den gesamten Abfall in die Glut warf, anstatt die Mülltonnen zu füttern. Der beißende Geruch von versengtem Kunststoff mischte sich zum Knacken eines Metalls.

David bremste vor dem Computer ab, der den Laser steuerte. Es brauchte einige Tastenkombinationen, um ihn abzuschalten. Bevor er etwas sagen konnte, hatte Guylian Lis Kopf aus dem Schraubstock geholt und in ihre Richtung gedreht. Sie zwickte ihn in die Wangen.

Li wurde durch den Klettverschluss um die Oberschenkel gehalten. Als Guylian seinen Kopf bewegte, richtete sie den gesamten Oberkörper auf, an dem das T-Shirt um die Brust eng anlag, am Rücken jedoch einige Fingerbreit Platz hatte.

Sein Gefühl meldete sofort eine Warnung. Etwas stimmte nicht. Sein Verstand brauchte eine Weile, um die Situation einzuordnen, die Merkwürdigkeiten zu bewerten und daraus Schlüsse zu ziehen. David sah sich um. Die losen Enden des Klettverschlusses bewegten sich in dieselbe Richtung wie der frei schwebende Kugelschreiber. Selbst Reba richtete sich mit den Beinen aus. Es war nicht bloß Lis Shirt, das sich in eine bestimmte Richtung bewegte.

„Das ist nicht gut", sagte David. „Der Laser scheint ein Loch in die Außenhülle gebrannt zu haben und jetzt versucht jedes Molekül dort hindurchzukommen. Wir verlieren Atmosphäre."

Guylian ließ Li los, als wäre seine Haut glühend heiß. Zuerst richteten sich seine Haare wie Kompassnadeln aus, ehe sein gesamter Körper zurücksank und sein Kopf in beinahe derselben Lage wie vorhin zur Ruhe kam.

„Sehen Sie?" David wiederholte die Bewegung mit der flachen Hand. „Jeder lose Gegenstand strebt dieser Richtung zu. Wir haben ein Leck in der Außenhülle."

„Sicher?" Rebas Lieblingsfrage. Wann immer etwas besprochen wurde oder jemand eine Feststellung machte, fragte sie nach, ob derjenige oder diejenige sicher sei. „Sind Sie vollkommen sicher?"

„Klar." David zeigte auf den Kugelschreiber und die Klettverschlüsse, die in die gleiche Richtung wollten. Er verfolgte ihre Bahnen mit den Augen. „Ist logisch. Sie haben Li entdeckt, sind in die Zentrale, haben Alarm geschlagen, wir mussten hierher zurück, erst dann habe ich den Laser abgeschaltet. Das waren mehrere Minuten und dieser Laser braucht Sekunden, um jedes Material zu durchdringen. Er hat sich spielend leicht durch das gefressen, was auf seinem Weg liegt. Li, die Arbeitsfläche, die innere Hülle, die Isolierung, die Außenhülle." David bewegte sich zum einzigen Fenster im Solaris. Es zeigte nicht die Erde, sondern das Sonnensegel, das am Modul angebracht war. „Yep, er hat ein Loch ins Segel gebrannt. Die erste Reihe ist abgeschaltet." Er hörte Guylian hinter sich scharf einatmen und fügte hinzu: „Keine Bange, wir könnten das komplette Segel verlieren und müssten nur am Komfort sparen. Ein einziges Segel hat keine Auswirkungen auf die Lebenserhaltung." Er bewegte sich nach unten und tastete mit den Fingern nach dem Loch. „Hier ist es. Ungefähr so groß wie mein Daumennagel. Geben Sie mir etwas, das ich darüberlegen kann."

Guylian langte ihm ohne zu überlegen eine Schachtel Taschentücher.

„Möchten Sie etwas anderes?"

„Passt." Als David sich zurückdrehte, hielt Reba sich an Lis Beinen fest. Sie rieb sich mit der rechten Hand die Stirn und zupfte unbewusst an ihren Augenbrauen. „Procter muss das Loch reparieren", entschied sie. „Glenn muss herausfinden, warum man von Li keinen Mucks gehört hat. Er wird sich kaum freiwillig unter den Laser gelegt haben." Sie nahm die Hand runter. „Er wird nicht lautlos gestorben sein. Wenn einen ein Laser in den Kopf trifft, tut das weh."

„Überhaupt erstaunlich", flüsterte Guylian. „So ein winziges Loch ist tödlich. Es hat höchstens den Durchmesser einer Bleistiftmine." Sie löste die Klettverschlüsse und drehte Li auf den Bauch. „Das Loch an seinem Hinterkopf ist nicht viel größer als das vorne. Der Laser muss irgendwas verletzt haben, das zum Leben nötig ist. Atemzentrum oder so." Sie tastete an ihrem eigenen Kopf herum, als wäre damit zu klären, welche Hirnareale zwischen Nase und Hinterkopf verliefen.

„Auch das wird Glenn uns sagen können." Reba zeigte Richtung Zentrale. Ihr Blick streifte David. „Kommen Sie. Alle. Niemand bleibt allein. Es ist nicht geheuer."

Sie schwebte voraus, dicht hinter ihr Guylian, dann David. Er hielt etwas mehr Abstand als Reba angeordnet hatte, denn er mochte Guylians Körpergeruch nicht. Für seine Nase war sie stets umgeben von einem Hauch vergorener Hefe. Wenn seine Großmutter früher den angesetzten Hefeteig vergessen hatte, roch es ähnlich. Den Datschi, den sie dann buk, mochte er nicht. Außerdem war es seiner Meinung nach Guylian, die am häufigsten pupste. Die gesamte Pickles roch leicht nach vergorener Hefe und in der Zentrale, wenn sie ihren Dienst tat, war der Gestank unerträglich. Manchmal kam er in Versuchung, wenn er an den Piloten vorbeischwebte, selbst einen ordentlichen Koffer abzustellen. Wenn er vorher das Chili mit den dicken Bohnen aß, hatte er es in sich. Dann war der Impuls groß, mal schnell das Fenster zu öffnen und die gesamte Atmosphäre der Pickles ins All zu entlassen.

„Glenn?" Reba klopfte an die Tür zum Host. „Wir brauchen Sie schon wieder. Li ist tot. Der Laser hat ihm ein Loch in den Kopf gebrannt."

Die Tür wurde zur Seite geschoben. Dent schwebte ihnen gegenüber mit angewinkelten Knien. „Ist es nicht langsam genug mit den Toten? Wir haben gerade mal Ben verpackt." Er hatte ein Reinigungstuch in den Händen und wischte sich die Finger ab. „Wir haben überlegt, ob wir ihn zur Erde zurückschicken sollen. Er würde wie eine Sternschnuppe in der Atmosphäre verglühen. Diese Vorstellung hätte ihm gewiss gefallen." Er schluckte. „Wir können ihn ja schlecht im Lagerraum behalten. Irgendwann ist der Leichensack voll mit dem, wozu ein Körper nach dem Tod wird. Stan meinte, man könne erforschen, wie sich ein toter Körper im Weltall verhält, was ich absolut pietätlos finde. Das will ich für Ben nicht."

„Sie scheinheiliger Arsch!" David schnaubte. „Vor drei Tagen wollten Sie ihn wegen Körperverletzung verklagen, weil er Ihnen aus Versehen den Ellbogen ins Gesicht getätschelt hat. Sie sind der Letzte, der entscheiden sollte, was mit ihm geschieht."

„Wollen Sie das tun?", konterte Dent. „Sie haben einander gut verstanden, wenn Sie dämliche Wetten am Laufen hatten. Wer bekommt mehr Bleistifte in den Mund oder wer schafft mehr Zimtpulver? Sie haben sich eine Plastiktüte über den Kopf gezogen, einen Esslöffel mit wie viel Gramm Zimtpulver in den Mund genommen und beinahe wären Sie an der Pulverwolke in der Tüte erstickt. Ohne diesen Irrsinn haben Sie Ben mit dem Arsch nicht angeschaut."

„Vierzehn Gramm", tippte sich David mit dem Zeigefinger gegen die Brust. „Ich habe drei Gramm mehr geschafft als er."

Dent ließ die Augen rollen. Das war die einzige Geste, die in der Schwerelosigkeit ebenso gut wie auf der Erde funktionierte. „Sie haben kein Wort gesprochen, wenn es nicht nötig war. Jeder Satz war mit einer Beleidigung garniert. Niemand kann Sie leiden, auch Ben nicht.“

„Wir sind eben keine Quasselstrippen.“

„Ich habe gehört, wie Sie ihn immer wieder aufgezogen haben.“ Dent rubbelte heftig an seinen Fingern. Die Haut war gerötet vom rauen alkoholgetränkten Tuch. „Botanik ist was für Idioten, was für Leute, die mit Menschen nicht können. Botanik ist was für Sadisten, die sich an Menschen nicht abreagieren dürfen. Um Botanik zu kapieren, reicht der Abschluss einer Baumschule. Selbst die dümmsten Bauern sind erfolgreiche Botaniker, denn sie haben die größten Kartoffeln. Soll ich weitermachen?“

„Nein“, entschied Reba fest. „Das ist definitiv genug. Ich möchte jetzt mit Glenn sprechen. Bitte.“

Dent zeigte mit dem Daumen zur Seite. „Sie musste dringend auf Toilette.“

Rebas Kopf zuckte in die Richtung, in die Dent zeigte. Guylian drehte sich in die andere Richtung. David runzelte die Stirn, um Reba ihren Irrtum deutlich zu machen. „Das nächste Klo liegt dort. Bei der Zentrale.“

Reba wandte den Kopf. „Ist sie allein gegangen?“

Dent lachte trocken. „Ich muss ihr nicht das Händchen halten, wenn sie pinkelt.“

Unvermittelt stieß Reba ihm die Handfläche an die Brust. Beide torkelten rückwärts, doch der Kapitän fing sich schneller ab. Sie hielt sich an einem Haltegriff fest. „Habe ich nicht gesagt, niemand darf allein in der Pickles unterwegs sein? Wir haben einen Mörder an Bord und wie man an Li sieht, nutzt er jede Gelegenheit. Er bringt uns einen nach dem anderen um, wenn wir allein sind. Niemand darf sich allein bewegen!"

Dent hatte sich nach einem Purzelbaum stabilisiert. Er packte sein benutztes Reinigungstuch in einen Müllbeutel. „Sie kann auf sich aufpassen. Keine Angst. Sie ist allein durch Kambodscha, als die Rebellen die ganze Region aufgemischt haben, und sie hat sich mit Widerständlern im Nahen Osten angelegt, als sie die Behandlung lungenkranker Kinder verhindern wollten. Ihre Art von einem entspannten Urlaub ist ein Querfeldeintrip durch Terroristengebiet. Niemand braucht sich Sorgen um sie zu machen."

„Rebellen und Terroristen sind etwas völlig anderes als ein Mörder", sagte Reba. „David, wir beide suchen Glenn." Sie zeigte auf Dent. „Sie und Guylian warten hier. Gemeinsam."

„Ich kann nicht warten", wandte Guylian ein. „Ich muss zurück ans Steuer."

„Und ich?", murrte Dent, „soll ich allein hierbleiben oder mitkommen? Ich habe keine Angst vor einem durchgeknallten Idioten."

Reba knirschte mit den Zähnen. „Wir kehren gemeinsam in die Zentrale zurück und David und ich sehen anschließend nach Glenn. Eine der Toiletten grenzt an die Zentrale; Glenn wird nicht schwer zu finden sein." Sie fasste sich an die Kehle. „Was, wenn sie tot ist? Hoffentlich hat der Mörder sie nicht als nächstes Opfer auserkoren. So viel ist sicher: Wenn ich den Täter oder die Täterin erwische, bringe ich ihn oder sie persönlich um." Sie stockte. „Eine genderkorrekte Drohung kommt einem nicht sehr flüssig über die Lippen."

Langsam hatte David die Nase voll von diesen ganzen Sondereinsätzen. Wieder einmal schwebte er durch die Pickles und war auf der Suche nach jemandem. Sie schauten in jedes Modul, riefen nach Glenn und weckten nebenbei sämtliche Leute auf.

In der Toilette bei der Zentrale war Glenn nicht. Niemand sonst, der ihnen begegnete, hatte sie gesehen. Rapide stieg Rebas Nervosität an. Sie begann zu schwitzen und hechtete durch die Pickles wie ein Fächerfisch durch das Meer auf der Suche nach Beute.

Bei der zweiten Toilette am anderen Ende der Zentrale war sie nicht. Bei der dritten Toilette zwischen Getit und Cake auch nicht. Als Reba in das leere Kämmerchen guckte und sich der Absauger nicht rührte und es nicht nach jemandem roch, der gerade ein Geschäft erledigt hatte, schnappte sie nach Luft. „Das darf nicht wahr sein! Nicht Glenn!“ Sie drehte sich herum und brüllte: „Glenn! Glenn!! GLENN!!!“

Es war besser, sich an die Fakten zu halten, fand David und überschlug die Maße der Pickles. Sie war zweihundert Meter lang und hundertsechzig breit. Die Module waren durch Übergänge verbunden, die sich nicht nur im Notfall schließen ließen. Sie sollten immer geschlossen sein, um im Falle eines Unglücks nicht die gesamte Crew zu verlieren. Reba ließ die Türen jedoch immer offen. Das machte sie daheim auch. Bei ihr im Haus standen alle Türen weit offen, selbst die Tür zur Toilette und dem Badezimmer.

Martin war von anderer Art. Bei ihm waren alle Türen zu. Er verschloss jede Tür hinter sich und spürte sofort, wenn eine Tür in seinem Haus einen Spalt offenstand. Manchmal glaubte er sogar in der Pickles Zugluft zu spüren, obwohl die Klimaanlage zu gut ausbalanciert war, um einen auf der Haut spürbaren Luftstrom zu verursachen.

„Falls“, sagte David in einer von Rebas Schreipausen, „falls Martin unterwegs ist, hat er die Durchgänge zugemacht. Sie könnten sich die Seele aus dem Leib brüllen und niemand würde Sie hören. Abgesehen von den Distanzen, sind die Türen zu dick, um Geräusche durchzulassen. Im Notfall halten sie schließlich das Weltall draußen, ein bisschen Schall ist ein Kinderspiel."

Jetzt brüllte Reba ihn an: „Bei der ganzen Sucherei sind wir überall ständig präsent! Wie sollte Martin, dieser dämliche Hornochse, sich an uns vorbeischleichen und klammheimlich alle Türen schließen?"

„Offensichtlich", konterte David, „ist nicht jeder gleich gut darin zu bemerken, was auf der Pickles vor sich geht. Nicht wahr?"

Reba hustete mehrmals. Sie hielt sich den Hals und krächzte, räusperte sich. „Seien wir ehrlich." Sie war heiser vom Schreien. So schnell ging das. „Unsere Lage sieht nicht rosig aus. Wir haben keinen Kontakt zu Boden, eine Handvoll pissiger Arschlöcher ohne Ahnung steuert in einem millionenschweren Grab auf uns zu, ob wir uns in einem Jahr noch anschreien können, ist nicht gewiss. Wir können es uns nicht leisten, unsere einzige Ärztin zu verlieren."

„Dent ist auch Arzt", sagte David.

„Gravitationsbiologe mit Doktortitel."

„Er wollte Arzt werden und hat erst umgeschwenkt, als er ums Verrecken keine Stelle gefunden hat." David erinnerte sich genau daran, wie Dent es ihm erzählt hatte. Über den riesengroßen Schokoeisbecher hinweg berichtete er von der Unmöglichkeit, als junger Arzt eine Stelle zu finden. „Seit sie die Studienzulassungen abgeschafft haben", sagte er, „will jeder Medizin studieren und Arzt werden. Die Märkte werden geflutet, es gibt auf jede freie Stelle mehr als hundert Bewerber. Ein Kollege von mir ist nach Neuseeland ausgewandert. Dort hat er sofort eine Assistenzstelle bekommen."

„Mies", sagte David. „Echt schlimm, wenn man Jahre in eine Ausbildung investiert, die einem nichts bringt."

„Naja, ich könnte Hausarzt auf dem Land werden und mir siebzig, achtzig Stunden die Woche das Gejammer von Leuten anhören, die Schnupfen oder ein Ziehen im Knie haben. Für wenig Geld, versteht sich." Dent pflückte die Waffelröllchen aus seinem Eisbecher und kaute knuspernd. „Darauf habe ich keine Lust und die Lehrtätigkeit am Gymnasium raubt mir auf Dauer den letzten Nerv. Die Schüler wären ja zu ertragen, die Eltern werden von Jahr zu Jahr schlimmer. Ich hänge ein Biologiestudium dran und komme vielleicht in der Forschung unter. Weniger Arbeit für deutlich mehr Geld."

„Das hat funktioniert", sagte David zu Reba. „Dent ist in der Forschung untergekommen und er hat nie verlernt ein Arzt zu sein. An den Wochenenden hat er ehrenamtlich die Notdienste übernommen und ist mit den Sanitätern gefahren. Einmal war er für Ärzte ohne Grenzen sechs Wochen in Afrika. Er ist ein prima Arzt."

„Mir ist Glenn lieber." Reba blieb heiser. „Ich will meine Crew nicht an einen psychopathischen Mörder verlieren. Was ist das überhaupt für ein krankes Arschloch, das sich in unser Team eingeschlichen hat? Wir hätten bei der alten Crew bleiben sollen, Malaria hin oder her."

„Sie können keinen Malariakranken ins All schießen." Bei dieser Vorstellung musste David lächeln. „Niemand weiß, wie ein fiebriger Körper auf die Schwerelosigkeit reagiert. Niemand weiß, ob oder wie eine so schwere Erkrankung beeinflusst wird. Nein, Reba, man schickt keine Kranken ins All."

„Aber Mörder!", stieß sie aus. „Und einen Trottel, der nicht über Armeslänge hinaus scharf sehen kann!" Sie zeigte hinter sich. „Fangen wir vorne an. Wir beginnen im Cake und arbeiten uns zum Solaris durch. Irgendwo muss Glenn stecken. Jeder, dem wir begegnen, muss mithelfen sie zu finden."

David zeigte in genau die andere Richtung. „Das Cake liegt dort drüben. Sie zeigen Richtung Erde."

Reba schnaubte. „Ich kann mich in meiner eigenen Wohnung nicht ohne Kompass orientieren, warum sollte es hier oben besser sein?" Sie stieß sich an der Wand ab und schwebte voraus.

Gerade wollte David ihr folgen, als er ein Geräusch hörte. Anstatt links hinter Reba herzufliegen, drehte er sich nach rechts. Er sah in einiger Entfernung Glenn durch die nun offene Tür kommen. „Glenn!"

Reba machte sofort kehrt und schoss an ihm vorbei. „Glenn! Was bin ich froh Sie zu sehen! Wo waren Sie? Haben Sie von Li gehört?"

Glenn stützte sich mit drei Fingern an der Decke ab. „Ich war bei Martin."

„Nicht auf Toilette?" Reba legte den Kopf schräg.

„Erst auf Toilette." Glenn zeigte auf die Tür zu der Toilette, wo vorhin erfolglos gesucht worden war. „Als ich rauskam, hörte ich Martin schnarchen, grunzen und aufwachen."

„Hat er schon immer", wusste David. „Als Kind hat ihn deswegen seine Schwester nie bei sich schlafen lassen und heute wacht er mehrmals in einer Nacht von seinem eigenen lauten Schnarchen auf."

Glenn schaute ihn an, als hätte er ihr das Wetter der Malediven für nächsten Mittwoch genannt. „Ich war wegen der Kontaktlinsen bei ihm."

Durch Davids Kopf schossen tausend Fragen. Woher Glenn die Linsen hatte, woher sie wusste, wie man sie ins Auge einsetzte, ob sie immer mit Kontaktlinsen unterschiedlicher Stärken auf eine Raumstation ging, wo Astronauten bestens arbeitende Augen hatten, es sei denn, sie schummelten sich durch den Sehtest? Aus seinem Mund kam eine einzige Frage: „Hä?"

„Ja", meinte Reba, „das würde mich auch interessieren. Warum haben wir Kontaktlinsen an Bord? Sind noch mehr Maulwürfe unter uns, von denen ich nichts weiß? Weitere blinde Hühner?"

„Standard", sagte Glenn.

Darüber dachte David eine Weile nach und er fand es mit jedem Gedankengang weniger merkwürdig. Seine eigene Mission sollte diesmal acht Wochen dauern, die von Ben immerhin achtzehn Monate und Li hätte vier oder fünf Jahre im All sein sollen, ehe er die Arbeit auf dem Mars antrat. Da war es sinnvoll, von einer Veränderung der Augen auszugehen und Brillen oder Kontaktlinsen mitzunehmen. Brillen waren schwierig, denn wer von ihnen sollte die Gläser einschleifen und ausmessen. Kontaktlinsen hingegen waren leicht zu handhaben.

„Wir haben Kontaktlinsen an Bord", wiederholte Reba mit ihrer krächzenden Stimme. „Unglaublich. Was haben wir sonst dabei, mit dem niemand auf einer Raumstation rechnet? Ein Hochbeet für Gemüse, Schienen für eine Achterbahn, Nagellackentferner?"

„Wir haben Lutschbonbons dabei", sagte Glenn.

„Ich trinke einen Kaffee, das langt." Reba machte einen tiefen Atemzug. „Es ist schön, Sie wohlauf zu sehen. Ich habe befürchtet, der Mörder hätte sein nächstes Opfer gefunden."

Völlig abwegig war dieser Gedanke nicht. Trotzdem schubste Glenn ihn mit einer Handbewegung zur Seite und David erinnerte sich, was er beim Stöbern in den Unterlagen über Glenn gelesen hatte. Verbotenerweise. Er war nicht befugt, in den persönlichen Akten der Crew zu schmökern. Ihre Großmutter hatte den Holocaust überlebt und ihre Mutter war eine von wenigen Frauen weltweit, die nicht an Bauchspeicheldrüsenkrebs gestorben waren. Eine ihrer Tanten war aus den Ruinen von 9/11 lebend geborgen worden, eine andere Tante hatte den Flugzeugcrash von Kuala Lumpur vor Jahren überlebt, eine Cousine war von einem Kreuzfahrtschiff gefallen und hatte sich fast drei Monate auf einer verlassenen Insel durchgeschlagen. Es schien, als wären die Frauen ihrer Familie hart im Nehmen. Sie selbst war ohne Gebärmutter zur Welt gekommen und hatte sich deswegen niemals bedauern lassen. Sie erwähnte es nicht einmal.

„Kapitän", sagte Guylian durch die Lautsprecher, „es ist eine Nachricht für Sie gekommen."

Kapitel 5

Der Kapitän zog es vor, die Nachricht allein in ihrem Quartier zu öffnen. Das hörte sich bequemer an als es war, denn Reba hatte die geräumigere Kabine, die im Müllmodul lag, gegen eine Standardkabine im Pear getauscht. Sie mochte den Gedanken nicht, zwischen den Müllkanistern und Müllboxen zu wohnen, deshalb war sie ins Pear gezogen, wo sie den gleichen Platz zu ihrer Verfügung hatte wie jedes andere Crewmitglied. Man fühlte sich wie der Fisch in der Konservendose. Es war Platz für zwei Personen, sofern diese beiden Personen es fertigbrachten, aufrecht voreinander zu schweben. Knickte einer von beiden die Knie ein, führte es zu Kollisionen.

David kümmerte sich wie besprochen um die Kameras, die er im Netz mit wenigen Klicks fand. Natürlich war nicht die ganze Welt offline. Es gab Kameras, die sendeten, es gab Server, die die Daten verwalteten. Sie taten sich schwer damit, dem Ansturm gerecht zu werden. Viele Server fielen aus, was die übriggebliebenen langsamer machte.

Timothy kam von seinem Laufprogramm, das er planmäßig durchgezogen hatte, nachdem er mit Stans Hilfe das Sportmodul gereinigt hatte. Er wischte sich unentwegt die Schweißtropfen von der Stirn, damit sie nicht in der Pickles zu schweben begannen, und nebenbei stank er wie ein Iltis. „Und?", fragte er, „kommen Sie voran? Regt sich was?"

„Bleiben Sie weg, Sie olfaktorische Katastrophe. Wie ein Mensch nach dem Sport müffeln kann!" David hielt ihn mit gestrecktem Arm auf Abstand, ehe er auf seinen Bildschirm tippte. „In ganz Amerika tut sich nichts. Die einzige Kamera, die ich dort gefunden habe, steht im Süden Chiles und bewacht das Nest von einem schwarzen Huhn mit weißen

Tupfen.“

„Komischer Vogel“, fand Timothy, der auf Distanz blieb, weil er immer machte, worum man ihn bat. „Was ist mit Kameras in Südtirol? Gibt es da welche?“

Seine Familie lebte in Südtirol. Wahrscheinlich machte er sich Sorgen um Exfrau und Tochter. Ständig checkte er seine Mails und hoffte auf eine Nachricht.

David klickte sich durch das, was vom Internet übrig war. „Ich habe einige Kameras, die auf Berge zeigen.“ Er schaute zu Timothy, der sich vornüberbeugte und die Beine schräg in die Höhe hielt. Mit dem Handtuch tupfte er den Schweiß hinter den Ohren auf. Der Gestank, der um Timothy wie ein Nebel waberte, erreichte Davids Nase. Er unterdrückte den Würgereiz, der sich in seinem Hals aufblähte. „Wo genau in Südtirol?“

„Das ist ein kleines Kaff, Waidbruck. Die nächste Ortschaft, die man kennt, ist Campino d’Ampezzo.“

„Waidbruck“, murmelte David vor sich hin. „Die kleinste Gemeinde in Südtirol, wenn man Wikipedia glauben darf.“ Er tat, als stütze er seinen Kopf auf die Hand, wobei er die Finger dicht an seine Nase legte. Er roch die klinische Sauberkeit der antiseptischen Handwaschlösung. „Weiß der Teufel, was genau diese Kamera beobachten soll.“ Eine Wiese war zu sehen, auf der nichts passierte. Das Gras war stellenweise braun, meistens von einem satten Grau, die Bäume trugen mit einer Staubschicht überzogene Blätter. Einige Äste waren abgeknickt. Im Hintergrund war ein Viehzaun zu sehen, zwei Reihen Stacheldraht mit einem grüngelben Elektrodraht dazwischen.

„Da will ein Bekannter ein Haus bauen.“ Timothy legte sich das Handtuch übers Gesicht und sammelte den Schweiß auf. „Mit der

Kamera braucht er nicht persönlich hin, um zu überwachen, ob die Bauarbeiten voranschreiten. Bisher hat er keine Baugenehmigung bekommen und ich fürchte, um dieses Jahr damit anzufangen, wird die Zeit zu knapp. Es ist Mitte August. Wenn wir Pech haben, schneit es in vier Wochen."

„Trostlos", fand David. „Schnee im September." Er klickte weiter. „Hier ist die Kamera am Rathaus. Sie macht alle dreißig Minuten ein Bild und stellt es ins Netz. Das letzte ist sieben Stunden alt." Er senkte die Stimme. „Der Server steht in Asien, deshalb haben wir ein Bild. Mittlerweile sind alle Kameras in Europa ausgefallen. Neue Bilder kommen keine."

Zu sehen waren auf dem letzten Bild Menschen, die in kurzärmeligen Hemden oder T-Shirts vor dem alten Gebäude standen. In den Blumenkästen unter den Fenstern blühten Geranien und Petunien. Anscheinend hatte es einen starken Sturm gegeben, denn ein guter Teil der Blüten lag verstreut auf dem Boden. Einige der Menschen hatten Tücher vor dem Gesicht, als wären sie Cowboys auf Beutezug.

„Das ist meine Exfrau." Timothy zeigte auf eine schwarzhaarige junge Frau, die bildschön gewesen wäre, wenn sie nicht so tiefe Sorgenfalten auf der Stirn getragen hätte. Im Arm hielt sie ein Baby, dessen Köpfchen von einer Mütze bedeckt war. Das musste Timothys Tochter sein. Sie schrie lauthals. „Hoffentlich geht es ihnen gut."

„Eher nicht", stellte David fest. „Aus ganz Europa kommen keine Lebenszeichen. Man findet automatisch generierte Abfragen, Standardantworten, Bots, die sich unterhalten."

Timothy machte einen schweren Seufzer.

„Ich kann Ihnen andere Kameras aus Europa zeigen." David klickte erneut. „Die Bilder laufen über weit entfernte Server und sind mehrere

Stunden alt. Hier sind die letzten Bilder aus Deutschland." Es war ihm egal, wie leere Wohnzimmer aussahen oder überwachte Hundewelpen in einem Zwinger. Er suchte nach öffentlichen Bereichen und fand einige Kameras, die Bahnhöfe überwachten. Sogar eine Kamera in einer Toilette fand sich; man konnte den Leuten beim Pinkel zuzusehen.

„Auf jeden Fall herrschte große Aufregung, bevor die Kameras ihre Dienste eingestellt haben." David suchte nach einer Kamera, die ihm Informationen lieferte. „Egal wo man guckt, die Menschen sind nervös." Eine Kamera, die er vielversprechend fand, fiel komplett aus, bevor er einen genauen Blick darauf werfen konnte. „Außerdem machen die Server schlapp, deswegen erhalten wir immer weniger Bilder."

„Alle versuchen gleichzeitig zu telefonieren", sagte Timothy. „Man sieht die Leute mit ihren Smartphones am Ohr. Der hier mit dem großen Kasten hat sogar ein Satellitentelefon."

„Es ist überall recht warm." David täuschte sich nicht. „Das ist der Marienplatz in München. Da ist es im August meistens warm, aber dermaßen rote Köpfe und verschwitzte T-Shirts habe ich noch nie gesehen. Gerade, wo der kälteste Sommer seit Aufzeichnungen läuft. Vor zwei Tagen hatte es dort elf Grad bei Dauerregen und das war der schönste Tag der Woche."

„Kann das sein?" Timothy schwebte rückwärts. „Hat der Einschlag so viel Hitze freigesetzt?"

„Ihr Idioten", mischte sich Guylian von ihrem Steuerplatz aus ein, „halb Amerika ist in einem Lavasee verschwunden, der Asteroid hat sämtliche Wolken aus der Atmosphäre gepustet. Natürlich hat er *sehr viel* Energie freigesetzt."

„Wir sollten Dent fragen", schlug David vor. „Ihm traue ich eine fundierte Einschätzung zu.“

Guylian verdrehte die Augen zur Nase und streckte ihm die Zunge raus. „Arschloch.“

„Fliegen Sie“, erwiderte David, „und lassen Sie das Nachdenken denen, die es können.“ Er fand eine Kamera, mit der der Parkplatz vor der Agentur überwacht wurde. „Das gefällt mir nicht.“ Er winkte Guylian heran, denn Timothy war inzwischen auf dem Weg in sein Zimmer, um sich zu waschen und frische Sachen anzuziehen. „Mir ist bei den anderen Bildern der gleiche Schatten aufgefallen“, meinte David. „Als wäre die Erde getoastet worden. Die Häuser haben einen graubraunen Touch. Was denken Sie, wovon das kommt?“

„Ach, jetzt ist Ihnen meine Meinung gut genug? Sie sind ein selbstgefälliger Schleimer.“ Trotzdem streckte Guylian sich in ihrem Sitz und reckte den Hals, um auf seinen Bildschirm blicken zu können. „Die Autos liegen auf der Seite oder dem Dach, als hätte ein Kind seine Spielzeugkiste ausgeleert.“

„Meiner Ansicht nach“, überlegte David, „hat die Druckwelle in Europa zu verheerenden Verwüstungen geführt. Sie erreichte den Kontinent immerhin Minuten nach dem Einschlag.“ Er zeigte ihr weitere Bilder. „Die Häuser in dieser Gegend stehen nicht mehr, die Straßen sind aufgewölbt und zerplatzt.“ Er hatte auf einem anderen Bildschirm eine Karte der Erde aufgerufen und markierte einzelne Bereiche darin. „Amerika ist weg, der nördliche Teil Europas gleicht einer Mondlandschaft und Asien hat es schlimm erwischt. Es gibt sehr viele Kameras, die ausschließlich dieses Schneetreiben senden.“ Er zeigte ihr, was er meinte. Über die Bildschirme huschte das schwarzweiße Flimmern und Knistern, das er aus seiner Kindheit kannte. Wenn seine Eltern ihm weismachen wollten, der Fernseher sei ausgefallen oder am

Abend würde nichts gesendet, hatten sie übers Internet dieses Schneetreiben ablaufen lassen. Als kleiner Junge hatte er sich reinlegen lassen, sobald er den digitalen Anteil am Fernsehen verstand, mussten seine Eltern die Fernbedienung wegschließen, um ihn am Schauen zu hindern. Später taten sie die Sicherungen fürs ganze Haus im Stromkasten raus und verriegelten ihn mit einem Sicherheitsschloss und sechsstelligem Zahlencode, der sich jede Woche änderte. Dieses peinliche Verhalten stellten seine Eltern ein, als David absichtlich die Gefriertruhe geöffnet ließ, woraufhin der gesamte Fleischvorrat auftaute und verdorben war. Der finanzielle Schaden wog deutlich schwerer als jegliche Erziehungsprinzipien.

„Überhaupt ist die Bildqualität ziemlich schlecht", meinte Guylian. „Körnig und verschwommen. Das passt nicht zu dem Hightechzeug, das sich die Leute so gern anschaffen."

„Vielleicht atmosphärische Störungen." David klickte weiter. „In Zentralchina brennt es. Man kann die gewaltige Rauchwolke von hier oben sehen." Er schaute zum Fenster, aber Asien war derzeit nicht unter ihnen. „Das ist nicht das Feuer, das der Einschlag ausgelöst hat. Ich glaube, es sind einige Fabriken in die Luft geflogen. Wenn das Personal flieht und die Technik sich selbst überlassen wird, können schwerwiegende Fehler auftreten. Spätestens, sobald der Strom weg ist, verwandelt sich alles in Tohuwabohu."

„Ohne Strom", wandte Guylian ein, „hätten wir keine Bilder." Sie knabberte geräuschvoll an ihrem Daumennagel, bis sie plötzlich den Finger reckte. „Was ist das? Können Sie diese Kamera größer machen?"

David konnte es und es war kein schöner Anblick. Vor einem Supermarkt, dessen Glasfront in Tausende Scherben zersprungen war, lagen tote Menschen. Sie waren offenbar an Schnittwunden gestorben. Die Haut hing in Fetzen von Gesicht und nackten Armen, Kleidung war zerschnitten, Gliedmaßen waren vollständig abgetrennt.

„Die Hitze und die Druckwelle müssen enorm gewesen sein", flüsterte Guylian.

Sie schauten sich weitere Bilder an. Der Zähler in der rechten unteren Bildschirmecke ging nach unten. David ließ das System zählen, von wie vielen Kameras er Bilder empfing. Es waren Zehntausende. Die meisten freilich nutzlose Dinger, mit denen Eltern ihre schlafenden und jetzt toten Babys überwachten. Wenige waren hilfreich; ausgerechnet diese stellten zuerst ihren Dienst ein. Die Zahlen sausten schneller abwärts als David sie erkennen konnte.

Eine zweite Nachricht kam herein und meldete sich mit einem mehrmaligen Piepen. Guylian lud die Nachricht komplett in eine neue Datei. „Wieder für den Kapitän." Sie drückte Knöpfe an ihrem gewaltigen Steuerpult. „Kapitän, darf ich Ihnen eine neue Nachricht in Ihr Quartier schicken?"

„Ja", kam die Antwort aus dem Lautsprecher. Gleichzeitig schniefte Reba. „Stellen Sie durch."

Guylian drückte wieder Knöpfe. David schaute ihr dabei zu und fragte sich, ob man dieses Kontrollpult heute nicht anders bauen würde. Die Grundstruktur war einige Jahrzehnte alt und Touchscreens hatte man damals nicht gekannt. Heutzutage würde man wischen und tippen, anstatt Knöpfe zu drücken und Regler zu drehen. Wahrscheinlich würde man mit einem modernen Pult halb so viel Platz brauchen und die Station mit einem dreidimensionalen Hologramm steuern. Bei Science-Fiction-Filmen mochte er diese Szenen am meisten. Der Pilot steuerte ein Schiff oder eine Raumstation, indem er mit zwei Fingern in einem

Hologramm fummelte und mächtig angestrengt guckte, als würde das Steuern eines Raumschiffs allein vom Gesichtsausdruck abhängen. Bei manchen Szenen mochte er sich vor Lachen kringeln, wenn das Raumschiff einen Asteroidenschwarm durchquerte und der Pilot flinke Wendemanöver flog, die Augen zusammengekniffen, die Lippen geschürzt oder die Kiefer fest aufeinandergepresst. Wenn Guylian oder Sven ein solches Gesicht machen würden, wäre es an der Zeit für einen guten Arzt. Selbst falls sich mehrere Asteroiden in einem Schwarm fanden, war das kein Grund für ein verqueres Gesicht. Es beschwerte sich schließlich niemand, der einen Tretroller durch ein offenes Tor in eine leere Turnhalle bugsieren musste. Okay, Sven vielleicht schon, er lamentierte gern, häufig und ausgiebig wegen allerlei Kinkerlitzchen.

„Weint sie?", fragte Guylian zögernd.

David schaute sich um. Nur er und Guylian waren in der Zentrale. Wer sollte weinen?

„Wenn der Kapitän heult", fuhr Guylian fort, „hat sie eine verdammt schlechte Nachricht bekommen. Ich wette, wir können nicht auf die Erde zurück. So eine Scheiße." Nun schniefte sie. „Ich will nicht ewig hier oben bleiben. Ich wollte im Sommer auf ein Konzert gehen, für das ich bei einer Verlosung Karten gewonnen habe. Zum ersten Mal in meinem Leben gewinne ich etwas. Das ist nicht fair!"

In Lederjacke und mit wilden Haaren konnte sich David Guylian nicht vorstellen. Das Konzert musste Richtung klassische Musik gehen. Wahrscheinlich das letzte Konzert der Tenöre oder eines der Wunderwerke des Dirigenten Gin Jin. Da hatte David mal am Rande mitbekommen, wie schnell die Karten vergriffen waren. Wollte sie womöglich auf eines der schmalzigen Konzerte dieses singenden Zwergs gehen, der deutsche Schlager schmetterte, von Herzschmerz winselte und bei dem David überhaupt nicht nachvollziehen konnte, wie so jemand Millionen Downloads haben konnte. Bezahlte!

„Mit wem werden Sie hingehen?", fragte David, der Höflichkeit halber, obwohl es ihn nicht die Bohne interessierte und ihn nicht interessiert hätte, wenn unten auf der Erde die übliche Ruhe herrschen würde.

Guylian drehte sich zu ihm. Es sah lustig aus, wie ihre Haare schwebten und von dem Kopfhörer gebremst wurden. Sie runzelte die Stirn. „Falls das Wunder geschieht", sagte sie, „und ich die achthundert Kilometer bis zum Boden überwinden kann und das Stadion steht und die Band spielt, gehe ich allein auf das Konzert. Ist eine völlig unbekannte Rockband mit nur einem halbwegs guten Song. Je öfter man *Shake the Planet* hört, desto eher wird ein Ohrwurm draus."

„Kein Konzert." Reba kam in die Zentrale geschwebt. „Es gibt keine Konzerte mehr, keine Festivals und keine Urlaubsparadiese. Es gibt keine Arbeit mehr, keine Verpflichtungen und nichts, was an Normalität erinnert." Sie wischte sich über die Augen. „Ich habe eine letzte Nachricht von Boden bekommen. Guylian, rufen Sie die Crew zusammen."

Guylians dunkle Haut bekam einen Grauschimmer. „Was hat das zu bedeuten?"

Ehe die Crew vollzählig versammelt war, gab es keine Kamera mehr, die Bilder lieferte, mit denen man etwas anfangen konnte. Die interessanten Einstellungen waren futsch und es flackerte das nervtötende Grießeln auf den Bildschirmen. David suchte sich durch die Server, die er ansteuern konnte, was erschreckend schnell ging. Das Internet war rapide klein geworden. Nicht einmal mehr das Darknet war vorhanden, was ihn wegen der enormen Wirtschaftsmacht dieses Sektors verblüffte. Als hätte der Asteroid die Kriminalität ausgelöscht.

„Boden", berichtete Reba, „hat den Asteroiden kommen sehen, in letzter Minute. Es war keine Zeit, um einen Rettungsplan aufzustellen, weil zwischen Sichtung und Einschlag bloß eine halbe Stunde lag. Zuerst musste berechnet werden, ob er die Erde treffen würde und der Verantwortliche war beim Yoga und..." Sie stockte und blickte in die Gesichter ihrer Crew. „Gerade in katastrophalen Situationen ist Zeit viel zu knapp bemessen. Umso erstaunlicher ist, was Boden in diesen wenigen Minuten bewirken konnte. Amerika war dem Einschlag gegenüber chancenlos. Man schickte trotzdem eine Warnung an diese und andere Regierungen und es wurden sofort Rettungsmaßnahmen eingeleitet. Was die genutzt haben, sehen wir jede Stunde, wenn wir über das fliegen, was mal die Karibik war." Sie zeigte zum Fenster, wo gerade in diesem Moment wieder der grellgelb glühende Flecken dort zu sehen war, wo gestern Angst vor einem Hurrikan geherrscht hatte.

Der Hurrikan war ohnehin langsam gewesen, fand David. Normalerweise zogen diese gewaltigen Wirbelstürme in wenigen Tagen vom Atlantik in die Karibik und richteten Verwüstung an. Dieser Hurrikan torkelte seit einer Woche in gemütlichem Tempo auf Kuba zu. Wer da die Zeit nicht nutzte, um sich vorzubereiten, zu hamstern und sich einzuigeln, hatte nicht mehr alle Latten am Zaun, geschweige denn vor den Fenstern.

„Die meisten Regierungen – man hat einige Schurkenstaaten außenvor gelassen – haben Mitteilung bekommen und versucht, so viele Bürger wie möglich in unterirdische Höhlen zu retten. In Thailand hat man die Höhle reaktiviert, in der diese Jugendlichen einmal eingeschlossen waren, falls jemand von Ihnen davon erzählt bekommen hat oder Berichte darüber sehen konnte. Den Entdeckerinnen des Asteroiden, Blaire Kruger und Helen Namara, wurde angeboten, mit der Mobility ins

All zu fliehen. Eine lächerliche Chance, dem Untergang zu entkommen. Sie nutzten sie, zusammen mit dem Ehemann und einigen Leuten, die sie auf dem Weg zur Mobility eingesammelt haben." Reba machte eine Pause, damit die Crew über diese Worte nachdenken konnte.

David sparte sich das Denken. Blaire Kruger und Helen Namara waren tot, also hatte ihnen die Flucht ins All nichts genutzt. Den Ruhm der Entdeckung konnten sie sich gern auf die Fahnen schreiben. Ihre Namen würde der Asteroid tragen, der die Menschheit auf der Erde ausgelöscht hatte. Die Kruger-Namara-Katastrophe, schoss es David durch den Kopf, oder das Blair-Kick-Project. Dieses Wortspiel war für Kinogänger und Filmfans. Wahrscheinlich würde es als Namara-Kruger-Szenario in die Geschichte eingehen, kurz als NKS. Unterhalb der NKS-Grenze würde es jede Menge Plastik in den Ablagerungen der Gesteinsschichten geben, darüber keins mehr.

Reba fuhr fort: „Außerdem hat Boden die Vitality losgeschickt. Ihr Signal müsste uns in den nächsten Stunden erreichen und dann sollen wir sie per Fernsteuerung reinholen. Es soll nicht viel anders ablaufen als jedes übliche Andocken. Ich habe die Passwörter bekommen, damit wir die Kontrolle übernehmen können. Sie lauten allesamt wieder einmal eins-zwei-drei-vier-fünf. Sollte die Menschheit überleben, muss sich jemand für die Passwort-Problematik definitiv eine bessere Lösung überlegen." Reba kratzte sich am Hinterkopf. Das tat sie öfter und manchmal kratzte sie so lange, bis unter ihrem Fingernagel Blut war. „Die Vitality hat keine Menschen an Bord, sondern Vorräte, Ressourcen und eine Menge sentimentalen Schnickschnack, der uns an die Erde erinnern soll."

„Sie war für den Mars gedacht", sagte Stan. „Sie sollte Pflanzen, Erde, Bakterienkulturen, Saatgut und Dünger zum Mars bringen, sobald die ersten Kuppeln bewohnt sind." Sie schnaubte, verschränkte die Arme vor der Brust und klemmte sich mit dem Fuß unter Guylians Sitz fest. „Die Vitality ist nicht für ein Andockmanöver gebaut. Sie sollte den Mars im freien Fall erreichen, aufschlagen und ausrollen. Es gibt keine Schleusen an der Vitality, keine Fenster oder Türen. Es gibt eine Ladeluke und im Inneren jede Menge Stauraum." Stan schüttelte energisch den Kopf. „Es könnte sogar gefährlich werden, wenn wir der Vitality nahekommen. Sie hat einen Airbag eingebaut, der bei Annäherung an den Marsboden automatisch aufgeht. Wenn die Systeme der Vitality uns mit dem Mars verwechseln, zerschmettern uns die platzenden Airbags sämtliche Außenhüllen und Fenster und der Aufprall wirft uns aus dem Orbit."

Die Crew war still. Niemand sagte etwas, bis Reba einen tiefen Atemzug machte. „Danke für diese Zusammenfassung. Der Befehl lautet die Vitality einzufangen. Wir müssen die Airbags ausschalten, bevor wir die Vitality packen. Dafür ist mir ein Passwort übermittelt worden."

„Eins, zwei und so weiter", murrte die sonst so schweigsame Glenn.

„Ich pfeife auf Befehle", gab Stan zurück. „Es gibt keinen Grund sich an Befehle zu halten. Die Erde ist verwüstet, die Menschheit dem Untergang geweiht. Wir müssen selbst sehen, wie wir klarkommen. Wie lange wir durchhalten. In dieser Position hat Boden überhaupt nicht die Kompetenz uns Befehle zu erteilen. Niemand hat das."

„Was, wenn wir zurückfliegen?" Timothys Idee schwebte durch den Raum wie ein Glühwürmchen. „Wir könnten die Quest abkoppeln und zurückfliegen. Sie ist als Notfalleinheit konzipiert und erträgt atmosphärische Reibung."

„Landen!" Dent schüttelte den Kopf. „In einem Trümmerfeld oder auf einer von einem Tsunami überschwemmten Wiese? Selbst wenn wir im

Ozean landen, es ist niemand da, der uns rausfischen könnte."

Timothy legte den Kopf leicht schief. „Wir könnten statt zu A104 zurück zur Erde. Li hatte die Freigabe auf A104 zu landen, wenn die Daten es hergeben. Da hält das Modul auch die Landung auf der Erde aus. Praktischerweise haben wir Samen und Setzlinge dabei und können damit auf der Erde neu anfangen."

„Hornochse!", nannte ihn Dent. „Die Erde ist auf Jahrzehnte hinaus unbewohnbar, weil durch den Dreck in der Atmosphäre keine Sonnenstrahlen dringen. Da nützen uns Samen gar nichts."

Reba schien über diesen Vorschlag nachzudenken. David schaute sie aus kleinen Augen an. „Das ziehen Sie nicht ernsthaft in Betracht? Der Trottel weiß nicht, wovon er redet. A104 wäre vielleicht eine Chance, die bessere Alternative ist der Mars. Dort steht Ausrüstung parat, dort ist für menschliches Leben sehr viel vorbereitet. Kapitän, hören Sie nicht auf einen steroidgefütterten Muskelprotz."

Wenig später herrschte eine besondere Betriebsamkeit auf der Pickles, die mit den ursprünglichen Versuchsabläufen und Experimenten wenig zu tun hatte. Bens Versuche zum Pflanzenwachstum waren eingestellt worden. Sollten die Bohnen wachsen, wie sie wollten. Die Nacktmulle versuchten verzweifelt, das ihnen hastig ins Gehege geworfene Futter zu erwischen. Es schwebte davon und trieb sie zur Raserei. Sie bissen und kratzten einander, bis Martins Mitleid groß genug war. Er packte die kleine Kolonie in ihre Transportbox und baute das Ergometer um. Nach einer halben Stunde Arbeit war der Plexiglaskasten am Pedal festgemacht. Zusammen mit dem Elektromotor der Zentrifuge ergab es eine primitive Vorrichtung, die Gravitation erzeugte, indem der Kasten mit seinen Bewohnern wie wild herumgeschleudert wurde. Es war gerade genug Schwerkraft, um die Mulle friedlich werden zu lassen. Sie konnten eine Wohnhöhle graben und das Futter erwischen und sich paaren. Auf die andere Seite des Pedals schnallte Martin einen Käfig samt Zwerghuhn. Für alle vier Zwerghühner war nicht genug Platz, also mussten sie sich die Gravitation tageweise teilen.

David wurde schlecht, als er die herumwirbelnden Domizile eine Weile beobachtete. Erst hatte er gedacht, das wäre eine hervorragende Idee, um ihnen allen das früher oder später einsetzende Heimweh zu ersparen oder sie abwechselnd in einem Bett mit Schwere schlafen zu lassen. Die Zentrifuge allerdings knatterte laut und es sah nicht gemütlich aus, wie in einem schnellen Karussell herumgeschleudert zu werden. Er musste wegschauen, um den Brechreiz zu unterdrücken.

Seit einer Stunde befanden sich Procter und Timothy außerhalb der Pickles. Sie hatten eine Box mit Werkzeugen und einige Materialen dabei, mit denen sie das Loch reparieren wollten, das der Laser gebrannt hatte. Das Wichtigste zuerst, hatte Reba gemeint, und die Reparatur angeordnet.

„Zu viele Baustellen auf einmal", stellte sie nun fest. Sie hing vor dem Fenster, den Kopf nach unten, und schaute zu, wie Procter sich mit der Reparatur abmühte. Timothy reichte ihr die Werkzeuge. „Auf der Erde wäre so ein Löchlein nicht der Rede wert. Man würde es bemerken, die Tür öffnen und von außen einfach ein Brett vornageln."

„Genau das tut Procter", sagte Martin, der über die Sicherheit des Außenteams zu wachen hatte und auf sich nähernde Kleinteile achtete, solange das schützende Magnetfeld rund um die Pickles abgeschaltet war. „Sie klebt von außen ein Blech vor das Loch und dichtet die Ränder ab."

Rebas Augen wanderten nach links, wo in sicherem Abstand die Mobility wartete. Martin hatte sie nahe genug herangeholt, um sie anzudocken, sobald Procter mit der Reparatur fertig war. „Sven?“, fragte sie.

Sven schaute nicht von seinen Instrumenten hoch. „Keine Veränderungen. Die Vitality lässt sich problemlos steuern und der Treibstoff reicht für eine Ewigkeit. Jetzt sollte ich herausfinden, wie ich sie andocken lassen kann, ohne zerschmettert zu werden. Das System für die Airbags lässt sich trotz Passwort nicht ausschalten. Bovich prüft gerade, wie sich die Flugbahn der Vitality verändert, wenn wir den Airbag manuell sprengen.“

„Sie sind wahnsinnig“, flüsterte Reba, „beide. Den Airbag zu sprengen ist eine Schnapsidee. Niemand hat das je gemacht.“

Sven zuckte die Schultern. „In der gegebenen Situation bringt uns Wahnsinn entweder um oder die Menschheit wird auf eine neue Stufe der Evolution katapultiert.“

„Glenn?“, fragte Reba. „Wie ist Ihr Status?“

Über Lautsprecher kam Dents Antwort aus dem Host: „Modi starb durch den Messerstich ins Herz. Die linke Herzkammer wurde völlig zerfetzt, er war sofort tot. Selbst wenn wir ihn früher gefunden hätten, wäre ihm nicht zu helfen gewesen.“

„Und Li?“

Im Lautsprecher knarzte es kurz. „Der Laser ist durch die Stirn eingedrungen und hat das Gewebe rund um den Schnittkanal mehr oder weniger gekocht, gegart, verbrannt. Der Tod trat binnen Sekunden ein, nachdem wichtige Teile des Gehirns umgehend ausgefallen sind. Das Hirn sieht aus wie Fleisch an einem Grillspieß, außen kross, innen roh. Umgekehrt natürlich, denn der Laser ging mitten durch das Gewebe hindurch. Interessant ist eine hohe Dosis Morphium, die wir in seinem Blut gefunden haben. Er wurde offenbar ruhiggestellt.“

„Betäubt." Reba schlug sich mit der flachen Hand auf den Oberschenkel. „Ich wusste es."

„Es hätte ohne Betäubung nicht zu mehr als einem kurzen Schrei gereicht", sagte Dent. „Ohne das Morphium wäre der Laser wahrscheinlich nicht so glatt durch den Kopf gegangen, sondern hätte eine von panischen Bewegungen verursachte Zickzacklinie beschrieben. Ausschlaggebend für den Tod war das Morphium nicht."

Draußen vor dem Fenster war zu sehen, wie Procter mit dem Kleber hantierte und aus der kleinen Tube, die in einer riesigen Halterung steckte, in jede Ecke des Blechs einen Tupfen Klebstoff setzte. Um das kleine Loch abzudichten, brauchte es kein großes Stück Blech. Ein Quadrat von etwa zehn Zentimetern Kantenlänge genügte völlig. Schwierig wurde diese Arbeit, weil man sich kaum bewegen konnte. Der Raumanzug war das neueste Modell und genauso unbequem wie alle Vorgängermodelle. Fließende Bewegungen mit den Händen waren unmöglich und wenn man es annähernd schaffte, machten einem die klobigen Handschuhe den Rest der Arbeit schwer.

„An der Stelle, wo das Loch ist", sagte David, „ist die Außenhülle leicht gekrümmt. Procter musste das Blech biegen, bevor sie es kleben kann."

„Ich weiß." Reba hielt sich mit einer Hand am Fensterrahmen fest. „Hat sie Werkzeug verloren?"

„Nein." Martin blinzelte mehrmals und hob eine Hand zum Auge. Bevor er zu reiben begann, ließ er die Hand wieder sinken. Er musste sich erst an die Kontaktlinsen gewöhnen. „Keine Verluste."

Wie in Zeitlupe drehte Procter das Blechstück auf die andere Seite und presste es über die Stelle mit dem Loch. Im schillernden Helmvisier sah David die Reflexion der Erde und des Feuersees in der Karibik.

„Blech angebracht", meldete Martin. „Sie beginnt nun mit der

Abdichtung.“ Er schaute hinter sich. „Wir können die provisorische Abdeckung wegnehmen und prüfen, ob das Leck geschlossen ist.“

„Das mache ich selbst“, entschied Reba und sie nickte David zu. „Begleiten Sie mich.“

David gähnte. „Wenn es sein muss.“

Reba schwebte voraus und sie legte ein ordentliches Tempo vor. „Ich will das möglichst bald gemacht haben, damit die Mobility andocken kann. Die drei Überlebenden müssen seit Stunden mit zwei Toten im selben Raum ausharren. Das tut niemandem gut. Profis drehen hohl in einer solchen Situation, was denken Sie, was Laien anstellen?“

David schloss zu ihr auf, was kinderleicht war, solange man einen stärkeren Impuls hatte als der Vordermann. „Die werden sich an die Gurgel gehen.“

„Eben“, sagte Reba. „Wir haben genug Tote.“

Sie erreichten das Modul, das auf der Seite mit dem Leck nur ein kleines Guckloch als Fenster hatte. David hätte Procter gern zugewinkt und ihr eine Grimasse geschnitten. Sie steckte seit Stunden in dem Raumanzug und ihre Windeln waren garantiert voll. Sie war eine der wenigen an Bord, die so viel tranken wie vorgesehen war. Vielleicht lag das an dem, was sie trank. Sie liebte salzigen Tomatensaft und schüttete sich allein davon jeden Tag einen vollen Liter rein. David graute bei diesem Gedanken. Was das ganze Salz mit ihren Blutwerten machte, wollte er lieber nicht genau wissen.

Procter hatte ordentlich gearbeitet, daran hatte David vom ersten Blick auf das Leck an keine Zweifel. Das Päckchen Taschentücher, das er über das Loch gelegt hatte, befand sich nicht länger dort. Es hatte sich auf die Reise gemacht und war beinahe am Ansauggitter der Klimaanlage angekommen. Wäre der Sog durch das Leck vorhanden gewesen, hätte es sich niemals von der Stelle bewegt.

„Dicht." David bewegte sich nach unten, um durch das Loch zu sehen. Außerdem wollte er mit dem Handrücken fühlen, ob es nicht einen Luftzug gab, der schwächer war als das, was die Klimaanlage schaffte. Er hielt die Hand vor das Loch, nachdem er mit dem rechten Auge nichts erkennen konnte und sich den Handrücken abgeleckt hatte. „Dicht."

Reba berührte das Sprechgerät, das hinter ihrem Ohr klemmte. „Martin, das Leck ist dicht. Die provisorische Abdeckung hat sich von selbst gelöst und David spürt keinen Luftzug mehr. Procter soll die Fugen ziehen und so schnell wie möglich wieder reinkommen." Sie hielt selbst eine Hand vor das Loch. „Nichts zu spüren. Absolut nichts. Kein Windhauch, kein Kältegefühl. Haben wir etwas da, mit dem wir das Loch von dieser Seite füllen können? Es macht mir ein ungutes Gefühl, wenn das so offen ist."

Nicht oft musste David im Weltraum Löcher flicken. Er dachte kurz nach. „Wir stopfen Gummi rein und gehen mit Silikonkleber drüber. Die miserable Optik kümmert uns ja nicht."

Reba nickte. „Haben Sie alles hier, was Sie brauchen?"

David zeigte kurz hinter sich. „Im Lager. Wollen Sie als Begleitschutz mit?"

Reba winkte ab. „Die paar Meter werden Sie gewiss allein schaffen. Lassen Sie die Tür offen, damit ich Sie hören kann." Sie wurde ernst. „Ich kann es nicht leiden, wenn Martin sämtliche Türen schließt. Warum reizt er mich damit?"

„Es steht im Protokoll." David machte sich auf den Weg. „In der Sicherheitseinweisung haben wir es außerdem erklärt bekommen. Im Notfall läuft ein Plan ab, der nacheinander die Module abriegelt. Wenn die Türen geschlossen sind, läuft das fehlerfrei durch. Wenn das

System die Türen erst selbsttätig schließen muss, kostet es wertvolle Zeit. In dieser lebensfeindlichen Umgebung können Sekunden den Ausschlag geben über Leben oder Sterben."

Reba verdrehte die Augen nach oben, was nicht ganz den gewünschten Effekt hatte, weil sie mit dem Kopf nach unten hing. Aus Davids Perspektive sah es so aus, als suchte sie Flusen auf dem Fußboden. „Als würde es in der näheren Umgebung einen Ort geben, der prima Möglichkeiten zum Überleben bietet." Sie zeigte hinter sich. „Wie ich das sehe, ist das nächste bewohnbare Gebiet sieben Monate mit Höchstgeschwindigkeit in diese Richtung."

Nicht zum ersten Mal fragte sich David, wie oft Reba sich daheim verlief. Sie zeigte pausenlos in die falsche Richtung, wenn es um Ortsangaben ging. Sein Nicken folgte ihrem Finger. „Dort liegen die Weiten des Weltalls. A104 dürfte etwa in dieser Richtung liegen und der Mars ungefähr dort." Er streckte den Arm und zeigte erst auf eine Schalttafel mit Werten einer Messstation, dann auf ein Regal voller Döschen, in denen verschiedene Gelees aufbewahrt wurden. Ein Pharmakonzern wollte wissen, wie diese Gelees sich unter Druck verhielten. Genauer gesagt interessierte besonders, wie sie sich völlig ohne Druck verhielten. Es ging um einen Ersatzstoff für menschliches Unterhautgewebe, was wiederum David nicht interessierte. „Sie haben einen ziemlich schlechten Orientierungssinn."

„Und Sie ein ziemlich schlechtes Gespür dafür, wann es mit der Besserwisserei langt. Es ist für unsere Diskussion irrelevant, ob A104 nun dort oder dort liegt." Reba schwebte mit weit ausgebreiteten Armen um sich selbst. „Stellen wir uns den Tatsachen. Das einzige dauerhaft bewohnbare Gebiet ist A104. Wenn wir alles zusammensuchen, was sich in den verschiedenen Experimenten auf der Pickles findet, wird das

Überleben dort ein Kinderspiel. Wir lassen uns von A104 in fremde Regionen des Alls bringen und wenn wir einen Planeten finden, der besser für uns taugt, steigen wir ab. Kinderleicht." Sie tat einen tiefen Atemzug. „So viele Dinge sind kinderleicht, wenn man selbst nicht für die Ausführung zuständig ist."

„Ich gehe Gummi und Silikon holen." Es gelang David, es nicht allzu sehr nach einem genervten Seufzen klingen zu lassen. Er war durch die erste Tür hindurch, als er für sich murmelte: „Wenn es so verflixt einfach ist, A104 zu besiedeln, warum braucht es so verdammt viel Planung?" Er stieß sich am Rahmen ab und glitt weiter, immer darauf bedacht, in der Mitte des Raumes zu schweben. „Ich habe keine Lust, den Rest meines Lebens auf einem winzigen Steinchen durchs All zu sausen, und mehr ist dieser Plutoid nicht, obwohl er größer als der Mars ist."

David bremste ab, als er den dritten Schrank auf der rechten Seite erreichte. Er öffnete das oberste Fach und begann zu suchen. Eine Tube Silikon hatte er bald gefunden, ebenso die Anleitung dazu, die ihn davor warnte, Silikon als Luftschlange zu verwenden und durch die Module zu sprühen. Niemals war das Material ohne direkten Kontakt zur Gegenseite zu verwenden. Nicht in die Augen und an die Schleimhäute bringen. Nicht versuchen es anzuzünden, denn aufgrund der Bestimmungen für Materialien, die zur Raumfahrt zugelassen waren, war ein Stoff zugesetzt, der es extrem schwer entflammbar machte. Eher setzte man die Umgebung in Brand als dieses Silikon.

Etwas länger musste David suchen, bis er einen Gummiring gefunden hatte. Damit wurden die Ersatzbleistifte zusammengehalten, also ließ David den Gummiring, wo er war, und schob sich stattdessen einen Kaugummi zwischen die Zähne. Während er einsammelte, was ihm entwischt war, überlegte David, wozu man Ersatzbleistifte dabeihatte.

Der moderne Mensch verbrauchte ziemlich viele Bleistifte in der Grundschule und danach kaum mehr einen. Daheim hatte er erst vor kurzem eine ganze Packung Bleistifte in einer modrigen, brüchigen Pappschachtel weggeworfen. Er brauchte nie Bleistifte.

Eine Packung Büroklammern schwebte Richtung Fenster. David sammelte sie ein und fand nahe am Absauggitter einen Block mit Haftnotizen. Zwei Kugelschreiber pflückte er von der Decke. Ein Bündel Zwirn rollte sich gerade ab, die neun übrigen Tuben Silikon düsten durch den Raum und leider war die Klappe zum unteren Fach aufgegangen und verschiedene Tuben mit Klebern machten sich hurtig davon.

Auf der Erde würde es wenige Sekunden dauern, das wieder einzusammeln. David wäre mit ausgestreckten Armen rumgelaufen, hätte die Teile in sein zu einem Beutel geformtes Shirt gesteckt und zurück zum Schrank gebracht. Hier musste er für jedes Ding separat Weg zurücklegen und wenn er zwei Tuben Kleber aufräumte und nach der dritten Tube suchte, blieben die beiden anderen nicht am Platz, sondern schwebten davon. Selbst wenn man es schaffte und nacheinander alles wegschwebsicher verstaute, war man selbst nicht davor gefeit, auf und davon zu sein. Mehr als einmal fand David sich am gegenüberliegenden Modulteil, sehr weit weg von dem Schrank, den er einräumen sollte. Einmal erlag er beinahe der Versuchung, einfach die Tür zuzumachen und das ganze Zeug frei fliegen zu lassen. Das hätte Ärger mit den anderen und vor allem mit Reba bedeutet, denn herrenlose Gegenstände auf einer Raumstation verklemmten sich immer dort, wo man es nicht brauchen konnte. Es waren Kurzschlüsse durch verlorene Knöpfe ausgelöst worden oder technische Defekte durch verkantete Kugelschreiber. Derlei Schauergeschichten hatte das

Team mehr als genug zu hören bekommen.

Er war längst nicht damit fertig die Kleinteile einzufangen, als er eine Bewegung im Augenwinkel wahrnahm. Er schwebte zum Fenster, schaute hinaus und hob langsam die Hand, um Timothy zuzuwinken, der seine Arme und Beine hin und her bewegte, auf und ab, als würde er tanzen. David lachte. „Anscheinend ist für eine Runde Spaß bei jedem Spaziergang Zeit." Er klopfte gegen die Scheibe, obwohl es sinnlos war. Ohne Luft wurde kein Schall übertragen und das Klopfen blieb im Inneren der Raumstation. Er winkte dem Kollegen zu, lachte und schnitt ihm mit gestreckten Mittelfingern eine Grimasse, bevor er sich an den Hintern fasste und ihn damit an seine vollen Windeln erinnerte.

Timothy winkte zurück, lange, weit ausholende Bewegungen, dazu Gesten mit den Händen, die wegen der dicken Handschuhe und dem unter Druck stehenden Anzug ungelenk und banal wirkten. Er drehte sich um sich selbst, torkelte, taumelte und konnte sich überhaupt nicht einfangen. David beobachtete ihn mit einem Lächeln auf den Lippen. Ja, so war das im All. Jede Bewegung verursachte eine weitere und ehe man sich versah, purzelte man orientierungslos durch das Vakuum.

David lachte laut. Er hätte Timothy lautlose Worte mit den Lippen geformt oder ihm Zeichen mit den Fingern gegeben, wenn er mittlerweile nicht zu schnell und unkontrolliert geeiert wäre, um Blickkontakt herzustellen. David beschloss, Timothy sich selbst und der Rettungsleine zu überlassen und fing die letzten beiden Schächtelchen ein. Reißzwecken und eine Rolle Klebestreifen verstaute er im Schrank, schob das Fach zu und er machte sich auf den Rückweg, um den Kaugummi ins Loch zu quetschen und es mit dem Kleber zu verschließen.

Minuten später entstand Tumult, der durch die gesamte Pickles zu hören war. Aufgeregte Stimmen, Schreie, gebellte Befehle.

Reba spitzte die Ohren. „Ist etwas passiert?" Sie schwebte zum nächstgelegenen Fenster und blickte hinaus. „Von hier aus kann ich nichts erkennen. Ich frage besser mal bei den Piloten nach."

Bevor sie die Sprechanlage erreichte, ertönte Guylians Stimme aus dem Lautsprecher: „Kapitän, bitte kommen Sie sofort in die Zentrale. Es gab ein Unglück mit Timothy. Er ist verloren gegangen."

Rebas Stirn warf augenblicklich unzählige Falten. „Was heißt, er ist verloren gegangen? Wissen Sie nicht, wo er ist?"

„Ich sehe ihn außerhalb unseres Radius."

„Außerhalb!" Reba fasste sich an den Kopf. „Wie kann er außerhalb sein? So lang ist die Rettungsleine gar nicht." Bevor Guylian zu einer langen Erklärung ansetzte, fuhr Reba fort: „Ich bin auf dem Weg." Sie schaute zu David. „Schaffen Sie den Rest ohne Bodyguard oder soll ich jemanden anfordern, der die Augen offenhält? Ich lasse Sie wirklich ungern allein."

David winkte ab. „Ich bin fertig. Wir können gemeinsam in die Zentrale zurück."

Dort war die Frage, wie es passieren konnte, schnell beantwortet. Martin schaute sich die Protokolle der Systemsteuerung an und tippte nach wenigen Sekunden auf eine der vielen Zeilen. „Das ist der Befehl", verkündete er. „Er ändert die Zeitspanne von zehn Stunden auf acht. Nach Ablauf der Zeit wurde er ordnungsgemäß reingeholt."

„Er wurde nicht *reingeholt*", zischte Stan böse. „Er wurde abgekoppelt und ist verloren gegangen."

„Das ist der zweite Befehl." Martins Finger rutschte etliche Zeilen nach unten. „Vor dem Einholen abkoppeln." Er zuckte die Schultern und verstand es selbst nicht. „Das macht man nie. Welchen Grund sollte es haben einen Astronauten abzukoppeln, bevor man einholt?“

„Da geht es nicht bloß um Astronauten.“ Von hinten kassierte er einen leichten Klapps gegen den Kopf. Sven schaute ihn vorwurfsvoll an. „Wie wollen Sie Sonden aussetzen, wenn Sie die Halteleine vor dem Einholen nicht abkoppeln?“

Nach einer kurzen, hitzigen Debatte kamen sie überein, Timothy nicht als Sonde zu bezeichnen. „Das“, sagte Dent, „kann das System nicht unterscheiden.“

„Doch.“ Martin zeigte erneut auf seinen Bildschirm. „Hier gibt es eine Sicherheitsschaltung, bei der das Abkoppeln vor dem Einholen unterbunden wird, wenn zur gleichen Zeit die Versorgung von Sauerstoff stattfindet.“

„Ich rate mal“, schnaubte Reba, „der Befehl wurde ausgesetzt?“

„Es gab keinen Grund, an dieser Regelung zu manipulieren.“ Martin schüttelte den Kopf. „Timothy zieht niemals die neuen Anzüge mit der automatischen Versorgung an. Er geht immer mit einem Standardanzug raus, der seine eigene Luftversorgung hat und durch die Kopplung des Halteseils mit der Pickles verbunden ist. Mit einem der neuen Anzüge wäre ihm das nicht passiert.“

„Das heißt“, überlegte Reba, „der Mord wäre nicht geglückt, wenn er einen der neuen Anzüge getragen hätte. Er trägt eine Teilschuld an diesem Desaster.“ Sie blickte der Reihe nach in die übrigen acht Gesichter.

Hinter ihr blökte es aus dem Lautsprecher und man hörte in der absolut stillen Zentrale seine Stimme: „Ich bin noch nicht tot, ich kann hören, was ihr über mich sagt, und es ist nicht gerade angenehm, die Schuld an meinem Mord selbst in die Schuhe geschoben zu bekommen. Ihr seid eine Horde gottverdammter Arschlöcher! Wer solche Kollegen hat, bewirbt sich besser sofort um eine Stelle in der Hölle, dort ist das Arbeitsklima nämlich besser!"

Sven nahm den Kopfhörer hoch und sprach ins Mikrofon: „Sie sind so gut wie tot, also machen Sie sich nicht ins Hemd." Er hängte den Kopfhörer zurück in die Halterung und umfasste mit der flachen Hand die Schaumstoffteile, die man normalerweise an den Ohren hatte. Das war gut so, denn Timothy hatte wieder zu schreien und zu weinen begonnen.

„Mittlerweile", überlegte David, „muss sein Helm voller Rotz und Salzwasser sein. Wahrscheinlich kann er uns durch sein beschlagenes Visier hindurch nicht einmal mehr sehen."

Sven lachte kurz auf. „Er könnte den Nasenschwamm von der Halterung abknabbern und versuchen, damit das Visier von innen zu reinigen."

Obwohl die Vorstellung lustig war, stimmte niemand ins Lachen mit ein. Guylian zeigte ihm sogar einen Vogel. „So schnell, wie er sich um seine eigene Achse dreht, kann er niemals ein scharfes Bild von was auch immer bekommen. Seine Helmkamera ist völlig nutzlos, um den Unfallhergang zu rekonstruieren."

„Er hat versucht sich am Sonnensegel festzuklammern und dabei einen Stoß vom automatischen Stabilisierungsprogramm bekommen, der ihn ins Taumeln brachte." Stan rieb sich die Arme. Sie hatte eine Gänsehaut, seit Timothys hoffnungslose Lage ihnen allen klar geworden war. „Ich hätte genauso versucht mich irgendwo festzuklammern. Zur Ruhe kommen und den Rückweg finden. Außen an der Pickles gibt es genügend Haken, Vorsprünge, Schrauben, Kanten oder sonst etwas, um sich bis zum Getit zu hangeln. Es hätte eine Ewigkeit gedauert und vielleicht wäre ich abgerutscht und selbst verloren gegangen. Trotzdem wäre es besser gewesen als das." Sie schaute aus dem Fenster zur Erde.

Natürlich war es fürchterlich, was mit der Erde passiert war. Zusätzlich zu dem Tumult war in der letzten Stunde das Licht ausgegangen. Die Seite der Erde, die nicht von der Sonne angeleuchtet wurde, war stockdunkel. Eine Ausnahme gab es nur, wenn der Feuersee auf der Nachtseite lag. Dann war die gesamte Erde hell erleuchtet. Es gab kein künstliches Licht mehr, keine Straßenbeleuchtung, keine Skylines, keine in Szene gesetzten Wahrzeichen oder ausgeleuchtete Küstenlinien. Sonst war es leicht gewesen, nachts die Kontinente zu erkennen, die Städte zu identifizieren und sich über die Ballungsräume zu wundern, deren Licht weit in die Dunkelheit leuchtete. Nun herrschte Finsternis. Anscheinend war der Strom aus den Notaggregaten unerwartet schnell zu Ende gegangen.

„Ach so", begriff David und zeigte hinter sich, wo an der Wand ohne Fenster Bildschirme für die Steuerungstechnik und allerlei anderen technischen Kram angebracht waren. „Ach, Sie meinen Timothys Drama? Sie zeigen in die völlig falsche Richtung, Timothy ist dort." Er rechnete kurz im Kopf nach. „Er dürfte ungefähr drei, vier Kilometer entfernt sein."

Stan riss die Augen weit auf. Zwei Tränen quollen aus den Winkeln und rutschten über die Wangen, als gäbe es keine Schwerelosigkeit. „Sie haben echt ein Problem an Emotionen teilzuhaben. Denken Sie ernsthaft, ich mache mir eine Sekunde lang Sorgen um den bescheuerten Rest der Welt, wenn der Mann, den ich gerade angefangen habe zu lieben, der Mann, neben dem ich seit zweiundzwanzig Jahren wohne, der Mann, der mir so lange Zeit sympathisch war und ich nicht verstanden habe, wie nahe wir uns immer waren, wenn dieser Mann gerade ins All driftet? Ganz allein und…" Schnell tupfte sie die Tränen mit dem Ärmel weg. „Ganz allein und ohne jede Aussicht auf Rettung?" Um gegen weitere Tränen gewappnet zu sein, holte sie sich aus dem Spender ein Taschentuch. „Die Erde ist kaputt, daran habe ich mich gewöhnt, daran konnte ich nie etwas ändern. Timothy geht jetzt verloren. Jetzt." Sie weinte lauter. „Er hat einen langen, qualvollen Tod vor sich. Ich weiß nicht, ob er ersticken oder erfrieren wird, ob er…"

„Überhitzen", sagte David sofort. „Die Luftreserve reicht deutlich länger als der Akku zur Temperaturregelung und das Kühlmittel. Ich schätze, spätestens in einer halben Stunde wird ihm richtig heiß. Er wird wie bei einem seiner Hochleistungstrainings schwitzen, das Trinkwasser geht ihm aus und unvermittelt macht es einen Schlag und sein Herz bleibt stehen. Das Hirn bekommt davon nix mehr mit. Bevor er einen klaren Gedanken fassen kann, ist er tot."

Stan musste sich ein neues Taschentuch besorgen und das alte mühevoll im Müllbeutel verstauen. Die anderen Taschentücher, die bereits vollgeweint waren, wollten raus. Schnell griff Sven nach einem. „Er stirbt ganz allein und er es weiß. Das ist das Schlimmste. Er weiß es."

„Wir alle wissen es." David hoffte, sie würde endlich mit dem Weinen aufhören. Eine besonders dicke Träne hatte sich aus der Haftung ihrer Wangen befreit und schwirrte in der Zentrale herum. Sven versuchte sie mit einem Tuch einzufangen, ohne sie in viele kleinere Tränen zu zerdrücken. David verfolgte seine Flugbahn genau. „Wir alle wissen um unsere Sterblichkeit, nur meinen wir immer, der Zeitpunkt wäre irgendwann anders. Schließlich ist der Moment gekommen und dann, das muss man ehrlich sagen, flippen die meisten vollkommen aus. Sogar Timothy, den ich als sehr besonnen eingeschätzt habe, hatte die erste Stunde nichts anderes zu tun als zu heulen und zu jammern."

„Was verständlich ist", wandte Reba ein. „Ihm ist etwas Tragisches widerfahren, das muss man berücksichtigen. Er ist ein Mordopfer, das sich dieser Tatsache mit bewussten Überlegungen widmen kann. Ein solcher Fall ist nicht alltäglich. Nachsicht, Kollege, ist angesagt." Sie kam näher zu Martin und legte eine Hand auf seine Kopfstütze. „Können Sie herausfinden, wer die Programmierung geändert hat?"

„Sie wollen den Mörder finden." Martin schüttelte den Kopf. „Jeder, der im Internet ein Buch runterlädt, verfügt über genügend Fachwissen, um die Programmierung zu ändern." Er tippte auf seiner Tastatur herum und wechselte wenig später zum Touchscreen. „Im Grunde funktioniert das Bedienfeld wie ein Tablet. Man wählt sich durch das Menü und schon ist man fertig. Dazu muss man Lesen können, mehr nicht. Das komplizierte Zeug erledigen die Algorithmen und Programme im Hintergrund."

Keine ermutigende Aussage. Reba knabberte an ihrer Oberlippe herum. Das machte sie immer, wenn sie nachdenken musste.

„Wir kommen nicht weiter", fuhr Martin fort, „wenn wir den Zeitpunkt genauer betrachten. Die Änderung wurde um sieben, null, acht durchgeführt, aber die Uhr geht falsch."

„Was?", entfuhr es Sven, der glatt die Hand sinken und die Träne entkommen ließ. „Die Uhren gehen falsch? Gehen alle Uhren falsch? Wie falsch?"

Reba runzelte die Stirn. „Warum wirft Sie das dermaßen aus der Bahn?" Sie wedelte mit dem Handgelenk. „Fangen Sie die Träne ein, ehe wir Probleme kriegen."

Sven riss sich zusammen. Er blinzelte heftig, streckte die Hand und legte das Tuch um die Träne, ehe er die Hand zur Faust ballte. „Wenn die Uhren falsch gehen, macht es Probleme für die Versuche an Bord, für die Arbeitszeiten, die Ruhepausen, ja sogar für die Befindlichkeiten unserer Körper. Die Uhren müssen genau gehen." Er atmete deutlich schneller als normal. Die Luft wurde pfeifend durch seine Nase gepresst. „Ich werde verrückt, wenn Uhren falsch gehen. Ehrlich, da kriege ich einen Kollaps. Das hat mich schon als Kind wahnsinnig gemacht."

Der Blick, den Martin mit Reba tauschte, entging niemandem. Reba verschränkte die Arme und Martin räusperte sich: „Also, es ist die Systemuhr für die Außensteuerung, die die Zeit nicht korrekt anzeigt. Momentan geht sie drei Stunden vor."

„Drei Stunden!" Sven schnappte nach Luft. „Drei Stunden!" Nach einigen hektischen Atemzügen beruhigte er sich. „Was heißt, sie geht *momentan* drei Stunden vor? Ging sie mal anders falsch?"

„Yep." Martin legte den Zeigefinger auf eine Programmierzeile. „Jede Stunde stellt sich die Uhr auf eine andere Zeitzone ein. Dumm ist nur, sie wählt die Zeitzonen scheinbar zufällig aus." Er wandte sich an Reba: „Das ist ein Algorithmus, der Zufälligkeit vortäuscht, deshalb kann ich ausrechnen, zu welcher Bordzeit jemand die Programmierung geändert hat. Bei dieser Menge an Daten dauert das ziemlich lange. Soll ich trotzdem?"

„Wie lange ist lange?", fragte Reba zurück, gleichzeitig winkte sie ab. „Der Mörder ist schlau und handelt durchdacht. Selbst wenn wir es herausfinden, sind wir bis dahin wahrscheinlich alle tot." Sie rieb sich eine Weile über die Nasenwurzel. „Ich will wissen, wo jeder einzelne von Ihnen war." Ihr Tonfall duldete keinen Widerspruch. „Wo waren Sie, als

Procter und Timothy ausgestiegen sind, kurz davor und danach? Versuchen Sie sich so genau wie möglich zu erinnern."

„Gibt das ein Verhör?", murmelte Procter und straffte die Schultern.

„Am besten fange ich an. Ich war kurz vor dem Ausstieg mit Timothy im Getit. Wir haben die Anzüge angezogen. Er den altmodischen, ich einen neuen. Ich mag die neuen Anzüge lieber als die alten. Sie sind leichter und beweglicher und außerdem von der Agentur empfohlen. Ich bin zuerst zurückgekehrt und war in der Luftschleuse, als sich die Halterung an seinem Anzug löste und er..." Sie stockte. „Ich habe sofort erfasst, was passiert ist, und wollte ihm helfen. Bevor die Schleuse nicht einen vollständigen Druckausgleich gefahren hat, kann man sie nicht wieder öffnen. Es hat zu lange gedauert. Als ich endlich wieder draußen war, befand sich Timothy auf der anderen Seite der Pickles. Ich habe gesehen, wie er nach dem Sonnensegel griff, abrutschte und vom automatischen Stabilisierungsprogramm des Segels einen Schlag bekommen hat. Der ließ ihn ins Trudeln geraten und hat seine Geschwindigkeit beschleunigt. Er entfernte sich rasch." Sie schluckte. „Ich wollte ihm nach und habe mich von der Pickles abgestoßen. Vielleicht hätte ich ihn erreichen können, denn die Halteleine ist vierhundert Meter lang, der Versorgungsschlauch, dieser vermaledeite Schnorchel neuester Technik, ist keine achtzig Meter. Ich hatte nichts, mit dem ich ihn hätte durchtrennen können. Das Werkzeug war bei Timothy, er hat es mitbringen wollen."

„Sie wären tot gewesen", sagte Reba. „So lange hätten Sie die Luft nicht anhalten können. Sie haben reagiert und zu helfen versucht. Mehr ist nicht anzumerken." Sie schaute zu Martin. „Wo waren Sie?"

Mit einem Ohr immerhin hatte Martin die ganze Zeit über zugehört. Nun hob er die Finger von der Tastatur. „Das programmiert sich nicht von allein. Wenn wir keinen Ärger mit der Mobility bekommen wollen, muss ich mich ranhalten." Er schaute in die Runde, als wäre diese Erklärung genug. Niemand wandte sich von ihm ab. „Ich war die ganze Zeit hier auf meinem Platz und ich habe programmiert. Das tue ich die meiste Zeit, wenn ich hier sitze. Man könnte es einen Job nennen."

„Von Ihrem Platz aus haben Sie Zugriff auf alle Systeme des Schiffs", sagte Stan. „Oder?"

Langsam zog Martin die Schultern bis zu den Ohren hoch. „Wenn man sich nicht vollkommen blöd anstellt, hat man von jedem Paneel Zugriff auf jedes System."

Rebas Kopf zuckte in den Nacken. „Man kann von jedem Paneel der Station auf jedes beliebige System zugreifen? Ich glaube, mein Schwein pfeift."

Martin nickte leicht. „Es kommt eine Fehlermeldung, die man im Admin-Modus übergehen kann. Schon ist man drin."

Ein Raunen ging durch die Gruppe und wer beisammen schwebte, tuschelte.

David hatte niemanden an seiner Seite, mit dem er sich über diese Tücke des Systems hätte austauschen können. Wenn, dann hätte er gefragt, warum die anderen derart überrascht waren. Ob sie die Mission mit dem bescheuertsten Namen aller Zeiten vergessen hatten, *Granny's Million Flavour Cupcakes*? Ein brillantes Beispiel, warum die Privatwirtschaft keine öffentlichen Forschungsaufträge sponsern sollte. Es war acht Jahre her. Ein Stück Weltraumschrott hatte das auf Probe installierte Magnetfeld durchbrochen, ein Loch in die Außenhülle geschlagen und der Innendruck fiel plötzlich. Natürlich wurde in diesem Notfall jeder einzelne Bereich abgeriegelt, jedes Modul und jeder Verbindungsgang. Es funktionierte tadellos, nur saß das, was von der

Crew übrig und nicht erstickt war, schließlich im Fitnessraum fest und konnte die Pickles nicht mehr steuern. Die Computersysteme waren untereinander nicht vernetzt. Es gab keinen Zugriff auf andere Computer als die Fitnesstracker an den Rädern und Laufbändern. Die Mannschaft konnte zwar gemeinsam den Boston Marathon laufen, sich aber nicht mal ein Video im Internet anschauen, geschweige denn eine Hilfebotschaft senden oder die kaputtgegangenen Systeme überbrücken. Es musste eine Rettungsaktion gestartet werden, die die Pickles abfing und reparierte. Die Rettung kam von *Granny's Million Flavour Cupcakes*, einem nagelneuen Raumschiff, das einzig für den Zweck gebaut worden war, Werbung für die nächste Weltmeisterschaft zu machen. Es sollte publikumswirksam starten und nach friedensstiftenden sieben Umrundungen der Erde spektakulär in einem riesigen Feuerball verglühen, stattdessen wurde die GMFC zu einer Rettungsmission umfunktioniert und mit Lebensmitteln, Reparaturzeugs und drei Astronauten ausgerüstet. Bis zum letzten Moment war das Zähneklappern groß, ob es gelingen würde, die fünf im Fitnessstudio festsitzenden und von der Außenwelt abgeschiedenen Astronauten zu retten, bevor sie verhungerten, verdursteten oder an ihren eigenen Exkrementen zugrunde gingen. Die Öffentlichkeit hasste es, wenn Millionen fürs Equipment verloren gingen, noch mehr hasste die Öffentlichkeit es, wenn Menschen nicht nach Hause kamen. Musste erwähnt werden, womit sich die CEO der Cupcake-Firma seitdem brüstete und was Miss Angus den Regierenden der Welt auf den Cupcake toppte, wenn wieder mal die Frage diskutiert wurde, wie viel Einmischung von Privatfirmen die öffentliche Forschung vertrug?
Als Nebeneffekt dieses Vorfalls konnte man seitdem von jedem Paneel auf die Systeme zugreifen. Ein Klick auf den Admin-Modus genügte, die

Eingabe eines Passworts war nicht nötig und wenn, handelte es sich um die üblichen ersten vier Ziffern. Selbst lebenswichtige Systeme wie die Regelungen der Klimaanlagen oder die Wasserversorgung konnte jeder anschalten, ausschalten, umschalten.

„Wir brauchen nicht weiterzumachen." Nach Davids Erklärung resignierte Reba. „Jeder kann es gewesen sein. Jeder von uns von einem beliebigen Platz auf der Pickles."

„Ich nicht", knarzte es aus dem Lautsprecher. „Ich wäre kaum so dämlich mich selber umzubringen."

„Natürlich nicht."

„Können wir das bitte ins Logbuch aufnehmen?" Timothys Stimme klang müder als zuvor. Ihm schien jeder Atemzug Mühe zu bereiten. „Ich möchte das bitte im Logbuch stehen haben."

Reba blies die Backen auf und ließ die Luft langsam entweichen. „Das nützt Ihrer Karriere nichts mehr. Nicht mal einen Bonus für Ihre Hinterbliebenen können Sie rausschinden, es lebt vermutlich niemand mehr."

„Trotzdem." Wenn er durch die Nase einatmete, pfiff es.

„Damit Sie im Jenseits auf Ihrer Wolke sitzend an der Harfe klimpern können, in dem guten Gewissen, Ihrer Karriere bis zum Schluss stets den richtigen Kick gegeben zu haben?" Reba fasste sich an den Kopf. „Wir haben andere Probleme als eine Formulierung im Logbuch."

David hörte Timothy, die alte Heulsuse, schniefen. „Wenn es eh wurscht ist", schluchzte er, „können Sie mir den einen Satz reinschreiben. Bitte. Wenn... Falls die Logbücher gefunden werden, will ich nicht der Buhmann sein."

„Überzeugt mich nicht." Reba hängte sich mit dem Bein an eine der Kopfstützen und verschränkte die Arme. „Als nächstes will Dent einen

Eintrag für tadellosen in der Mikrowelle heiß gemachten Kaffee? Und Glenn möchte einen Eintrag für das Identifizieren von Todesursachen unter widrigen Umständen? Nein. Es gibt keinen Eintrag für schlichte Diensterfüllung.“

Im Lautsprecher rauschte es. Manchmal knackte es. Das hatte mit Teilchen zu tun, die mit der Elektronik interagierten. David hätte es genau erklären können, wenn von den Anwesenden jemand dem Thema intellektuell gewachsen wäre. Da fehlten Grundlagen und Basiswissen.

„Timothy?“ Guylian drehte an ihrem Kopfhörer, als würde sich das Problem dadurch beheben lassen. „Timothy, können Sie mich hören? Hey, können Sie mich hören!“

Ein langer und tiefer Atemzug schwebte aus den Lautsprechern, ein sanfter Ton, wie wenn man jemanden ansprach, der in einer Hängematte am Strand döste.

„Timothy!“, rief Guylian. „Timothy!“

Es kam keine Reaktion mehr. Einige Male rief Guylian, auch Sven versuchte es und schließlich drückte Reba den Knopf, der ihr Mikro freigab: „Also gut, Himmeldonnerwetter, Sie bekommen Ihren Eintrag ins Logbuch! Aus purem Mitleid mit einem Sterbenden, das schreibe ich dazu.“

David schaute aus dem Fenster. Er konnte Timothy nicht sehen und zwischen den Sternen nicht erkennen. Er leuchtete nicht von selbst und wurde nicht genügend von der Sonne angestrahlt, um sichtbar zu sein. Die ungefähre Richtung wusste er und in die schaute er. Dort draußen trieb er im Weltall, wahrscheinlich war er an der Hitze seines eigenen Körpers zugrunde gegangen. Er hatte immer wieder geschluckt, seine eigene zähe Spucke. Dort, wo Timothy schwebte, war das All ungefähr minus hundertachtzig Grad kalt und die Isolierschicht des Anzugs war ausgezeichnet. Es gab keinen Temperaturaustausch mit dem Außen und so verkochte man früher oder später. Dafür sorgten schlicht die Physik und ein Körper, der dafür ausgelegt war ständig einzuheizen.

„Wenigstens hat er es geschafft, das Leck abzudichten." Reba nahm ihren Kopfhörer ab und klippte ihn zurück in die Halterung. „Was macht die Mobility? Können wir andocken?"

„Yep", nickte Martin. „Ich warte auf Ihren Befehl, Kapitän."

„Den kriegen Sie hiermit." Reba lächelte ihm knapp zu. „Docken Sie an." Sie drehte sich zu Glenn weiter. „Die drei Überlebenden werden medizinische Hilfe benötigen?"

Glenn war bereits in einen hauchdünnen Ganzkörperschutzanzug und Plastikhandschuhe geschlüpft und hatte eine Arzttasche in der Hand. Über ihrem Gesicht prangte ein Mundschutz und in den Ohren trug sie pinke Stöpsel. Ihr Aussehen überraschte David kurz. Wenn er genauer darüber nachdachte, wie es im Innenraum der Mobility aussah, war so angezogen zu sein ein wirklich genialer Einfall.

Kapitel 6

Es waren keine Raumfahrer, so viel war sicher. Keiner von denen war je in einer Zentrifuge herumgeschleudert, keiner in einem Tauchbecken versenkt worden. Zac Flint saß festgeschnallt im Stuhl und kotzte. Weil er es nicht schaffte, denselben Beutel mehrmals zu verwenden, klemmte ihm die Rolle mit reißfesten Plastikbeuteln zwischen den Knien. Seine Gesichtsfarbe schwankte zwischen kreidebleich und grasgrün. Sein Würgen war schlimm anzuhören, obwohl längst keine Materie mehr im Magen war, die er hätte auskotzen können.

Bovich lenkte sich ab, indem er Martin über die Schulter schaute und tausend Fragen stellte, viele davon dumm wie sonst was. Mit den Fingern klammerte er sich an einem Griff fest, als hätte er Angst vor einem Absturz. Er mühte sich krampfhaft darum, seine Füße unter dem Körper zu behalten, was in der Schwerelosigkeit keine Stellung war, die der Mensch von allein einnahm. Ihm traten bald Schweißperlen auf die Stirn und als ihm die Kraft ausging, sank er langsam in die Waagerechte und massierte seine schmerzende, krampfgeplagte Wade. Die Prothese am anderen Bein nahm er ab und sie schwebte durch die Zentrale, bis Martin sie in einem Fach verstaute.

Mit Kruger war es unerträglich. Er heulte herzerweichend und schlug mit der Faust immer wieder gegen das Fenster, als konnte er damit die Leiche seiner Frau zurückholen. Reba hatte entschieden, die Toten zusammen mit dem ganzen Unrat ins All zu entlassen. Es war ein riskantes Unterfangen. Die drei Überlebenden mussten sich anschnallen und tief Luft holen. Martin, der die Mobility mit dem Greifarm gepackt hatte, öffnete die Luke an der Seite. All der Unrat an Körperausscheidungen, die Toten, die losen Teilchen, jedes Molekül und Atom, also jedes lose Dingens, wurde ins All gesaugt. David fand, es würde eher gepresst, denn es war der Druckunterschied, der all die Gegenstände durch die Luke beförderte. Gleichzeitig verschwand die Wärme, aber von jetzt auf gleich, war man übereingekommen, erfror ein Mensch nicht. Ein paar Sekunden hielt man aus und der Rest fiel unter das übliche Lebensrisiko. So schnell wie möglich schloss Martin die Luke wieder. Er aktivierte die Klimaanlage und ließ Pressluft aus einem Ventil entweichen, damit die Männer wieder atmen konnten. Ihnen war kalt und durch den plötzlichen fehlenden Druck hatte die oberste Hautschicht im Gesicht von Flint etwas abbekommen. Er war rot um die Wangen und kleine Hautfetzen standen ihm ab. Glenn behandelte ihn mit Peelingpaste und einem feuchten Öltuch.

Nun versuchten die drei Männer sich an die Pickles zu gewöhnen, was so wirkte, als wollte man einem Fisch sagen, er solle sich ans Leben in einem hohen Baum gewöhnen. Sie torkelten haltlos umher, wenn sich nicht jemand kümmerte und sie anschnallte oder festhielt.

Eine knappe Stunde später begegneten sie all dem Zeug, das sie aus der Mobility ins All gelassen hatten, erneut. Klumpen an Erbrochenem, gefrorene Tropfen aus Pisse, leere Getränkebeutel, Stifte, Blöcke, Kieselsteine, Klamotten und die Toten. Alles zusammen entfernte sich langsam und machte sich auf den Weg zurück zur Erde.

„Das", war Martin überzeugt, „wird in der Atmosphäre verglühen. Den bisherigen Erfahrungen nach wird es in einigen Jahren soweit sein. Gefährlich wird uns der ganze Scheiß nicht mehr, weil er unter uns im Orbit zirkuliert. Wir bekommen bestimmt weitere Male Sichtkontakt und damit die Gelegenheit, uns davon zu verabschieden."

Kruger schluchzte heftig. Er bekam sich nicht unter Kontrolle. Wie oft David versuchte, ihm die Problematik seiner in den Raum gerotzten

Tränen zu verdeutlichen, er jammerte und heulte umso heftiger.

Helen Namara befand sich ebenfalls auf dem Rückweg zur Erde, um dort als Sternschnuppe ein letztes Mal für Aufsehen zu sorgen. Ihr Körper wirkte verkrampft, Arme und Beine leicht angewinkelt. Bevor es gefroren war, hatte der fehlende Druck Stücke von Haut aus ihrem Gesicht gerissen, teilweise lag das Fleisch bloß. Wenn sie in einigen Jahren die Atmosphäre erreichte, würde Hellen Namara auftauen und sofort durch die Reibungshitze durchgaren. Niemanden würde es kümmern, ebenso wie sich heute niemand um ihren Leichnam scherte.

„Boden", sagte Reba, „hat uns in die Vitality gepackt, was greifbar war und binnen weniger Minuten verladen werden konnte. Sind wir mal gespannt, was uns erwartet."

In der Mobility waren bloß Menschen gewesen. David hatte gehofft, es wären wichtige Dinge mitgereist. Ein paar Safttüten vielleicht, frisches Obst und Gemüse, Zeitschriften, Akkus oder Batterien, einige Pflanzensetzlinge in Humus oder wenigstens der Geruch von Erde. Stattdessen stank die Mobility trotz ihrer Vakuumreinigung nach Erbrochenem und Fäkalien. Da wäre David der typische Weltraumgeruch glatt lieber gewesen, obwohl er die Mischung aus Metall und Schwarzpulver nicht gerne in der Nase hatte.

Er machte einen Becher Kaffee warm, um sich abzulenken. Kaffeeduft war intensiv und vertrieb die meisten schlechten Gerüche. Der Kaffee aus den Beuteln erreichte das Riechzentrum durch die Hintertür, die Verbindung zwischen Rachen und Nase. Die neuen Becher hingegen brachten den Kaffeeduft schon vorn in die Nase. „Das", sagte David, „ist endlich eine Erfindung, die wir hier oben echt gut gebrauchen können." Weil niemand auf seinen Kommentar einging, nuckelte er den Rest aus dem Becher und stellte ihn zum späteren Spülen in sein Fach.

„Haben Sie Festplatten mitbekommen?", fragte er. „Etwas, wo die letzten und die nächsten Missionen gespeichert sind? Speichersticks? CDs? Informationen, womit wir hantieren können? Die Geschichte der Raumfahrt in achtundachtzig Bänden? Nein?"

Bovich drehte sich zu ihm um. Er vergaß wieder einmal die Schwerelosigkeit, sauste weiter und drehte sich wie ein Tänzer um die eigene Achse. Es dauerte, bis Bovich sich an Martins Kopfstütze festhalten konnte. „In einigen Wochen sind wir wahrscheinlich die letzten Überlebenden der Menschheit. Ich glaube, für diesen Fall gibt es keine Handlungsanweisung."

„Angedockt", meldete Martin. „Kapitän, die Vitality ist erfolgreich angedockt worden. Wollen Sie das Sicherheitsprotokoll fahren oder soll ich die Tür sofort öffnen?"

„Protokoll", sagten Dent und David wie aus einem Munde. Glenn zuckte die Schultern. Ihr waren die Abläufe auf der Pickles egal, solange Leib und Leben nicht in Gefahr waren. Guylian hatte die Frage nicht gehört. Sie lauschte auf ihren Kopfhörern dem neuesten Album der Space Pirates. Stan und Sven hatten sich schlafen gelegt, das musste sein, und Procter zappte durch die wenigen Kameras, die Bilder lieferten, ob sie auf der Erde Menschen entdeckte, die lebten. Meistens waren Tote zu sehen, umgekommen durch die Schockwelle, die plötzliche Hitze, das unvermeidbare Fehlen von Sauerstoff, wenn die Atmosphäre durchgerührt und flambiert wurde, oder umgebracht von denen, die stärker waren und sich das Recht zu leben mit brachialer Gewalt nahmen.

Aus einem Bunker, der in einem chinesischen Gebirge stand, wurden Bilder von Überlebenden gesendet. Sie hielten Schilder mit Schriftzeichen vor die Linse. Leider sprach niemand an Bord der Pickles

Chinesisch und die Übersetzungs-App auf Procters Smartphone half nicht weiter. Sie lieferte Wörter, die keinen Sinn ergaben, selbst als die Leute das Schild wendeten und Worte zu erkennen waren, die ans Englische erinnerten.

„Wie wahrscheinlich", wollte Reba wissen, „hat die Vitality fehlerfrei angedockt? Wie oft geht der Prozess schief?"

Martin kratzte sich an seinem Dreitagebart. Seit er die Kontaktlinsen trug, blinzelte er öfter. Dafür hielt er stabileren Blickkontakt als früher, wo er ungefähr in die Richtung geschaut hatte, in der sich das Gesicht seines Gesprächspartners befand. „Seit ich dabei bin, habe ich keine Fehlfunktion miterlebt."

Reba hob die Arme und ließ sie wieder fallen. Genauer gesagt, nahm sie die Arme wieder runter. Im All fiel nichts von allein Richtung Boden, auch keine Gliedmaßen. „Machen Sie die Tür auf. Es ist eh scheißegal, ob wir draufgehen."

Dieser Meinung war David nicht. Er beendete den üblichen täglichen Systemcheck mit einigen Mausklicks und als Martin verkündete: „Der Druck ist ausgeglichen, wir können die Tür öffnen", sagte David: „Ich bin fertig mit dem Check. Darf ich gehen?"

Reba nickte ihm zu. „Procter, Sie begleiten ihn. Prüfen Sie den Inhalt der Vitality und hören Sie auf länger sinnlos auf nichtssagende nervös machende Kamerabilder zu starren." Sie gab einem Tablet einen Schub und schickte es quer durch die Zentrale zu Procter. „Machen Sie eine Liste mit den Gegenständen, die Sie finden. Je genauer, desto besser." Sie unterdrückte ein Gähnen. „Ich werde mich für vier Stunden schlafen legen. Wenn ich aufstehe, will ich einen genauen Bericht haben."

Vier Stunden. David schwebte voraus durch die Verbindungsschläuche und hoffte insgeheim auf Bodens neueste Beschriftungsoffensive. Je genauer die Boxen etikettiert waren, desto eher war die Aufgabe binnen vier Stunden zu erledigen. „Die werden uns kaum nichts als ein paar Päckchen Nudeln Teriyaki raufschicken“, sagte er zu Procter, die einige Meter hinter ihm schwebte. „Nachdem sie in die Vitality alles gestopft haben, was bereits für andere Missionen vorbereitet war und ihnen unter die Finger gekommen ist, wird von Wolldecken bis Cola, von Apfelmus bis Zimtschnecken eine breite Auswahl dabei sein.“

„Zimtschnecken“, lachte Procter, „wären eine nette Alternative zu den ständigen Quarktaschen. Die kann ich nicht mehr sehen.“ Es war zu hören, wie sie gegen die Seite schlug, leise fluchte und sagte: „Auf der Erde haben mir die Quarktaschen echt super geschmeckt, hier oben sind sie fad und leer.“

„Klingt nach Britney als Beraterin.“ David lachte. „Die Öko-Tante lebt vegan, trinkt niemals Alkohol und verzichtet vollkommen auf raffinierten Zucker. Salz ist bei ihr tabu, bis der Heißhunger sie packt und sie sich eine ganze Tüte gesalzener Pistazien auf einmal reinzieht.“ Er mochte keine Pistazien, deshalb konnte er das überhaupt nicht nachvollziehen. „Die meisten Ärzte oder Berater kennen sich mit dem Weltall nicht aus. Sie haben nie erlebt, wie hier oben die Schleimhäute anschwellen und alles Essen wie bei einem Schnupfen schmeckt. Hätte diese Ärztin das mal erlebt, hätte sie Sie mit zugehaltener Nase probieren lassen. Sie hätten sofort die Quarktaschen aussortiert.“

Eine Weile schwieg Procter. „Der Käsekuchen schmeckt lecker.“

David verließ das Getit durch die Verbindungsröhre und gab ordentlich Gas. Er musste seine Geschwindigkeit bremsen, als er ins Cake schwebte. „Den Käsekuchen hat Wolfi entwickelt. Kennen Sie Wolfi?“

Procter war einige Meter zurück. „Nein.“

David sicherte das angedockte Raumschiff manuell mit Klammern. Dieser Vorgang war vollkommen sinnlos, denn der Computer hatte die Vitality längst sicher angedockt und im Notfall waren diese windigen Beißer technisch gar nicht in der Lage, ein Raumschiff zu fixieren. Es war eine Maßnahme, die das Gefühl der Astronauten verbessern sollte. Wenn man die sieben Schnapper ringsum einhakte und die Karabiner zurückklappte, leuchtete ein grünes Licht über jeder Halterung auf. Alles in Ordnung. Gutes Gefühl. Wie festhalten in der Achterbahn mit steifen Fingern, wenn man mit Beckengurt und Schulterklammer in den Sitz gepresst wurde.

David klappte die letzten beiden Karabiner um und betrachtete die grünen Lampen. „Wolfi ist ein superguter Koch. Hat für die besten Hotels der Welt gearbeitet und ist irgendwann bei den Airlines gelandet. Er hat die Menüs entwickelt, die in zehn Kilometern Höhe serviert werden. Er war der Erste, der beim Abräumen der Menüs die Passagiere gefragt hat, warum sie etwas nicht gegessen haben. Also, wenn einer weiß, wie etwas schmeckt, dann Wolfi." Zum Spaß öffnete David jeden zweiten Karabiner wieder und machte ein rotgrünes Muster rund um die Tür zum Raumschiff. „Dem habe ich mal erzählt, wie metallisch Analogkäse hier oben schmeckt. Als würde man in ein Blech beißen, ein ekelhafter Nachgeschmack. Und? Ist Ihnen Analogkäse untergekommen?"

Procter schüttelte den Kopf. „Ich bin kein Käsefreund und habe mir Essen ausgesucht, das ohne Käse geht."

„Ihr Pech." David schaltete wieder zurück auf komplett grüne Lichter. „Die Makkaroni mit Käse sind eine Explosion aus Salz, Parmesan und Gorgonzola. Die hauen einen um. Wenn Sie mal Appetit bekommen, trete ich Ihnen gern eine meiner Packungen ab."

Mit dem Tablet zeigte Procter auf die Tür. „Wollen Sie länger auf dieser Seite vor der Tür stehen, anstatt sie zu öffnen und an die Arbeit zu gehen?"

David drehte an der Verriegelung der Schleuse und lauschte auf verdächtige Zischlaute. Er spürte mit seinen Fingern nach Vibrationen, die nicht in Ordnung waren. Mit dem nackten Handrücken prüfte er, ob die Temperatur der entsprach, die er erwartete. Er gab den übermittelten Code an der Tür der Vitality ein, bestätigte ihn zweimal und zog die Luke auf. Sie blickten in den Laderaum des Raumschiffes. Metallkisten waren fest verankert an den Seiten der Vitality. Jede einzelne war mit Gurten gesichert oder in Halterungen geklippt. Es gab keine losen herumfliegenden Teile und sehr wenig Platz, der nicht genutzt war. Gerade ein schmaler Schacht führte von der Tür bis nach hinten zum Ende des Laderaums.

„Ziemlich viel Zeug", meinte David. „Wie es aussieht, haben die uns wirklich jeden Plunder geschickt, der greifbar war." Er pflückte von einer der Kisten einen Zettel, der mit Klebefilm befestigt war, und las vor: „Ein letzter Gruß von Mutter Erde an die einzige Hoffnung der Menschheit." Er zeigte den Zettel Procter. „Wenn Sie sich angesprochen fühlen, können Sie den gerne haben?"

Procter klebte den Zettel auf die Rückseite des Tablets. „Die komplette Ladung binnen vier Stunden zu erfassen, könnte knapp werden. Ich fürchte, das schaffen wir nicht, bevor der Kapitän aufwacht."

Gute drei Stunden später war der Akku leer und Procter wollte die Gelegenheit nutzen, um auf Toilette zu gehen. „Diese neue Kaffeemischung, die wir haben, treibt ganz schön."

„Kein Problem", fand David. „Ich hole derweilen das Ladekabel."

Er befand sich im Verbindungsgang zwischen Getit und Zentrale, als er einen Schrei hörte: „Mann, was soll das?"

Guylian fragte: „Was ist los? Was soll das? Sapperlot, tun Sie etwas! Haben Sie denn vollständig den Verstand verloren?"

Mit einem neuerlichen kräftigen Schubs gelangte David in die Zentrale. „Sie klingen wie eine Herde aufgescheuchter Gnus. Dabei ist uns weder ein Löwe noch ein Krokodil geliefert worden."

„Die Vitality ist weg!", stieß Sven hervor. „Die Verbindung zum Cake ist gelöst. Sie ist weg! Futsch!" Er hackte auf den Tasten seines Steuerpults herum und fluchte wie ein Holzfäller des vorletzten Jahrhunderts. „Verdammt! Sie hat wegen der gesprengten Airbag-Behälter sicher nicht ordentlich andocken können."

„Einfangen! Fangen Sie sie ein!" Guylians Finger flogen über die Tastatur. „Sie müssen von ein Uhr greifen, um sie zu erwischen. Nein, nicht von acht Uhr kommend. Welcher Trottel hat den Befehl zum Ablegen gegeben?"

„Der würde ignoriert", wusste Sven, „solange die Tür offen ist und die ist sowas von offen."

„Die ist offen?" Guylians Kopf schoss hoch. Ihre Augen überflogen die Anzeigen.

David hielt sich an ihrer Kopfstütze fest. „Wenn die Tür offen wäre", sagte er, „müsste es einen Alarm geben und die Verriegelungen an den Übergangsluken ließen sich nicht lösen."

In diesem Moment tönte ein ohrenbetäubendes Kreischen durch die gesamte Pickles. Gleichzeitig blinkten überall rote Alarmleuchten auf.

„Achtung", sagte eine Stimme aus dem Steuerpult, „Druckverlust in Modul Cake. Übergang wird geschlossen. Druckverlust in Modul Cake. Übergang wird geschlossen." Auf dem Bildschirm oberhalb der Pilotensitze rasselten die Fehlermeldungen und Warnhinweise schneller durch als man sie lesen konnte.

„Oh", machte David. „Druckverlust."

„Die Sensoren hätten das längst melden müssen! Die sollten schneller sein als der Mensch und nicht erst aufwachen, wenn man sie anstupst."

Sven beugte sich in seinem Pilotenstuhl weit nach rechts, um das Bedienfeld für den Greifer zu erwischen. „Ich versuche sie mit dem Ausleger zu erwischen. Vielleicht kann ich sie retten."

„Warum hat der Greifer losgelassen?", fragte Guylian. „Warum zur Hölle das denn?" Sie tippte wild auf ihren Tasten herum. „Laut Protokoll bleibt der Greifarm zur Stabilisierung an jeder Raumfähre dran. Nur Module werden nach erfolgreichem Andocken vom Greifer gelöst. Eben um solche Miseren zu vermeiden."

„Was fragen Sie mich das?" Sven hatte zu wenig Bewegungsfreiheit von seinem Platz aus. Er löste die Sicherheitsgurte und setzte sich auf Martins Platz. Sofort packte er den Joystick, mit dem der Greifer gesteuert wurde. „Martin hat das Ding eingefangen und befestigt, nicht ich. Weiß der Kuckuck, warum er den Greifer weggenommen hat. Wo ist er überhaupt? Ich dachte, er wollte aufs Klo und sich ein frisches T-Shirt anziehen?"

„Wie immer", murrte Guylian. „Drückt sich vor der Arbeit, wo er kann. So ein Tunichtgut."

Sven hatte seine rechte Hand um den Joystick und die linke über der Tastatur. Seine Bewegungen waren geschickt und zielgerichtet, fließend und trotzdem war auf dem Bildschirm zu sehen, wie die Vitality sich von der Pickles entfernte. Wenig später zeigte ein anderer Bildschirm, wie der Greifarm die Vitality packte. „Nicht genau dort, wo man sie packen sollte", seufzte Sven.

„Zerquetschen Sie sie nicht", mahnte Guylian, „sonst passen die Luken nicht mehr und wir gelangen nicht an den Inhalt. Ich hoffe, es ist Zitronenkuchen dabei. Den hat das letzte Shuttle nämlich nicht liefern können."

„Was ist los?", begannen immer mehr Stimmen im Hintergrund zu fragen. „Was soll der Alarm? Was ist passiert? Gibt es Probleme? Ist ein weiterer Asteroid auf Kollisionskurs?" Wegen des durchdringenden Alarmtons und der roten Leuchten waren alle aufgewacht und in die Zentrale gekommen.

Reba rieb sich die Augen. „Wo haben wir Druckverlust?"

„Die Vitality." David zeigte auf den Bildschirm. „Sie hat sich gelöst und Sven konnte sie wieder einfangen. Der Bereich zum Cake wurde automatisch abgeriegelt."

„Ein allzu großes Glück scheint das nicht gewesen zu sein", gähnte Stan. Sie hatte dunkle Schatten unter den Augen und ihre Hände zitterten. „Die Kisten schweben ins All. Welcher Trottel hat die Befestigungen gelöst?"

Tatsächlich war auf dem mittleren Bildschirm zu sehen, wie sich unzählige Metallkisten verselbstständigten. Sie schwebten aus der Öffnungsluke der Vitality und es wurden immer mehr, je mehr Sven mit dem Joystick den Greifer und damit die Raumfähre bewegte, als würde er das Shuttle wie eine übergroße Mülltonne ausleeren.

Einige Minuten später schwebte Martin an der Kamera vorbei, die Haare standen ihm wie immer vom Kopf ab, seine Augen waren leer und die hellgraue Haut in seinem Gesicht von tiefen Rissen und Kratern durchzogen. Er hatte einen Arm weit gestreckt, als wollte er sich festhalten und in Sicherheit ziehen. Sein Zeigefinger war genau auf die Kamera gerichtet.

„Ich glaube, ich sehe nicht richtig", flüsterte Sven. „Sollte er nicht auf dem Klo oder in seinem Modul sein? Wie zur Hölle kommt der Tunichtgut nach draußen?"

„Das kann ich euch sagen." Procter erschien hinter ihnen. „Während David um das Ladekabel ging, bin ich aufs Klo. Man merkt ja hier oben nicht immer gleich, wenn man muss, deshalb gehe ich besser einmal zu oft als zu spät. Ich saß gerade auf der Schüssel, da habe ich gehört, wie Martin rief. Ob er helfen könne? Einige Augenblicke war ich angekotzt. Er mischt sich immer in die Arbeit ein, wenn sie zum größten Teil schon erledigt ist. Immer rückt er an, wenn es überhaupt nicht mehr nötig ist. Damit erinnert er mich an meinen Vater. Der kam immer in die Küche, wenn meine Mutter die Nudeln abgegossen und den Tisch längst gedeckt hatte, und fragte, ob er was helfen solle. Ich wollte Martin antworten, David sei um das Ladekabel gegangen und wir könnten die restlichen Kisten ohne seine geniale Hilfe katalogisieren. Die Schleusen gingen zu, der Alarm brüllte los und ich saß auf dem Klo fest. Die Tür ließ sich nicht öffnen, erst als das System einen Check gefahren hatte. Der Computer ließ mich mit tickender Uhr dabei zusehen."

„Das System prüft bei einem Druckverlust jedes Modul", wusste David. „Türen lassen sich erst öffnen, wenn diese Prüfung durch ist und sich keine Fehler ergeben haben. Man kann diesen Vorgang beschleunigen, indem man ablehnt, wenn der Computer nach dem BiKe73 fragt. Das spart etwa vier Minuten und..."

„Hey!", unterbrach Stan, „bevor Sie uns weiter belehren, würde ich gern wissen, warum Sie hier sind? Sollten Sie nicht den Inhalt der Vitality checken? Was tun Sie hier?"

Es war ein unangenehmes Gefühl, alle Blicke auf sich gerichtet zu wissen. David hob das Tablet in die Höhe. „Der Akku hat fünf Prozent.

Ich musste das Ladekabel holen.“

„Fünf Prozent!“ Reba schnaubte. „Als ich Procter das Tablet gegeben habe, war der Akku voll. Ich habe es selbst aus der Ladeschale genommen.“ Sie streckte die Hand. „Hergeben!“

David gab ihr das Tablet. Reba drückte den Knopf an der Unterseite und machte große Augen. „Tatsächlich, fünf Prozent. Vier Prozent. Wie kann das sein? Haben Sie statt zu arbeiten einen Film geguckt?“

Sie schaute in die Runde und Dent sagte: „Mit dem Ding kann man höchstens online Filme schauen und wir sind nicht online. Diesen Leistungsverlust kann es nicht geben.“

Reba hielt ihm das Tablet hin. „Sehen Sie selbst. Vier Prozent.“

Dent riss ihr das Tablet aus der Hand und wischte darauf herum. Zu Davids Leidwesen wischte er die bisher erfassten Daten zur Lieferung der Vitality weg, die Procter wahrscheinlich nicht zwischendurch gespeichert hatte. Das vergaßen reine Anwender von Software gerne, selbst wenn man sie ermahnte, immer wieder zu speichern. Die bisher erfassten Daten waren wohl verloren.

„Hier!“ Dent drehte das Tablet herum, damit er es zeigen konnte. „Die Ortung mit GPS ist eingeschaltet. Das zieht höllisch viel Akku, gerade hier oben, wo es überhaupt keine Signale gibt. Deshalb war der Akku so schnell leer.“ Er reichte das Tablet zurück an Reba. „Standardmäßig ist diese Einstellung ausgeschaltet, eben um Akku zu sparen. Der Mörder hat angeschaltet.“ Sein Blick wandte sich David zu. „Um genau diese Reaktionskette in Gang zu setzen?“ Obwohl es wie eine Frage klang, fühlte es sich wie ein Vorwurf an.

David spürte einen eiskalten Klumpen in seinem Magen wachsen. Wenn einem auf der Erde heiß und kalt wurde, man Angst hatte und am liebsten auf Angriff umgeschaltet hätte, fühlte es sich genauso an. Er reckte den Unterkiefer vor. „Reba hat das Tablet Procter gegeben. Sie hatte es die ganze Zeit und ich habe es erst an mich genommen, als ich das Ladekabel holen ging.“

„Warum?“, fragte Dent zurück, „haben Sie das Tablet mitgenommen, anstatt bloß das Kabel zu holen?“

„Weil“, sagte David leise und möglichst drohend, „wir insgesamt sieben verschiedene Typen benutzen und jeder hat einen eigenen Stecker. Ich weiß nicht auswendig, welcher Stecker zu welchem Tablet gehört.“

„Bleibt der Kapitän.“ Dent blickte unverwandt in Davids Augen. „Der Kapitän hat das Tablet aus der Halterung geholt und sie hatte die Gelegenheit, die Ortung einzuschalten.“

„Ich!“, japste Reba und überkreuzte die Arme. „Das ist eine bodenlose Frechheit!“

Dent fuhr zu ihr herum. Besser gesagt, er drehte sich in Zeitlupe zu ihr herum, gebremst von der Schwerelosigkeit des Alls. Einzig sein Gesichtsausdruck mit den gekrümmten Augenbrauen zeigte seine Ungeduld. „Soll das heißen, Procter hat die Ortung eingeschaltet, weil sie vor mehreren Stunden Martins Entschluss ihr Hilfe anzubieten bereits vorhergesehen hat? Das hat er kurzfristig entschieden! Spontan!“

Ein heilloses Durcheinander brach aus, in dem David nur vereinzelt Fetzen verstand. Reba jedenfalls verbat sich jegliche Unterstellungen dieser Art. Sie war der Kapitän und allein aus diesem Grund eine Vertrauensperson. Sie tat es in einer Lautstärke, die ein paar der anderen überzeugte. Stan boxte gegen Dents Schulter, Dent brüllte Sven an und Guylian und Procter stritten darum, mit welchen Befehlen das Abdocken bei geöffneter Tür überhaupt zustande gebracht werden konnte. „Ganz so einfach ist das nicht!“, brüllte Guylian. „Es gibt schließlich Vorkehrungen, die dumme Bedienfehler nicht zulassen sollen. Sonst könnte erstens jeder Trottel die Pickles oder die Vitality steuern und zweitens könnte jeder Arsch sehr viel Zerstörung anrichten.“

„Falls es Ihnen nicht aufgefallen ist“, brüllte Sven zurück, „auf dieser Raumstation befinden sich ausschließlich Ärsche!“

„Ja!“ Guylians Stimme überschlug sich. „Und Sie sind einer der größten!“

Einzig Glenn war ruhig. Sie tippte auf ihrem Tablet und schüttelte angesichts der streitenden Menge den Kopf. Selbst als jemand meinte: „Vielleicht war Glenn es, damit sie endlich mal ein bisschen mehr zu tun bekommt als jeden Tag unzählige Male Blut abzunehmen und die Auswirkung von Schwerkraft auf Blutkörperchen festzustellen.“ Eine andere Stimme vermutete: „Wer weiß, welche Geheimaufträge in dem verschlossenen Briefumschlag stecken, den der Kapitän in ihrer Box hat. Sie wird sich mit Dingen beschäftigen, von denen wir nicht mal zu träumen wagen.“

Auf diesen zweiten Vorwurf hin wurde es ruhig in der Zentrale. Stan und Sven waren heiser, so viel war sicher. Dent hustete und räusperte sich. Reba atmete tief durch. „Soll ich das so ins Logbuch schreiben? *Der* Kapitän hat einen geheimen Brief in *ihrer* Box? Das hört sich holprig an.“

„Ist nicht mein Fehler.“ Guylian hob beide Arme und wäre durch die Zentrale geschwebt, wenn sie nicht den Sicherheitsgurt wie immer geschlossen hätte. „Ich war von vornherein gegen die Beibehaltung männlicher Attribute für weibliche Führungskräfte. Wir hätten dem schwedischen Vorschlag folgen und ein x anhängen sollen. Kapitänx. Dazu passt jedes Personalpronomen.“

Diesmal seufzte David. „Wenn ihr jetzt über Grammatik diskutiert, gehe ich solange Kaffee holen."

„Yep." Glenn machte sich sofort auf den Weg.

„Ich will auch mit", krächzte Sven. „Ich will den Kaffee aus dem Beutel, nicht aus den Bechern. Wehe, es fasst jemand meinen Becher oder mein Geschirr an. Ich will einen original verschweißten Beutelkaffee, den ich persönlich auf Manipulationen überprüft habe."

„Hau ruhig ab", warf ihm Guylian hinterher und sie murmelte: „Verdammte Nebelkrähe."

Stan schwebte durch den Raum, als wollte sie mitkommen, doch sie hielt sich an einem anderen Griff fest, näher bei Reba. „Für mich bitte keinen Kaffee", sagte sie. „Mir schlägt er auf den Magen. Mir wird schlecht, sobald ich Kaffee trinke."

Rebas Blick folgte David, als er mit Glenn und Sven die Zentrale Richtung Küche verließ. „Kommt mir gesund wieder."

„Was soll schiefgehen?", meinte Sven. „Wir holen aus der Küche Kaffee, wie wir es schon tausendmal getan haben."

Glenn konzentrierte sich auf den Weg durch die Station. Sie tippte oder wischte niemals auf Tablets oder Smartphones herum, wenn sie sich im Schwebezustand befand. Niemals stieß sie versehentlich irgendwo an und holte sich Beulen und blaue Flecken oder gar blutige Schrammen an scharfen Kanten.

Sven schloss zu ihr auf. „Der Mörder ist an Bord, seit wir die Erde verlassen haben. Er befand sich seit jeher unter uns. Im Training, beim Essen, sogar als wir betrunken in der Bar eingeschlafen sind."

Glenn schaute über die Schulter zu ihm und ihr Blick schien ihn zu fragen, was er mit diesem Kommentar bezweckte.

Sven zuckte die Schultern. „Wer weiß? Vielleicht hatte der Mörder von

Beginn der Mission an die Absicht, uns nacheinander zu töten? Es gibt perverse Schweine, denen macht so etwas Spaß, das törnt sie an. Habe ich in einem Buch gelesen. Angeblich haben ein paar Prozent der Menschen eine solche Ader in sich."

Die Küche grenzte an die Zentrale und so war es nicht weit bis zu dem Schrank, in dem der Kaffee aufbewahrt wurde. Glenn hängte sich mit einem Bein an einen der fest montierten Stühle und David machte den Schrank auf. Er reichte die Beutel an Sven weiter: „Cappuccino für mich und Reba, Latte Macchiato für Stan, Procter und Guylian, Espresso für Dent und Glenn..." Er zögerte. „Wen habe ich vergessen?"

Sven schaute ihn mit schiefgelegtem Kopf an. „Mich, hirnloser Trampel. Außerdem wollte Stan keinen Kaffee wegen ihrer Magenschmerzen."

David klemmte einen Beutel mit Latte Macchiato wieder in den Schrank und holte dafür einen Beutel mit Chai Latte heraus. „Auf der Erde hat sie literweise Kaffee getrunken und hier oben verträgt sie ihn nicht mehr? Glenn, ist das normal?"

Sie machte eine unbestimmte Geste mit dem ganzen Körper, die an Schulterzucken erinnerte, und streckte die Hand nach dem Kaffee.

„War sie überhaupt zur Untersuchung?" Sven blätterte durch die einzelnen Beutel und zupfte einen heraus, den er besonders genau untersuchte. „Ich würde nicht gehen, wenn ich Bauchweh kriegen würde, sobald ich Kaffee trinke. Ich würde einfach auf Kaffee verzichten und so tun, als sei ich kerngesund." Er reichte Glenn einen der Espressobeutel. „Hier, bitte. Meinen Beutel muss ich erst genauer anschauen. Ich bin mir nicht sicher, ob das ein Einstichloch ist oder einfach ein Knick von der Aufbewahrung im Fach."

Glenns Gesichtsausdruck nach zu schließen waren ihr sämtliche Vorsichtsmaßnahmen egal. Sie vermischte den pulvrigen Inhalt mit

Trinkwasser aus dem Spender und schüttelte und knetete kräftig. Sie spülte den kalten Kaffee blubbernd zwischen ihren aufgeplusterten Backen umher.

Sven schüttelte sich bei diesem Anblick. „Wie können Sie das trinken? Kaltes Wasser und dieses Spülen im Mundraum. Da kriegt man die Bröckchen vom Granulat bestimmt nicht raus." Er steckte eine große Flasche Wasser in die Mikrowelle. Knapp zwei Minuten bei sechshundert Watt, bis die optimale Temperatur von fünfundsiebzig Grad erreicht war. Er schwebte vor der Mikrowelle, hielt sich an deren Griff fest, und beobachtete die Wasserflasche bei ihren sanften Kreisen. Damit die Flasche in Bewegung war, musste man sie leicht anstupsen, bevor man die Mikrowelle anschaltete. Nicht zu fest, sonst prallte sie von den Innenseiten des Geräts wie ein Flummi ab. Wegen des engmaschigen Gitters am Inneren der Scheibe musste man, um deutlich sehen zu können, den Kopf ständig leicht bewegen. Die meisten entschieden sich für Kreisbewegungen, Sven ließ den Kopf wie auf einer Halfpipe schwingen.

Als konnte das Gerät Menschen hypnotisieren. David verfolgte mit den Augen, wie der Halter, auf dem sonst der Drehteller lag, leer seine Runden zog und knapp darüber die Flasche eierte. Er schenkte Glenns Husten keine Beachtung und wurde erst aufmerksam durch ihren unterdrückten Aufschrei. „Bäh!", stieß sie aus. „Igitt!" Sie nuschelte und griff zu einem Küchentuch, das im Spender auf Benutzung wartete. Sie spuckte aus, würgte. „Total sauer. Metallisch." Mit einem frischen Tuch wischte sie sich die Zunge ab. Sie griff zu einer Wasserflasche und spülte sich den Mund aus. „Meine Zunge ist ganz taub."

Das hätte sie David in deutlicheren Worten sagen sollen. „Sie sind kaum zu verstehen. Ist Ihre Zunge angeschwollen?" Er schwebte zu ihr hinüber. „Mund auf. Lassen Sie mal sehen."

Glenn schob ihn zurück und holte aus der Besteckschublade einen Löffel. „Wä ischä Arsch? Schie oa isch?" Sie streckte die Zunge raus und betrachtete sie in der Rückseite des Löffels. „Scheischä."

„Sie sind der Arzt", sagte David. „Natürlich. Ich wollte bloß Hilfe anbieten. Kann ich etwas für Sie tun?"

Glenn kniff stöhnend die Augen zusammen. Sie krümmte sich und zog den Kopf zwischen die Schultern. Sofort begann sie haltlos im Raum zu taumeln. „Isch hab n ganschesch Maul voll geschlut."

„Was?" Sven löste sich vom Anblick der leuchtenden und surrenden Mikrowelle. „Glenn, was haben Sie?"

„Ein ganzes Maul voll von dem Zeug geschluckt", sagte David. Nachdem Glenn eine volle Umdrehung hinter sich hatte, packte er ihre Füße und stabilisierte sie. Ihr Gesicht sah furchtbar aus. Ihre Zunge hing wie vergorener Hefeteig hervor, bedeckt von weißen Blasen. Zwischen den murmelgroßen wabernden Gebilden wucherten kleinere Bläschen. Ihre Lippen wölbten sich dick geschwollen nach außen, ihre aufgepolsterten Wangen wirkten, als hätte sie ein Dutzend Eier im Mund. Ihre rotunterlaufenen Augen tränten.

„Mein Gott", hauchte Sven, „sehen Sie beschissen aus." Er hob die Hand, zögerte jedoch Glenn anzufassen. „Ist das ansteckend? Ein neues außerirdisches Killervirus?"

Glenn ließ einige zu einem Klumpen verschmolzene Worte zusammen mit einer gehörigen Menge Speichel aus ihrem Mund rinnen. Als sie es merkte, hielt sie sich ein Küchentuch vor.

„Es scheint weh zu tun." Sven fing den Kaffeebeutel ein, der durch das Zimmer schwebte. „Auf jeden Fall hat es damit zu tun." Er befühlte den Beutel mit den Fingern. „Haben Sie sich verbrannt? Er fühlt sich nicht warm an.“

„Quatsch.“ David rammte ihm den Ellbogen in die Seite. „So sieht keine Verbrennung aus. Das sind Symptome eines Kontakts mit Säure. Ich habe mal gesehen, wie ein Mädchen mit Batteriesäure übergossen wurde, das warf solche Blasen.“

Glenn riss die Augen auf und nickte ihm zu. Sie nuschelte unverständlich vor sich hin und zeigte auf das Host zu ihrer Rechten.

„Gute Idee“, fand David. „Ich bringe Sie hin. Passen Sie auf, Sie tropfen hier alles voll. Machen Sie lieber den Mund zu.“

Er erntete einen Schwall an Geräuschen, der zum Glück genauso wenig zu verstehen war wie das, was Glenn vorhin hatte sagen wollen. „Es ist wohl nicht möglich“, mutmaßte David, „den Mund zu schließen.“ Daheim hätte er Glenn auf den Rücken gelegt, damit die Spucke drinblieb, oder auf den Bauch, damit sie rauslief. Hier auf der Pickles beeilte er sich, sie in die medizinische Abteilung zu bringen. „Sven!“, rief er, „können Sie Dent herbringen? Ich glaube, er kennt sich mit diesen Problemen besser aus als wir und ich weiß nicht, wie lange Glenn ansprechbar bleibt.“

Mittlerweile verdrehte sie die Augen. Sie klappten zur Seite weg und die Lider quetschten sich über den feuerroten Augäpfeln, die vom schwellenden Gesicht langsam zugedrückt wurden.

David sah Sven davonsausen. Gleichzeitig begann die Mikrowelle zu piepen. Der Ton war durchdringend, nervig und viel zu laut. „Ich schalte das mal eben ab.“ David schwebte in Pirouetten zurück in die Küche.

Als er mit seinem Kaffeebecher in der Hand zurückkam, hing Glenn bewusstlos mit dem Gesicht voran an der Decke. Er sammelte sie ein und schnallte sie auf dem Untersuchungstisch fest. Dazu musste er den Kaffee loslassen. Am Ende spannte er mit den kürzesten Expandern, die er finden konnte, ein Tuch über Glenns Gesicht, damit die mit dem Bläscheninhalt vermischte Spucke an Ort und Stelle blieb.

Zum Glück kam Dent wenige Sekunden später. „Was ist passiert? Säure? Sven erwähnte Säure und den Kaffeebeutel?"

David nippte an seinem Kaffee. „Mein Kaffee schmeckt völlig normal."

„Einen Kaffeebeutel!", stieß Dent hervor. „Das hätte mich treffen können. Ich trinke immer Espresso, genau wie Glenn."

„Ich auch", warf Sven von hinten ein.

„Das hätte für jeden von uns böse enden können." Dent griff nach einem der Expander, die das Tuch über Glenns Gesicht hielten. „Wer hat das hier so festgezurrt?" Er ließ die Expander in die Ecke schweben. „Das war eine verdammte Schnapsidee. Jetzt zerfrisst es das Gesicht auch von außen." Bevor er seine Finger in diese blasige Masse schob, holte er sich Handschuhe aus dem Spender. Erst dann berührte er die Zunge und versuchte sie zur Seite zu schieben. Glenn stöhnte auf. Ihre Augenlider vermochten über geweiteten Pupillen kaum zu blinzeln.

„Können Sie den Mund aufmachen?", fragte Dent. „Sind Sie ansprechbar?"

Sie reckte aus ihrer geballten Faust den Daumen hoch. Wahrscheinlich versuchte sie ihm zu helfen und den Mund zu öffnen, aber die Schwellungen waren zu heftig, um etwas zu sehen. Dent holte einen Holzspatel und eine der kleinen Taschenlampen. Er drückte die Zunge nach unten, um ihr in den Rachen schauen zu können. Dabei platzten die Blasen und gelblichgraue Flüssigkeit machte sich selbstständig. Schnell rupfte Dent Tücher aus dem Spender und fing die Tropfen ein. Das letzte Tuch presste er auf die grässliche Zunge.

„Ich weiß", sagte er. „Das tut weh. Was immer es ist, das aus den Blasen austritt, es muss entfernt werden, damit ich sehe, wie weit die

Verwüstung reicht.“

Der Spatel und die Lampe. Dent leuchtete in die winzige Öffnung zu Glenns Hals. „Die gesamte Innenseite von Mund und Rachen ist mit diesen Blasen bedeckt, die gesamte Speiseröhre. Es sieht aus wie kochender Vanillepudding.“ Er tupfte mit dem Spatel gegen eine der Blasen, öffnete sie damit und war schon wieder dazu verdammt, mit den Tropfen Räuber und Gendarm zu spielen.

Zum Glück kamen Procter und Sven. „Was hat sie zu sich genommen?“, wollte Procter sofort wissen. „Nur einen Espresso oder auch etwas anderes?“

Hinter den beiden kam das restliche Geschwader. Reba, Stan und Guylian, mit etwas Abstand Flint, Bovich und Kruger. Sie alle drängten sich in das Modul, das für medizinische Behandlungen und Experimente ausgelegt war, nicht dafür, so vielen Menschen Platz zu bieten. Guylians Hintern blockierte eine der UV-Lampen, die für eine Bakterienkultur wichtig waren. Kruger, der auf der Erde als Hausmeister gewiss großartige Arbeit leistete, war ein Trottel im Weltall. Er kollidierte mit einer Zentrifuge und riss den Arm, an dem das Schwarzlicht hing, aus der Verankerung. Beim Umdrehen und rückwärts in eine Lücke Rangieren kam Sven an einige Schalter und löste Alarm aus.

Dent streckte den Arm, drückte einen Knopf und der schrille Summton verstummte. „Was hat sie zu sich genommen? Ich will jede Kleinigkeit wissen.“

„Nur diesen Espresso.“ Sven zeigte ihm den Beutel. „Sie hat mit Wasser aus dem Spender aufgefüllt, getrunken und sofort begann das mit den Blasen.“

Dent drückte den Beutel Sven in die Hand. „Ins Solaris. Finden Sie heraus, was außer Kaffee in dem Beutel ist.“

„Einen Verdacht?", fragte Sven zurück.

„Säure", überlegte Dent. „Könnte genauso gut ein Metall sein. Haben wir nicht Natrium oder Kalium an Bord?" Sven nickte ihm knapp zu und machte sich auf den Weg, nicht ohne Dents Warnung: „Machen Sie die Tür hinter sich zu, verbarrikadieren Sie sich und vertrauen Sie niemandem."

Glenn ging es dreckig, das war nicht zu übersehen. Sie wimmerte unter ihrem verquollenen Gesicht und wand sich in den Gurten, die sie hielten. Dent hatte sich blitzschnell frische Handschuhe angezogen und tupfte die Blasen mit antiseptischen Tüchern ab, die Guylian ihm zureichte und nach Benutzung in den Müllbeutel steckte.

„Hey", rempelte David ihr den Ellbogen in die Seite, „wer fliegt die Pickles, wenn der einzige Pilot, der momentan nichts zu tun hat, hier Maulaffen feilhält?"

Guylian schenkte ihm einen Blick, der von Verachtung getragen war. „Der Autopilot, Mister Wichtig."

David schnitt ihr eine Grimasse, von der sie zu seinem Bedauern nichts mitbekam. Sie befand sich inmitten von umherfliegenden Petrischalen, nachdem Dent ihr beim Umdrehen einen Rempler in die Seite gegeben hatte. „Herrschaftszeiten!", schimpfte Dent. „Raus mit Ihnen allen. Sofort! Ich brauche hier Platz."

Die Weltraumlaien verstopften den Durchgang. Kruger war mit einem Bein draußen, hinter ihm kam Bovich und dazwischen klemmte Flint. Solange das Bein mitten im Durchgang steckte, konnte Flint seinen Arm nicht wegnehmen und Bovich den Kopf nicht um die Kante drehen. Es war unmöglich zu erkennen, welches Körperteil wem gehörte.

„Ich mache einen Luftröhrenschnitt", hörte David Dent sagen, was ihm einen Schauer über den Rücken jagte. Gegen dieses Vorhaben war das unfreiwillige Twister-Spiel der Neulinge geradezu amüsant.

Glenns Kopf musste mit zwei Händen festgehalten werden. Sie schien nicht zu wollen. „Doch", beharrte Dent. „Sie haben im gesamten Rachenraum heftige Schäden erlitten. Zunge und Schleimhäute sind angeschwollen und tragen offene Wunden, es kommt kaum mehr Luft hindurch. Unterhalb des Kehlkopfes ist es nicht ganz so verheerend."

Wie wild warf Glenn den Kopf hin und her, nachdem Dent sie losgelassen hatte. Ihre Stimme war ein einziger Brei aus Vokalen und Lauten, kein Wort war zu verstehen.

„Ich glaube", sagte David, „sie will keinen Luftröhrenschnitt. Für mich hört es sich nach Protest an."

Dent hatte sich bereits ein Mäppchen mit Gummiringen vorbereitet, in das er nun medizinisches Besteck klemmte. „Für mich hört es sich nach der dringenden Bitte zu helfen an. Kapitän?"

Reba hob die Schultern und griff sich gleichzeitig ans Kinn. „Ich weiß nicht." Plötzlich fuhr sie herum, stemmte sich gegen einen Griff an der Decke und trat Flint von hinten ins Kreuz. Er heulte auf, der Gliedmaßenknoten an der Tür platzte und alle drei schlugen im Durchgang zum Küchenmodul Purzelbäume. Reba zog die Tür zu und schickte mit einer Handbewegung durch das Sichtfenster die anderen weg. „Wer weiß", murmelte sie, „ob ein Mensch an der Schwelle zum Tod, schwer verletzt und unter Schmerzen leidend, überhaupt einen klaren Gedanken fassen kann."

„Auf jeden Fall gibt es Sauerei", sagte Dent. „Ich brauche jemanden, der das Blut und das Gewebe einfängt. Wir pusten eine Plane hoch." Er zog eine Spritze auf und verabreichte sie Glenn in den fixierten Arm.

Ihr gesamtes Gesicht war auf die Größe eines Kürbisses geschwollen. Ihre Hautfarbe begann sich der Farbe des Gemüses anzugleichen und die richtige Fratze für eine Halloween-Dekoration hatte sie längst. Geschlitzte Augen, aufgerissener Mund, pralle Backen, ekelhafter Schleim, der aus jeder Öffnung quoll.

„Ich mache das." Guylian stopfte den Müllbeutel, in den sie bisher die Tücher getan hatte, in den Abfall und nahm einen neuen Beutel heraus. „Ich bin auf einer Lämmerfarm aufgewachsen und habe beim Schlachten und Kastrieren geholfen. Mir wird nicht schlecht von üblen Sachen."

„Okay." Reba schaute David an, nicht Dent oder Guylian. „Die beiden kümmern sich um Glenn, alle anderen zurück in die Zentrale."

Ab und zu schaute David später durch das Guckloch zum Host und sah Dent und Guylian über Glenn gebeugt arbeiten. Wie es schien, wurde aus dem Luftröhrenschnitt eine richtige Operation. Was am Hals begonnen hatte, schien mittlerweile bis zum Bauchnabel zu reichen. Unter der aufgeblasenen zeltartigen Plastikplane schwebten Tropfen von Blut, Haut, Fleisch und allen möglichen anderen Dingen, die David nicht benennen konnte. Auf jeden Fall hatten Dent und Guylian eine ordentliche Dusche nötig, sobald sie mit Glenn fertig waren. Wenigstens hatten sie sich Schutzanzüge übergestreift und Gesichtsmasken angelegt.

Zur gleichen Zeit gelang es Stan, die Vitality einzufangen und wieder anzudocken. Es wurde erneut auf die Druckprüfung verzichtet, was am schwindenden Interesse an hirnrissigen Protokollen lag. Niemand hatte mehr Lust, sich über derlei Checklisten zu beugen. Sobald die Vitality an der Pickles befestigt war, führte Stan einen Druckausgleich durch und Procter und sie wurden geschickt, um zu prüfen, was an Materialien übrig war.

„Ich wüsste zu gerne", seufzte Reba, „welcher Teufel die Menschen manchmal reitet. Man kann den Inhalt eines Raumschiffes prüfen, ohne sämtliche Kisten loszumachen. Wenn Sie die Finger von den Klettverschlüssen gelassen hätten, wären die Kisten nicht davongeflogen."

Ihr fragender Blick veranlasste David dazu, die Schultern bis zu den Ohren hochzuziehen. „Sie waren nicht gelöst, als ich um das Ladekabel gegangen bin, aber wir hätten umräumen müssen, um an die hinteren Reihen zu gelangen. Die Vitality war wirklich in mehreren Lagen bis auf den letzten Winkel vollgestopft. Da kommt man nicht ran, wenn man nicht umschichtet."

„Nichts ohne Befestigung lassen", betete der Kapitän eines der Mantras nach, die ihnen Boden so oft nahelegte. „Was nicht fest ist, ist verloren. Kein Gegenstand darf ohne Befestigung schweben. Kein Ding darf *abgelegt* werden. Nichts darf ohne Befestigung bleiben, wenn es kein Gehirn hat, um selbst für Sicherung zu sorgen." Der Kapitän wirkte müde. Sie versteckte ein Gähnen hinter der flachen Hand, ihre Augen füllten sich mit Tränenflüssigkeit. Sie fröstelte, obwohl es in der Pickles dieselbe Temperatur hatte wie immer.

Die Systeme mussten geprüft werden. Normalerweise gab es jeden Morgen eine kurze Rücksprache mit Boden über die Fehlermeldungen, die während der Nacht aufgelaufen waren. Wenn nachts alle schliefen, überwachte Boden die Pickles und sammelte die Fehlermeldungen. „Die Fehler BU09 bis BU16 haben wir wieder mal gelöscht", gähnte Attila meistens. „In der Klimaautomatik steckt der Wurm. Ein Messfühler hat einen E0409 gemeldet, den wir gelöscht haben. Ein einziger von über zwanzig. Glauben Sie mir, wenn wirklich ein E0409 vorliegen würde, hätten Sie es längst gemerkt. Ihr Arsch hätte Ihrem Hirn auf direktem Weg Hallo gesagt." So ging das eine ganze Weile, bis alle Fehler vorgelesen und behandelt waren. Die meisten wurden einfach gelöscht und man hoffte, sie traten kein weiteres Mal auf.

David überflog die Fehlerliste diesmal selbst. Die Übermittlung an Boden hatte nicht funktioniert, deshalb war der erste Fehler auf der Liste derjenige, der das ausgefallene Netzwerk meldete. David löschte ihn und die folgenden Meldungen, denn das Netzwerk versuchte sich alle sieben Minuten aufzubauen und wenn es nicht klappte, generierte das System einen Fehler.

„Ich schalte das Netzwerk ab", sagte David zu Reba. „Nicht wegen der nervtötenden Fehlermeldungen, sondern weil das Netzwerk zusammen mit den anderen Systemen pausenlos Fehlermeldungen produziert und die Geräte dieser zusätzlichen Auslastung nicht gewachsen sind. Allein dieser Pflanzenversuch, der seine Daten nicht mehr zur Erde streamen kann, benötigt fast siebzehn Prozent der Leistung. Keine Angst, nicht unser internes Netzwerk wird abgeschaltet. Nur das, das mit der Erde besteht."

„Naja", meinte Reba, „irgendein kleines Dingelchen sollten Sie laufen lassen. Momentan hat Boden Probleme en masse, sobald die behoben sind, werden sie sich melden. Ausgerechnet dann sind wir taub? Das will ich nicht. Erreichbar müssen wir sein."

„Okay." David entschied sich, eine Leitung zu separieren und offen zu halten. Sie würden den Klingelton des Systems hören und reagieren können. „Da unten hat sich die Hölle aufgetan und ich glaube, der Teufel hat Internet und Mobilfunk abgeschaltet. Es wird niemand anrufen, faxen oder mailen. Allerhöchstens können wir nach Rauchzeichen Ausschau halten."

„Haben wir keinen Kontakt zur Erde?" Kruger stieß sich von seinem Platz in der Mitte des Raumes ab, wo er wie Spiderman an der Decke hing. „Wir haben keine Funkverbindung? Keinen Kontakt zur Bodenkontrolle? Wir sind allein."

Wenn es cool aussehen sollte, wie er durch die Zentrale schoss und auf den Pilotensitz zusteuerte, hätte er es vorher üben sollen. Er war viel zu schnell. David packte ihn am Knöchel und bremste ihn ab, bevor er mit dem Kopf gegen das Sichtfenster knallte oder an die empfindlichen Geräte stieß.

„Keine Angst", beruhigte Reba, „die Pickles braucht nicht unbedingt Kontakt zu Boden, um über die Runden zu kommen. Wir haben sehr viel Sauerstoff an Bord, sehr viel Energie und genügend Lebensmittel und Wasser, um einige Jahre auszukommen."

„Mag sein." Kruger hielt sich an einem Regalvorsprung fest und stabilisierte seine Position. „Irgendwann müssen die uns runterholen. Irgendwann hocken die allein in ihren Bunkern und dann kommt es auf jeden einzelnen Menschen an. Erst recht auf geniale Individualisten wie uns. Es bleibt ihnen nichts anderes übrig, als uns nach Hause zu holen, damit wir frischen Wind in ihre Bunker bringen und den Genpool aufpeppen."

Reba legte ihre Stirn in Falten. „Von welchen Bunkern sprechen Sie?"

Kruger zeigte auf Flint. „Von seinen Bunkern."

Flint lief im Gesicht rot an. Er glühte wie nach zu viel Sonne. „Es weiß jeder, die Regierung hat für solche Notfälle Bunker gegraben. Wir arbeiten nicht umsonst in der Nähe eines riesigen Salzvorkommens. Die haben Bunker in die Erde getrieben, viele hundert Meter tief. Da sind Pflanzen gelagert, Wasser, Lebensmittel und Tiere. Wenn die Welt untergeht, ziehen die Reichen und Mächtigen dort ein und warten, bis die Oberfläche wieder bewohnbar ist."

Reba schaute ihn mit großen Augen an.

David fühlte sich an einige Katastrophenfilme Ende des zwanzigsten Jahrhunderts erinnert, in denen die Jagd auf einen Platz im Bunker spannend erzählt wurde. Der Held erwischte in letzter Sekunde die Tür und konnte sich und sein Blödchen retten. Es gab in diesen Filmen immer ein Blödchen, das sich vom Helden retten ließ. Selbst wenn die Geschlechterrollen vertauscht waren, hatte die Story ein Blödchen zu bieten. Sah gut aus, war zu keiner eigenen Entscheidung fähig und ließ den Helden oder die Heldin noch heldenhafter dastehen. Meistens verbunden mit sehr viel Gekreische und Geheule. Eine blöde Rolle halt.

„Ist es eine Leidenschaft von Ihnen, den verschiedenen Verschwörungstheorien zu folgen?", fragte Reba.

„Die Bunker gibt es wirklich." Die Röte in Flints Gesicht war weg. Er hielt sich mit beiden Händen an einem Haltegriff fest, als hätte er Angst sofort weggerissen zu werden. „Es weiß jeder, die Regierungen der Welt haben sich für diesen Fall sichere Bunker gebaut. Naja, die Bunker in Amerika sind hinfällig, der Rest der Welt hat sich eingeigelt. Wahrscheinlich nach einer dramatischen Schlacht auf Leben und Tod, in der die Reichen und Mächtigen gegen die normalen kleinen Leute mit aller Waffengewalt gekämpft und meistens verloren haben. Gegen den Willen zu überleben verlieren die reichen Schnösel immer. Ich wette, in manchen Bunkern findet man nichts als Leichen. Wie in der Serie *Apokalypse*. Kennen Sie die?"

„Der Kapitän schaut keine Serien", sagte David. „Sie hat sich nie für Geschichten interessiert, die künstlich in die Länge gezogen werden. Bei *Apokalypse* sind das einzig Sehenswerte die Spezialeffekte bei den Feuerstürmen. Die sind wirklich gut, dehnen jede einzelne Folge allerdings um mindestens zwölf Minuten."

In der Pickles war es still. Asien rutschte langsam auf die Nachtseite.

„Aha", machte Kruger. „Und in unserer Story sind Sie dafür zuständig, die nötige Länge zu schaffen? Oder warum schwafeln Sie ständig Zeug, das niemanden interessiert?"

„Ich gebe ausschließlich relevante und für jedermann nützliche Informationen preis."

„Was der Kapitän im Fernsehen guckt?" Kruger wedelte mit der flachen Hand vor seinem Gesicht. „Ihr Astronauten haltet euch für die Krone der Schöpfung, dabei seid ihr alle..."

„Es gibt keine Bunker", unterbrach Reba, bevor ein Streit losbrach. „Von einem solchen Projekt hätte die Weltöffentlichkeit längst erfahren. So etwas Gewaltiges lässt sich nicht geheim buddeln und finanzieren. Spätestens als vor ein paar Jahren dieser Asteroid an uns vorbeischrappte, wäre alles aufgeflogen. Wie hieß er?"

David hatte seine Aufmerksamkeit scheinbar auf die Fehlermeldungen gerichtet. „Apophis? Oder meinen Sie BL86? TC404? Nein, das war ein Komet."

„Apophis", sagte Reba. „Meine Güte, das war ein Hype damals. Erinnern Sie sich? Man hat Lebensmittel gehamstert, die Badewannen voll Wasser gelassen und in China haben sich fast tausend Leute einer Sekte das Leben genommen."

„Umsonst." David erinnerte sich vage an damals und schnalzte abwertend mit der Zunge. „Bei einer Wahrscheinlichkeit von eins zu weiß der Kuckuck wie vielen Millionen spielen die Leute Lotto, bei einer deutlich geringeren Wahrscheinlichkeit bunkern sie sich ein. Der Mensch ist nicht für höhere Mathematik geboren. Ich jedenfalls bin an dem Tag ganz normal zur Arbeit gegangen."

„Echt?" Reba drehte sich ihm zu, indem sie sich auf die Kopfstütze des Technikerstuhls kniete. Sie balancierte ihr nicht vorhandenes

Körpergewicht auf der linken Kniescheibe. „Es hatten Firmen und Geschäfte geschlossen. Drei Tage lang."

David zeigte auf seine Füße. „Ich war damals hier auf der Pickles. Wir hatten den Auftrag, genau an dem Tag das Sonnensegel ans Solaris zu montieren. Vielleicht hätte ich mehr von dem Trubel mitbekommen, wenn Apophis ganz knapp an uns vorbeigeschossen wäre und nicht auf der anderen Seite der Erde." David machte eine Handbewegung, als müsste er lästige Fliegen verscheuchen. „Nach dem Außeneinsatz haben wir bei der Abendbesprechung zweierlei erfahren. Erstens arbeitete das Sonnensegel völlig normal und zweitens war die Erde nicht untergegangen. In dieser Reihenfolge."

Der Kapitän schien nachzudenken, wo sie an dem Tag gewesen war. Wenn sie es tat, wollte sie ihre Gedanken nicht teilen. „Diesmal jedenfalls hat es die Erde erwischt. Nicht von Apophis, so viel ist sicher. Der befindet sich ganz woanders."

„Das wussten die", sagte Flint. „Es weiß jeder, nach Apollis würde ein Asteroid kommen, der die Erde trifft. Deshalb haben sie sich vorbereitet und Bunker gegraben. Sie haben Vorräte, Saatgut, Generatoren, Wasser und wahrscheinlich das ganze Internet mitgenommen. Da hocken die reichen Schnösel nun und wir können sehen, wo wir bleiben."

„A-po-phis", verbesserte Reba gedehnt. „Natürlich wussten es alle. Es gibt immer eine neue Bedrohung nach einer alten Bedrohung. Das bringt das Leben so mit sich." Sie kratzte sich am Kinn. „Meiner Meinung nach hat niemand von Bedeutung diesen Asteroiden kommen sehen, sonst hätte man nicht überstürzt fünf Leute in eine Kapsel gepackt und ins All geschossen, die mit Weltall und Technik überhaupt nichts am Hut haben."

Einige Minuten plapperten alle durcheinander. Die drei Neulinge wehrten sich gegen die Aussage, sie hätten mit Technik nichts am Hut. Vor allem der Hausmeister, der seinen Rasenmäher schon lange nicht mehr zum Kundendienst gab, sondern Ölfilter und Benzinleitungen selbst tauschte und reinigte und seinen Haushaltsgeräten das eigenständige Nachkaufen von Betriebsmitteln untersagt hatte. Die Waschmaschine durfte nicht mehr in Eigenregie Waschmittel kaufen, weil sie gern neue Marken im Sonderangebot bestellte, anstatt bei den altbewährten Mitteln zu bleiben. Reba versuchte ihre Aussage zu relativieren. Sie hatte Raumfahrttechnik gemeint und nicht die Technik, mit der man daheim sein Smarthome steuerte.

David tippte sich durch die nächsten Fehlermeldungen, die er – ganz wie Boden es immer tat – einfach löschte. Selbst den AC313, der in roter Farbe kam und ihm bisher nicht begegnet war. Genau wusste er nicht, wofür das Kürzel stand. Das naheliegendste war die Klimaanlage. Was sollte mit ihr sein? Sie war eines der wenigen Systeme, die gut funktionierten und wenn nicht, merkte man es, sobald man nicht mehr atmen konnte. Das betroffene Abteil drei war eh nicht bewohnt.

„Blaire hat den Asteroiden entdeckt", wusste schließlich Bovich zu berichten, als Flint und Kruger heiser waren und Rebas Augen jeglichen Halt im Kopf verloren hatten. „Sie hat Bilder vom neuen VLT bekommen und Berechnungen mit ihren Gravitationswellen angestellt. Sie hat es mir erklärt, aber ich bin aus einer anderen Richtung, ich habe es nicht verstanden. Jedenfalls überredete sie die Leute vom VLT, diesen Sektor erneut anzupeilen. Von Afrika aus ging es nicht, die Sonntagsschicht in Südamerika ist eingesprungen. Die haben den Asteroiden bestätigt, die Daten an Namara geschickt und Namara hat den Einschlag in der Karibik berechnet. Grob, denn eine detaillierte Berechnung hätte Tage gedauert."

Er schaute in die Runde, als würde er den Fußballweltmeister der nächsten Saison verkünden. „Es blieben knapp vier Minuten, in denen Namaras Chef die Regierungen warnte. Blair und Namara sind mit mir, Flint und Kruger in die Kapsel. Sie wusste ein bisschen was über die Steuerung, ich wusste ein bisschen und der Rest wurde vom automatischen Startprogramm erledigt." Er schluckte. „Die wollten ernsthaft auf die detaillierte Berechnung warten, deshalb haben wir uns selbst hochgeschossen. Das waren nicht die Bodentrottel."

„War mir völlig klar", sagte David. „Andernfalls hätten Sie Anzüge tragen müssen und Windeln und so ein Nackenhörnchen, das die Laien immer kriegen, damit ihnen der Kopf nicht vom Hals schnackelt."

„Keiner hat je etwas von vollgepissten Hosen erzählt und wie man durchschüttelt wird beim Start. Ich dachte, das ist wie beim Fliegen. Es schaukelt etwas und rattert ein wenig und schon ist es vorbei. Der Start mit dem Shuttle war eher wie…" Er überlegte. „Eine Explosion. Ich saß mittendrin in diesem Feuerball. Wenn man aus dem Fenster schaut, sieht man wirklich überall züngelnde Flammen. Ein Inferno."

Reba schaute auf ihre Armbanduhr. „Vier Minuten sind nicht genug Zeit, um irgendwen zu warnen, zu überzeugen und zu einer Handlung zu bringen."

„Die wussten es", beharrte Flint. „Mir ist egal, was Bovich von sich gibt. Die Elite wusste von dem Asteroiden und hat sich in Sicherheit gebracht, deshalb ist der Chef der Agentur nicht rangegangen, als ich ihn anrufen wollte."

Bovich lachte hart. „Datensicherung und Prüfung, schon vergessen, wie die neuen Prinzipien lauten? Der Chef lässt sich ausschließlich von seiner Sekretärin informieren, alle anderen Anrufer läuten nicht mal an, die bleiben in der Telefonzentrale hängen. Kein ehrgeiziger Smartphone-Astronom, der glaubt einen Stern, einen Kometen oder einen zweiten Mond entdeckt zu haben, kommt an der Sekretärin vorbei. Egal wie wichtig es ist, die Meislein blockt ab." Er schlenkerte sein Handgelenk. „Nicht nur in der Kantine kommt man sich angesichts dieser Arschloch-Arroganz wie der letzte Depp vor."

„Hey, Flachbirne, nenn' uns nicht arrogant."

„Arschlöcher seid ihr. Alle."

„So was muss ich mir von einem Töpfeschrubber und Mülleimerleerer nicht sagen lassen."

Ein weiteres Schimpfwort folgte, das sofort das nächste nach sich zog. Die beiden gingen aufeinander los, hoben die Fäuste und wollten eine Prügelei beginnen. Auf der Erde wäre Reba sofort dazwischen gegangen, bevor es zu Blutvergießen und üblen Verletzungen kam. Diesmal bewegte sie langsam den Kopf hin und her und schaute zu, wie Bovich sich zu drehen begann, bevor er überhaupt an einen Schlag denken konnte. Flint, der einem Reflex folgend Deckung suchte, vollführte ebenfalls einen Salto im Raum und drehte sich weiter. Er begann zu schreien, wohingegen Bovich nach Halt suchte, um seine Position zu stabilisieren.

„Anfänger", lächelte David.

„Idioten", seufzte Reba. Sie wartete einige Umdrehungen ab, denn für den Laien war diese Bewegung ungewohnt und führte meist zu Schwindel und Übelkeit. Wenn Leuten schlecht war, blieben sie wahrscheinlich friedlich und waren leichter zu kontrollieren.

„Es war zu wenig Zeit", sagte Reba, nachdem sie Bovich und Flint wie Fledermäuse an die Decke gehängt hatte. „Namara und Kruger konnten sich nicht anschnallen. Sie machten den Start treibend mit. Sie haben es auf die Schnelle nicht geschafft die Gurte zu schließen und sind beim Abheben gegen den Boden gepresst worden?“

Flint konnte nicht sprechen. Er war grün im Gesicht und kämpfte mit seinen Innereien, die sich offenbar neu im Bauchraum sortieren wollten. Bovich war besser dran. Ihm taumelten nur die Augäpfel im Kopf herum. „Wir dachten, beim Start mit dem Autopiloten gäbe es einen Countdown. Wenigstens ein paar Sekunden. Stattdessen hob das Raumschiff sofort ab, genau von der Stelle, wo es stand. Es ist voll Karacho durch das Blechdach gestoßen, das zum Glück eh marode war. Blaire ist mit dem Rücken gegen die Sitze geschleudert worden. Wir haben ein heftiges Knacken gehört, als ob Äste brechen, und keinen Mucks mehr von ihr gesehen. Namara konnte sich festhalten, schließlich muss ihr die Kraft ausgegangen sein. Ich weiß nicht, wann genau das war. Ich war...“ Er machte eine unbeholfene Geste mit der Hand. „Ich war weg. Tutto kompletti schwarz.“

„Bewusstlosigkeit“, sagte David. „Soweit ich mich erinnere, startet die Mobility mit maximal vier g. Die meisten Menschen packen das locker, ihr hingegen seid nicht aufrecht zu uns hergekommen. Wie es aussieht, hat der Autopilot euch beim Start nicht in Flugrichtung gedreht und unter diesen Umständen reicht minus ein g, um einen Organismus zu kicken. Relativ negative Beschleunigung wird vom Körper grundsätzlich schlecht vertragen.“ Er wurde angestarrt, als hätte er einen Vortrag über Quantenphysik gehalten. „Fragt Dent, wenn ihr mir nicht glaubt, oder erinnert euch an die Zugfahrten mit Freunden. Ungefähr die Hälfte der Leute will nicht gegen die Fahrtrichtung sitzen, weil ihnen schlecht wird. Der gleiche Effekt.“

Kruger grübelte nicht über die Gravitation nach. „Hatte meine Frau Schmerzen, als sie starb?“

„Eher nicht", meinte David. „Ein kräftiger Schlag nimmt einem das Bewusstsein und ohne Bewusstsein tritt der Tod vollkommen unbemerkt ein. Wenn man sich die Augen fest zuhält und jemand knipst das Licht im Raum aus, merkt man nichts von der plötzlichen Dunkelheit."

Kruger schniefte.

Reba schwebte zu ihm und reichte ihm ein Taschentuch. „Tut mir leid. So genial er in Mathematik ist, so wenig Empathie hat er. Ich glaube, das ist eine genetische Sache, sein Vater ist genauso. Glauben Sie mir, ich hatte dereinst die Ehre, den alten Herrn kennenzulernen."

Es war unmöglich, ihren Seitenblick nicht aufzufangen. David schnitt ihr eine Grimasse. Sie wusste genau, wie schwer es ihm fiel, sich bei naturwissenschaftlichen Sachverhalten in Menschen einzufühlen. Der Tod war nichts weiter als die Aneinanderreihung von biologischen Prozessen, an deren Ende der Körper nicht mehr lebte. Wie eine Serie von Programmzeilen, die ein System ordentlich laufen oder abstürzen ließ.

Reba sprach auf Kruger ein und tröstete ihn mit Worten, die David nicht nachvollziehen konnte. Sie erinnerte ihn an die wohl schönen Zeiten, die er mit seiner Frau erlebt hatte. Die Hochzeit, Flitterwochen, die kurzen Momente bei der Arbeit, wenn sie einander sahen. „Immerhin", flüsterte Reba, „war es ihr ein Anliegen, Ihnen das Leben zu retten. Das waren ihre letzten Gedanken und das sollten Sie im Herzen tragen."

Aus dem Übergangstunnel zum Getit wurden Stimmen laut. Procter und Stan waren zurück aus der Vitality und sie lachten, bis sie die gedrückte Stimmung bemerkten. „Was ist hier los?", fragte Stan. „Steuerprüfung oder Beerdigung?" Sie kassierte einen Rempler von Procter und den dezenten Hinweis auf Krugers Frau. Sofort murmelte Stan eine

Entschuldigung und fuhr laut fort: „Ziemlich viel ist im All verstreut und einige Dinge der Lieferung geben uns Rätsel auf. Wir haben zum Beispiel Schnelltests auf Drogen bekommen." Sie wog den Kopf hin und her und zog gleichzeitig die Schultern hoch. „Leider sind die dazu passenden Drogen nicht dabei, nicht mal ein paar Marihuanapflanzen. Die würden sich in Bens Gewächsreihen richtig wohlfühlen. Bohnen raus, Gras rein."

Procter schmunzelte. „Zwei Kisten Curryhühnchen sind dabei und acht Kisten Wasser. Außerdem..." Sie schaute auf ihrem handgeschriebenen Zettel nach. „Außerdem Kaiserschmarrn, Obstkonserven, Kirschtörtchen und Käsemakkaroni. Pizza ist ebenfalls dabei. Reinigungsmittel und Tücher sind gekommen, dazu Desinfektionslotion und eine Kiste mit Zeug wie für eine Dschungelexpedition. Wasser und Knäckebrot, Kompass, Taschenrechner, Uhr, Werkzeugset, Verbandskasten, Medikamente gegen Fieber, Durchfall und Übelkeit, außerdem Vitamintabletten und riesengroße Pillen mit Eisen und Iod. Wenn man die runterkriegt, braucht man den Rest des Tages nichts mehr zu essen. Ein Buch außerdem, wie man Schnaps brennt." Sie schaute in die Runde. „Das könnte hier im All eine interessante Erfahrung werden."

Stan hangelte sich an der Decke entlang. „Wenn man diese Vorräte dazurechnet und das abzieht, was wir der Nachfolgemission zu A104 hätten mitgeben sollen, kommen wir locker drei, vier Jahre aus. Denkt jemand, wir sollten A104 mit kostbaren Lebensmitteln, Energie und Wasser ausstatten und losschicken?"

Alle schüttelten den Kopf, Kruger und Flint guckten ratlos. David erklärte: „Mission A104 ist der bemannte Flug zu einem Plutoiden, um Daten zu sammeln. Der Plutoid A104 ist groß genug, um darauf zu landen, vorausgesetzt, die Sonde misst relativ harten Boden. Vielleicht besteht der Kleinplanet aus Staub, in dem man nicht landen kann." Er machte eine kurze Pause und überlegte, ob die beiden verstanden hatten. Das war schwer festzustellen, denn Kruger weinte und Flint schien selbst mit der Frage ob es statt Pommes Kroketten zum Tagesmenü geben konnte, völlig überfordert. David unterstellte spontan ein gehöriges Maß an Sachverstand und fuhr fort: „In ein paar Wochen wollten wir Li, der mittlerweile tot ist, zu A104 schicken. Wir hätten ihn und sein Shuttle mit Lebensmitteln versorgt und er hätte zu der Crew aufgeschlossen, die A104 schon länger im Visier hat. Zu dritt hätten sie den Plutoiden genau untersucht und eine eventuelle Besiedelung oder Nutzung der Rohstoffe erarbeitet. Auf dem Rückweg hätten sie auf dem Mars einen Zwischenstopp eingelegt, sich mit Treibstoff und Nahrung versorgt und wären zurück zur Erde. Ich glaube, die Mission war auf fünf Jahre ausgelegt?"

„Maximal sechs", sagte Procter. „Um das günstigste Fenster für den Rückflug zu erwischen."

„Hin. Her." Flint bewegte den Kopf von einer Seite auf die andere. „Vor. Zurück. Auf dem Weg schnell einkaufen, kurz was abholen, etwas anderes vorbeibringen, hastig dorthin, blitzschnell heim. Das klingt wie der Terminplan einer viel beschäftigten Mutter. Es weiß jeder, Mütter sind immer extrem in Eile."

„Das liegt an den berechneten Flugbahnen", versuchte David zu erklären. „Durch die Bewegungen von Erde, Mars und A104 gibt es bestimmte Zeitfenster, in denen die drei zueinander günstig stehen. Bei ungünstiger Lage sind es gleich ein paar Millionen Kilometer mehr, die man bewältigen muss. Da ist es geschickter und billiger, einige Monate aufs nächste Fenster zu warten."

Bovich konnte ihm folgen. „Eine einmalige Chance, direkt vom Plutoiden zum Mars zu fliegen. Das wäre praktisch von ganz allein gegangen, ohne viel Aufwand. Wird ein Slingshot genutzt?"

„Mehrere. Zwei Slingshots um die Erde hätten die Beschleunigung zu A104 begünstigt und auf dem Rückweg waren Slingshots um die Sonne geplant, um die gewaltige Distanz zum Mars zu bewältigen." David hatte die Manöver genau im Kopf. „Technisch brillante Lösungen nützen nichts, wenn unser einziger Spezialist für extraterrestrisches Leben tot ist. Ohne ihn sind die Untersuchungen ebenso hinfällig wie diese genialen Slingshots. Was ist mit den Werkzeugen? Sind die Kisten noch da?"

„Nö." Procter schüttelte den Kopf. „Es waren insgesamt wohl fast zweihundert Kisten in der Vitality, einundvierzig sind übrig. Schade. Ich hätte mich über einen Nachschub an Chili gefreut. Ich mag das Chili unheimlich gerne."

„Was ist mit den Akkus?", fragte David weiter.

„Nö." Procter reichte ihm den Zettel. „Das ist übrig. Mögen Sie das Hühnercurry? Also, mir schmeckt das nicht, obwohl es scharf genug ist."

„Ich mag Kaiserschmarrn nicht." David fand die Liste mehr als überschaubar. Kein Vergleich zu dem, was er vorhin selbst erfasst hatte. Er gab das Blatt zurück. „Ich muss mal."

Die Toilette in der Zentrale war besetzt, wie an dem roten Türschild deutlich zu erkennen war. Er steuerte die Toilette zwischen Küche und Linden an, um auf dem Rückweg einen Becherkuchen mitzunehmen. Das ganze Gerede übers Essen hatte seinen Appetit geweckt.

„Außerdem jemand, der einen Becherkuchen möchte?" Er schaute die Neulinge an. „Schoko-Kirsch schmeckt lecker."

Kruger lehnte ab, ebenso Bovich. Flint fasste sich an den Magen.

„Wenn ich nicht bald was esse, falle ich tot um. Ich bin seit Stunden hungrig. Gleichzeitig ist mir übel. Jetzt hilft es nichts mehr. Ich muss essen. Es weiß jeder, wenn man die Seele füttert, ohne Hunger zu haben, wird man fett, wenn man gar nichts mehr isst, stirbt man.“

„Da ist der Becherkuchen genau richtig“, fand David. „Fett und Zucker sind ideal, um den Kreislauf und die Stimmung zu stabilisieren.“ Er nickte Reba zu. „Bin in ein paar Minuten zurück.“

„Übrigens“, hörte David Procter sagen, „an der Oberseite der Vitality sind drei Bündel Bananen aufgehängt. Einige Früchte sind durch die Kälte des Alls verdorben, die übrigen sollten wir bald essen.“

David mochte keine Bananen. Das Mundgefühl fand er eklig und der Geruch erinnerte ihn an das Affenhaus, in dem er als kleiner Junge seine Sonntage verbracht hatte. Statt zur Kirche war sein Vater mit ihm in den Zoo gegangen. Jeden Sonntag. Weil sie zum Mittagessen immer pünktlich daheim sein mussten, konnten sie auf ihrer immer gleichen Runde nur die Flamingos, die Schildkröten und die Affen ansehen. Im Affenhaus roch es nach Mist und den Bananen, die die Pfleger den Tieren reichten und die diese mitsamt der Schale aßen. Es war ein Quetschen und Schlabbern, feucht und laut, und Vater sagte immer: „Hier siehst du den scheinbar gewaltigen Unterschied zwischen Affen und Menschen. Wir machen die Schale ab, die Affen nicht. Im Grunde ist es wie mit deiner Großmutter und deiner Mutter. Großmutter schält die Äpfel, Mutter nicht. Es ist kein Unterschied, über den aufzuregen sich lohnen würde.“

Da war ihm der Becherkuchen viel lieber. Er ertappte sich dabei, wie er geistesabwesend vor dem Schrankfach mit den Becherkuchen schwebte und sich an seinen Vater erinnerte. Ein großer hagerer Mann, der gern las oder Puzzle legte. Nie lachte er und selten gelang ihm ein

Schmunzeln. Meist tadelte er oder wies seine Familie zurecht mit leiser, sanfter und trotzdem fester Stimme, die niemanden an Widerspruch denken ließ.

David drängte diese Erinnerung zur Seite und nahm drei Stück mit, denn Reba widerstand niemals einem Becherkuchen, schon gar nicht dem mit Schokolade und Kirschen. Drei Löffel aus der Halterung und ab zurück in die Zentrale.

Dort hatten sich auch Dent und Guylian eingefunden. Sie saß auf ihrem Platz und kontrollierte die Einstellungen des Autopiloten, der nichts anderes zu tun hatte als die Pickles auf dem Kurs zu halten, der vorgegeben war. Manchmal ertönte ein Warnton, wenn die Sensoren Teilchen aufspürten, die die Pickles treffen konnten. Das große Saubermachen vor einigen Jahren hatte viel vom Weltraumschrott in dieser Höhe beseitigt. Manchmal stießen weiter unten Trümmer zusammen und nahmen Kurs auf die Pickles. Es gab eine Warnung, man hielt die Augen offen, und sah meistens, wie das Trümmerteilchen – oft nur wenige Zentimeter groß – vom Magnetfeld der Pickles abprallte und sich auf den Rückweg zur Erde machte. Es würde in der Atmosphäre verglühen.

Dent blickte ihm entgegen. „Glenn ist bewusstlos. Ich habe ihr starke Schmerzmittel gegeben, damit sie nichts mitbekommt." Er wandte sich wieder an Reba. „Mit reinem Wasser konnten wir ihr recht gut helfen, zumindest hat das Geblubber aufgehört und es ist nicht mit weiterem Schaden zu rechnen. Sie hat Verletzungen im Mund und Rachen, leichte Blessuren die Speiseröhre hinunter. Außen an der Gesichtshaut hat sie ganz schön was abbekommen. Die Haut ist teilweise abgelöst und das Fleisch liegt bloß. Sie bräuchte eine kompetente Behandlung in einer Spezialklinik mit sterilen Auflagen und eventuell einer

Transplantation, damit sich im Gesicht keine wulstigen Narben bilden. Mit dem, was ich ihr bieten kann, wird sie einige Monate unter offenen Stellen leiden, die schließlich vernarben. Das wird kein hübscher Anblick." Er seufzte tief und lange. „Hat Sven herausgefunden, was in dem Kaffeebeutel war?"

Über Rebas nackte Unterarme kroch eine Gänsehaut und richtete die vielen dunklen Haare auf. „Ich habe nichts von ihm gehört, seit Sie ihn weggeschickt haben."

„Er sollte längst fertig sein mit der Analyse. Der Test auf Säure dauert Sekunden. Selbst wenn er es genau wissen möchte, sollte er nicht länger als eine halbe Stunde brauchen." Dent schaute in die Richtung, aus der David gerade gekommen war. „Haben Sie etwas aus dem Solaris gehört?"

„Woher denn?" David reichte Löffel und Becher an Reba und Flint. „Ich war pinkeln und habe danach aus der Küche Kuchen geholt. Bis ins Solaris bin ich nicht gekommen."

Kapitel 7

Die drei Neulinge waren von Reba persönlich in die Schlafkojen des Müllmoduls gebracht worden. Dort lagerte all der Abfall, der mit dem nächsten Transport zur Erde zurückgebracht werden sollte. Wenn er genau darüber nachdachte, fand David es mehr als scheinheilig. Der Müll wurde gesammelt, um daheim dem Recycling oder der thermischen Verwertung zugeführt zu werden. Immer ging die Funkverbindung zum Container beim Eintritt in die Erdatmosphäre verloren und der ganze Müll verglühte restlos in einem Sternschnuppenregen. Nie war der Ausfall einer Funkverbindung praktischer, billiger und sehr effizient. Ein Schelm, wer der Agentur Vorsatz unterstellte.

Das Müllmodul war das Modul, in dem offiziell Reba ihre Koje hatte. Geräumiger als die Plätze der anderen Astronauten und mit einer richtigen Tür gesichert, die in den Angeln hing und nicht bloß eine Schiebetür war, durch deren teilweise undichte Lamellen man durchlinsen konnte. Diese Tür gab es nicht deshalb, weil man den Müll auf der gegenüberliegenden Seite des Moduls sehen oder riechen konnte, sondern weil ein Team von Psychologen meinte, das müsse so sein, um das Wohlbefinden zu erhalten. Selbst gut verpackter Müll war Müll und an den wollte niemand erinnert werden. Die Kisten waren mit bunten Mustern bedruckt, absolut geruchsdicht, sie wurden nach dem Verschließen nicht mehr geöffnet und trotzdem hatte Reba ihre Koje dort nie bezogen. Sie schlief in dem freien Zimmerchen im Pear.

Das Müllmodul bot in Abteilung drei außerdem Platz für Gäste, dabei schneite niemals jemand überraschen herein und freute sich über das Gästezimmer. Manchmal kamen Weltraumtouristen, die für irre viel

Geld einen Trip ins All machten. Ihnen verschwieg man den Müll. Sie ließ man in dem Glauben, es seien extrem wichtige technische Geräte in den Kisten, die man dringend für die erste bemannte Mission ins Zentrum der Milchstraße brauchte. Die Erforschung des dortigen Schwarzen Loches sei streng geheim, solange die Finanzierung in den Anfängen stecke und man nicht genau wisse, ob das Schwarze Loch groß genug für eine Mission sei. Man wolle tapfere Astronauten in dieses Loch schicken, über den Ereignishorizont hinaus, durch die Entstehung der Gravitation hindurch und Signale von der anderen Seite empfangen, sogar Töne und Bilder und weitere spektakuläre Erkenntnisse sammeln. Diese Märchen mehrten bei den solventen Touristen die Freude am Gästezimmer und entlockte dem einen oder anderen Besucher eine mehr oder weniger große zusätzliche Spende.

Nun hingen in drei Gästekojen die Neulinge und versuchten in der Schwerelosigkeit zu schlafen. Sie wurden von einer Art Babyphone überwacht, das alle Geräusche in die Zentrale und auf die Erde funkte. Normalerweise hielt Boden Wache, wenn Touristen im All waren, aber auf der Erde gab es wohl niemanden mehr. Die gesendeten Geräusche verschwanden im Nichts oder verklangen im Trubel der Katastrophe. In der Zentrale war zu hören, wie Kruger weinte, Flint sich von einer Seite auf die andere drehte, ohne eine bequeme Position zu finden, und Bovich dröhnend schnarchte.

„Von den dreien", sagte Reba fest, „ist niemand Svens Mörder. Keiner weiß, wie man jemanden in der Schwerelosigkeit erdrosselt."

„Erwürgt", verbesserte Dent. „An seinem Hals sind die Abdrücke von Fingern zu sehen. Sven wurde erwürgt und das ist im All leichter als daheim. Er konnte sich nirgendwo abstützen, um einen Befreiungsversuch zu unternehmen. Der Täter, der sich selbst fixiert hatte, hielt ihn im Schweben und hat ihm die Kehle zugedrückt. Man legt die Hände um den Hals, presst die Zeigefinger oder Daumen auf die Schlagadern, bis der Blutfluss aufhört, und der Rest ist eine Frage von Sekunden."

„Vielleicht hat er herausgefunden, was Glenn so zugerichtet hat?" Reba dehnte und streckte ihren Nacken. Obwohl jeder von ihnen drei Stunden täglich Sport machen sollte, Ausdauer und Krafttraining, kam es schnell zu Spannungsschmerzen. Dem Körper fehlte das Arbeiten gegen das eigene Gewicht. „War es eine Säure?"

„Abflussreiniger."

„Wir haben Abflussreiniger?", fragte Procter überrascht. „Ich mache immer mit den Tüchern sauber."

„Deshalb", konterte Guylian, „fressen sich die Kackespuren derart rein. Ihr putzt nicht ordentlich. Ich greife immer mit einem Handschuh ganz tief rein und kratze weg, was ich erwische."

Das ließ Procter nicht auf sich sitzen. „Ich mache sauber, wie Boden es mich gelehrt hat. Ich dachte, der Sog wäre stark genug, um die Fäkalien rauszukriegen?"

„Ist ja nicht fürs Klo gedacht", beschwichtigte Dent. „Die Rohre werden nach einigen Experimenten gespült und mit dem Reiniger gesäubert. Das beseitigt Rückstände und Ablagerungen, die sich bei den Versuchen zwangsläufig bilden. Im Klo hat das Zeug nichts verloren; es greift Kunststoff an. Jedes Reinigungsmittel wird bitte verwendet, wie es auf der Packung angegeben oder von Boden vorgegeben ist." Er schaute sie an, als wäre er in dieser Hinsicht der Chef. „Können wir jetzt über die Morde sprechen? Möchte der Mörder sich outen?"

Als würde derjenige vortreten, die Hand heben und sagen: „Ja, ich war es. Sorry, ich mag euch einfach nicht."

Beim Krimi-Dinner waren sie auch nicht. Da plärrten die Zuschauer gern mal in den Raum, wen sie für den Mörder hielten. Meistens war es der geldgierige Gärtner oder die von Eifersucht zerfressene Ehefrau. Beides gab es unter ihnen nicht.

„Dem Kapitän und Guylian traue ich keinen Mord zu", sagte Procter. „Der Kapitän trägt die Verantwortung für uns. Sie würde mit den Morden ihre Karriere ruinieren und ihre Pensionsansprüche an die Wand fahren. Guylian ist zu klein und zierlich, um ein Gesicht mit einer Machete zu zersäbeln oder jemandem die Kehle einzudrücken."

„Ich bin eins dreiundsiebzig", sagte Guylian. „Ich beherrsche vier Kampfsportarten, kann mit jeder Handfeuerwaffe umgehen und ich habe mal einem Kerl den Kehlkopf herausgerissen. Mit bloßen Händen. Wenn ich jemanden umbringen wollte, würde ich ihm das Genick mit einem einzigen Handgriff brechen."

Stan schnaubte. „Wollen Sie jeden von uns mit Indizien belasten? Bin ich verdächtig? Ich kann mit dem Laser umgehen und ich weiß, wie man Luftschleusen bedient. Was ist mit Ihnen? Welche Beweise sprechen gegen Sie?"

„Wir haben keine Beweise." Wie immer versuchte Dent klar zu denken. „Eine ordentliche Spurensicherung könnte Beweise sammeln und ein Polizist ermitteln. Beides haben wir nicht. Uns fehlt der Kontakt zu Boden, also hat der Mörder keine Publicity zu ernten. Ich kann mir nicht vorstellen, warum er uns umbringt. Welches Ziel verfolgt er? Was steckt dahinter?"

„Warum?", wiederholte Guylian und es klang, als hätte sie eine halbe Zitrone im Mund. „Seit wann brauchen Wahnsinnige ein Motiv? Meiner Meinung nach hat sich einer von uns durch genau den Psychotest geschummelt, der die dunkle Seite von jedem Einzelnen ausloten soll.

Jemand hat die Psychologen gut angeschwindelt und vorgegaukelt, er sei eine extrovertierte, ausgeglichene und teamfähige Persönlichkeit. Anstatt ihn und seine Mordlust in eine Gummizelle zu sperren." Ihre Augen blitzten. „Procter, Sie interessieren sich für Psychologie. Sie wissen, welche Antworten man bei einem Test geben muss, um gut abzuschneiden."

„Vor allem", sagte Procter, „sind die Ergebnisse von guten Tests nicht leicht zu fingieren. Wenn Sie sich das vorstellen wie in den Frauenzeitschriften, wo man serviert bekommt, was man ankreuzen muss, um möglichst viele Punkte auf der Sex-Appeal-Liste zu bekommen, liegen Sie falsch. So laufen diese Tests nicht. Die sind viel besser."

„Theoretisch", bohrte Guylian nach, „wissen Sie, wie es geht."

Procter erwiderte ihren Blick fest. „Wir alle wissen das. Wenn der Doktor Sie fragt, wie Sie Konflikte lösen, sollten Sie nichts von dem Kratzer erzählen, den Sie ins Auto Ihres Ex gemacht haben. Wenn er wissen will, ob Sie jemals ein Kind geschlagen haben, sollten Sie glaubhaft mit Nein antworten. Wir wissen, was die Psychologen hören wollen, deshalb achten sie bei ihren Interviews auf Körpersprache und Mimik und tausend andere Dinge, von denen Sie keine Ahnung haben."

„Sie schon." Sie war beharrlich.

Aus dem Babyphone drang das unüberhörbare Schnarchen, durchsetzt von heftigem Schmatzen. Einer der drei Neulinge nuschelte etwas und schien beim Umdrehen gegen eine Schublade zu schlagen. Es schepperte.

Stan drehte sich in ihrem Stuhl und legte die Beine hoch. Diese lässige Stellung war im All ohne Probleme möglich. Die Beine blieben ohne Kraftaufwand in der Schwebe und es gab nie die Sorge, wohin man die

Fersen legen sollte. Sie verschränkte die Hände hinter dem Kopf. „Mord im All ist äußerst unvorteilhaft, darf ich darauf hinweisen? Es braucht mindestens drei Leute, um die Pickles am Laufen zu halten. Wenn diese drei Leute sich darauf konzentrieren, die Energiesysteme und die Lebenserhaltung zu steuern, sind sie mit den täglich anfallenden Sondermeldungen und den Alarmen genug beschäftigt. Vor lauter Hinarbeiten auf die pure Existenz bleibt kein Atemzug mehr übrig, um das Leben hier oben zu genießen." Sie lachte kurz. „Als wäre das Leben hier oben ein Genuss. Mir tun seit Wochen die Waden weh und wegen meiner Kopfschmerzen habe ich mehr Ibuprofen genommen als in meinem ganzen übrigen Leben. Mir ist ständig heiß, obwohl ich bloß ein T-Shirt und eine dünne Hose trage. Beim Sport wird mir schwarz vor Augen und ich hechle wie ein Hund im Hochsommer. Ich hasse das Essen, denn es schmeckt furchtbar. Ich hasse es, immer Wasser zu trinken, niemals ein Bier oder Rum mit Cola. Ich hasse den Gestank des Weltalls. Ist Ihnen das aufgefallen? Wie sehr das Weltall stinkt?"

„Wie alte Silvesterböller", zuckte Dent die Schultern. „Man gewöhnt sich daran."

„Sie vielleicht", gab Stan zurück. „Ich hasse es. Ich dachte, eine zweijährige Mission würde ich packen, dabei treibt mich allein die Toilette in den Wahnsinn." Sie machte einen langen Atemzug. „Ich würde so gerne ohne diese Klammern auf einem Scheißhaus hocken und ordentlich kacken. Mit einem Staubsauger am Arsch kann ich einfach nicht. Ich fühle mich seit Wochen, als hätte ich einen Fußball im Gedärm. Ich bin mir nicht sicher, ob in der Schwerelosigkeit mein Darm in die richtige Richtung arbeitet."

Für eine Weile hing jeder seinen eigenen Gedanken nach. Von früheren Aufenthalten hier oben wusste David, wie scheußlich das Essen schmecken konnte, deshalb hatte er sich jede Menge Currys bestellt. Je schärfer und stärker gewürzt, desto besser schmeckte es hier oben. Er vermisste die Erde, das Bier am Abend und den Postboten, der ihm seine bestellten DVDs immer aufs Küchenfenster legte, statt die neue Paketbox zu benutzen. Ihn ärgerte die Verzögerung beim Dreh der neuen Staffel Sherlock, aber ihn ehrte die Zusage des Produzenten, er würde im All sofort nach dem letzten Schnitt eine Preview zu sehen bekommen, bevor jeder andere Erdenbürger überhaupt den Sendestart der Serie erfuhr. Er nestelte ein Döschen aus seiner Hosentasche und schickte es mit einem leichten Stups hinüber zu Stan. „Nehmen Sie zwei davon und halten Sie sich in der Nähe der Toilette auf. Binnen einer Stunde räumt es Sie kräftig durch und Sie fühlen sich wie ein neuer Mensch." Er spürte fragende Blicke auf sich gerichtet. „Ich könnte ohne das Zeug auch nicht."

Stan fing das weiße Döschen, das im Flug zu ihr leicht rotierte, auf, öffnete den Klappdeckel und sammelte zwei Tabletten ein, die sich auf den Weg durch die Pickles machen wollten. Sie schluckte sie sofort trocken.

„Darf ich auch?" Guylian streckte die Hand aus. „Sie beide sind nicht die einzigen mit einem Fußball im Bauch. Ich fühlte mich seit Wochen aufgebläht und habe immer das Gefühl, es würde Stuhl zurückgehalten."

Auch Procter und Reba wollten von den Tabletten haben und Dent fragte: „Haben Sie alle Verdauungsbeschwerden? Warum zur Hölle hat das niemand bei den wöchentlichen Checks angegeben? Jeder von Ihnen wird jede Woche zu einem ausführlichen Gespräch gebeten, mit dem Arzt und mit Boden. Da macht keiner den Mund auf? Warum berichtet niemand von Problemen beim Stuhlgang? Wenn es alle betrifft, handelt es sich nicht um eine harmlose persönliche Befindlichkeitsstörung. Es steckt mehr dahinter und sowas will ich wissen."

Stan spülte mit Wasser aus ihrer Trinkflasche nach. „Ich bin Astronautin. Ich habe jahrelang geübt, trainiert und gearbeitet, um eines Tages in dieser Raumstation meine Versuche ablaufen zu lassen. Für diesen Anblick der Erde und für dieses Gefühl der Schwerelosigkeit habe ich alles gegeben. Vollständig und umfassend. Mein Mann ist mit seiner Jugendliebe auf und davon, ich habe Hochzeiten, Taufen und Beerdigungen versäumt. Meine Schwester hat vier Kinder, ich war nur bei einer Einschulung dabei. In meiner Wohnung wachsen ausschließlich Kakteen, die man nicht oft gießen oder düngen muss. Ich habe ein Postfach, das ich ausleere, wann es mir in den Kram passt. Bei mir stand und steht immer die Arbeit an erster Stelle, vor allen Freunden, vor der Familie, vor mir selbst. Ich würde sogar Krebs im Endstadium verschweigen."

Langsam bewegte Dent seinen Kopf von einer Seite zur anderen. „Gibt es schlimmere Beschwerden, von denen Sie nichts gesagt haben? Leute, wir sind seit Wochen im All. Es gibt keinen lapidaren Rückflug zur Erde wegen ein paar Kinkerlitzchen. Nachdem Glenn so schwer verletzt ist, bin ich der verantwortliche Arzt und ich will Bescheid wissen. Wenn Sie mehr Haare als sonst verlieren, will ich das wissen. Wenn jemand einen besonders langen Popel in seiner Nase findet, will ich das wissen. Ich will über jeden querliegenden Furz informiert werden."

„Rissige Fingernägel", sagte Guylian. „Mir brechen ständig die Fingernägel ab, obwohl ich sie ganz kurz geschnitten habe. Ist das ein Zeichen für eine tödliche Erkrankung?"

Die anderen lachten und Procter sagte: „Mir ist der Hals ganz trocken und manchmal juckt es mich im Ohr, als würde ein Ohrwurm Tango tanzen. Ist das schlimm?" Sie ließ zwei Tabletten in der Luft stehen und schnappte sie nacheinander mit den Lippen. „Mit den meisten komischen Begebenheiten komme ich klar, ohne einen Arzt mit erhobenem Zeigefinger, der mir die Hölle heiß macht. Mit Verstopfung, Hühnerbeinen oder leichten Kopfschmerzen kann ich leben. Manchmal habe ich Druck auf dem Ohr, der kommt, nehme ich an, von der Schwerelosigkeit. Die Flüssigkeit sammelt sich im Kopf und das drückt auf die Ohren. Richtig?"

„Mir ist ständig schlecht", sagte Reba. „Während der ersten Tage im All ist das völlig normal, doch nach spätestens zwei Wochen sollte es nachlassen. Hat es nicht. Mir ist jeden Tag schlecht, obwohl ich seit vier Monaten hier bin. Nach dem Aufwachen ist es besonders schlimm und wenn ich Vanillepudding essen soll, könnte ich mich auf der Stelle übergeben. Der Geruch von Curryhuhn und Currywurst hat übrigens dieselbe Wirkung."

In den ersten Tagen hatte David sich ebenfalls nicht gut gefühlt. Ständig war ihm schwindelig und leicht übel. Das lag an dem Verlust von oben und unten, rechts und links, vorn und hinten. Das Gehirn musste erst lernen, ohne die Meldungen aus dem Ohr klar zu kommen. Als er am sechsten Tag erwacht war, hatte er sich gut gefühlt und seitdem war die Übelkeit nicht zurückgekommen.

Er lauschte in sich und fragte seinen Körper, ob alles in Ordnung sei. Es kam keine Rückmeldung. Als wären seine Organe eingeschnappt und überhaupt nicht bereit, ausgerechnet jetzt mit einem Feedback anzufangen.

„Außerdem muss ich ständig aufs Klo", fuhr Reba fort. „Mehrmals in einer Stunde renne ich zur Toilette und immer muss ich pinkeln. Das ist nicht normal. Durch das schwerelose Herumeiern der Flüssigkeit in der Blase sollte der Harndrang im All viel geringer sein als daheim." Sie rieb sich mit den Fingern über die geschlossenen Augen. „Müde bin ich außerdem. Ständig antriebslos, schläfrig und hundemüde."

Mehrere Sekunden lang sagte niemand etwas, dann meinte Procter nach einem tiefen Atemzug: „Vielleicht ist es normal, denn mir geht es genauso. Übelkeit. Seit ich vor sieben Wochen die neuen Linsen außen am Teleskop befestigt habe. Schwindel, der mich öfter völlig orientierungslos durch die Pickles taumeln lässt." Sie zeigte auf Reba. „Curryhuhn. Dreimal gegessen, dreimal musste ich mich danach übergeben. Ich kann nichts Scharfes essen, das löst sofort Brechreiz aus. Allein der Gedanke an die scharfen Gemüsespieße, die ich in Thailand am Straßenrand gegessen habe..." Sie blies die Backen auf, winkte ab und schüttelte sich. „Könnte ich sofort kotzen. Früher war das meine Leib- und Magenspeise, im Moment – nö!" Sie lachte laut auf. „Die Bücher, die ich mir mitgenommen habe, will ich überhaupt nicht lesen, ist das nicht skurril? Sonst kann es mir in den Krimis nicht grausam genug sein, diesmal bin ich beim neuen Sylvie Noir auf der dritten Seite ausgestiegen. Geht nicht. Ich ertrage die Vorstellung von so viel Blut und Schmerz nicht."

„Dabei ist der richtig gut." Dent kratzte sich am Kinn. Wie seine Fingernägel die Bartstoppeln schabten, war überdeutlich zu hören, obwohl Generatoren surrten, Rechner ratterten und Procter das alte Faxgerät aktiviert hatte, in der Hoffnung, jemand von der Erde möge auf ihre Lage reagieren. Sie kämpfte gerade mit dem Toner, der sich nicht rausnehmen lassen wollte. Sie hatten für das alte Ding natürlich keinen Ersatztoner dabei, deshalb wollte Procter den alten Toner aufschütteln. Da war ja immer genug für viele weitere Seiten übrig. Die Walze, die das

Papier beförderte, fuhr nicht vom Rand in die Mitte. „Mir tut es hinten am Oberschenkel weh", sagte sie in den Raum hinein. „Ich glaube, das ist eine Zerrung vom Laufen. Das bin ich nicht gewohnt; ich laufe nie."

„Echt?" Guylian legte den Kopf schief. „Wir alle mussten zehn Kilometer laufen, wie zum Henker haben Sie sich davor drücken können?"

„Ich habe einfach behauptet, ich hätte den Lauf schon bei Dr. White gemacht", zuckte Procter mit den Schultern.

„Als hätte Schneider das geglaubt."

„Er musste." Procter begann zu lächeln. „Ich habe das Tablet, auf dem die Ergebnisse gespeichert waren, mitgehen lassen. Die Assistentin hat deswegen Ärger bekommen, was mir reichlich egal ist. Ich war nie in der Lage, zehn Kilometer zu laufen. Meine Beine, mein Herz, meine Lunge packen das gar nicht. Von meiner Psyche ganz zu schweigen. Ich werde wahnsinnig, wenn ich spazieren gehen oder laufen muss. Ständig das gleiche ringsum, keine Abwechslung." Ihr unruhiger Blick streifte kurz Reba. „Als Sie darauf bestanden, zur gleichen Zeit wie ich zu trainieren, blieb mir nichts anderes übrig als zu laufen. Das waren die schlimmsten zehn Kilometer meines Lebens und ich glaube, ich habe mir was gezerrt. Hinten im Oberschenkel tut es bei jeder Bewegung weh."

Dent machte eine Handbewegung, als wollte er diese Lappalie nicht ansatzweise hören. „Alle sechs Stunden eine Ibuprofen, dann hat sich das in ein paar Tagen." Sein rechter Zeigefinger streckte sich. Er zeigte auf Reba und auf Stan. „Sie beide will ich mir genauer anschauen. Los, mitkommen."

„Beide?", fragte Stan.

„Beide." Dent schwebte voraus. „Das wird vermutlich nicht lange dauern. Ich habe bereits einen Verdacht."

„Und ich", seufzte Procter, „kriege das Ding einfach nicht raus. Es will diese Walze nicht in die Mitte fahren."

David schwebte zu ihr hinüber. „Gehen Sie mal zur Seite. Ich hatte so ein Fax früher daheim. Lassen Sie mich mit dem Toner kämpfen und sehen Sie nach dem Babyphone. Das macht seit einiger Zeit keinen Mucks mehr."

„Stimmt." Procter schaute sich um, als würde sie die Erklärung dafür in der Zentrale finden. „Ist das nicht seltsam? Manche Sachen fehlen plötzlich und niemand bemerkt es? Ich gehe mal nachsehen. Wahrscheinlich hat dieser Typ, der sich immer drehen will, das Babyphone aus Versehen abgeschaltet. Naja, das Schnarchen von diesem Bovich ist mir gewaltig auf den Sack gegangen."

Wenig später zwang David mit einem Schraubendreher die Walze in die Mitte, indem er die Halteschrauben löste und das Ding mit der Fingerspitze presste. Nun konnte er die Tonerkassette herausholen, schütteln und wieder einlegen. Er schraubte die Halterungen fest und verbrachte die nächsten Minuten damit, der Software des Faxgeräts vorzugaukeln, es hätte erst eine Handvoll Seiten gedruckt. Viel lieber hätte er mit einem schnellen Klick den Fehlerspeicher gelöscht oder einfach auf Okay geklickt, aber das Fax wollte wie eine Diva behandelt werden und akzeptierte seinen Trick erst nach einigem Bemühen in huldvoller Herablassung.

David begutachtete seine Finger, die etwas von dem schwarzen Tonerstaub abbekommen hatten. Um dieses Zeug zu entfernen, brauchte er spezielle Reinigungstücher. Er entdeckte welche im Fach hinten am Fenster, machte sauber, und fand für die benutzten Tücher im überquellenden Mülleimer beim besten Willen keinen Platz mehr. Er musste die Tüte tauschen und den vollen Müllbeutel ins Abfallmodul bringen. Er würde es vorsichtig angehen und so tun, als müsse er eine weitere Kiste verzurren, damit die Neulinge, sollten sie wach sein, nichts von dem Müll um sich herum bemerkten. Er schlug denselben Weg wie Procter ein.

Manche Dinge schienen sich im Leben nicht ändern zu wollen. Als sie in der kleinen Wohnung im Mehrfamilienhaus gelebt hatten, war es seine Aufgabe gewesen, den Müll nach unten zu bringen. Jeden Tag nach dem Abendessen hatte Mutter es ihm angeschafft und täglich war darüber eine Diskussion entbrannt, die länger dauerte als das Wegbringen selbst. Er hatte einfach keine Lust, sich vier Etagen nach unten zu quälen, die stinkende Riesentonne mit dem quietschenden Deckel aufzuschieben und den Mülleimer auf den Kopf zu kippen. Es purzelte heraus, was den Tag über angefallen war. Manchmal ein kaputtes Spielzeug, was ihm in der Seele wehtat, meistens Küchenabfälle, einige von Vaters Zigarettenstummeln und immer wieder mal geheimnisvolle Päckchen aus weißen Plastiktüten, die Mutter aus dem Badezimmer mitbrachte. Die waren mit Klebestreifen umwickelt und gut verschlossen. Einmal hatte er eines dieser Päckchen aufgerissen und war auf blutiges Toilettenpapier gestoßen, das merkwürdig roch. Er sprach seine Mutter darauf an, woraufhin er eine saftige Ohrfeige kassierte und sie einige Tage lang den Müll selbst wegbrachte. Sein Vater war stets zu müde für die vielen Treppen und musste nie laufen. Als sie in das kleine Häuschen umzogen, das sie von Großmutter geerbt hatten, blieb der Müll an David hängen. Die Zimmer wurden hübsch hergerichtet, es gab neue Fenster und ebenso wie sich das Haus und der Garten veränderten, wurden die Mülltonnen neben dem Eingang mehr. David hatte die Abfuhrtermine von Plastik, Papier, Restmüll und Bio im Kopf, er wusste, wann die Abholung sich wegen der Feiertage verschob, wann das Giftmobil am Schulparkplatz besonders kniffligen Müll holte und wann die Grüngutsammelstelle für große Mengen von Gartenabfällen geöffnet hatte. Als er zum Studieren in eine andere Stadt zog, gab es in seiner Bude nur einen einzigen Abfalleimer und seitdem hatte David nie mehr Müll getrennt und separat für eine Abholung bereitgestellt. Ihm gefiel die Vorstellung, all der Abfall, der sich im Müllmodul stapelte, würde irgendwann in der Atmosphäre verglühen. Wenn nur von allem, was man loswerden wollte, gar nichts zurückbleiben würde.

Im Abfallraum hingen die drei Neuankömmlinge in ihren Schlafsäcken. Auf den ersten Blick mochte man meinen, sie würden friedlich schlafen, denn es gab keine sichtbaren Verletzungen oder einen Hinweis auf die Todesursache. David zweifelte nicht an ihrem Tod. Keiner der drei rührte sich, obwohl Procter laut lachend mitten im Raum Purzelbäume schlug und mit Armen oder Beinen öfter mal einen der Gäste im Gesicht erwischte.

Sie schnappte nach Luft, lachte heiser und wenn sie mit den Füßen gegen die Müllkisten stupste, klang ihr Lachen hysterisch wild.

„Procter!" David packte sie bei den Füßen und hielt sie fest. Ihre Arme schwangen in der Bewegung weiter, sie gluckste und kiekste.

„Procter!", wiederholte David, „wie viele Finger sehen Sie?"

Er hielt ihr drei Finger vor die Augen. Einen Moment lang starrte sie darauf, dann blickte sie ihn an, lachte und lallte etwas, das er nicht verstand. Als wäre sie sturzbesoffen, doch Procter hätte sich niemals so hemmungslos betrunken. Sie war zu pflichtbewusst für solche Eskapaden.

„Procter", fragte David, „wie lange halten Sie sich bereits in diesem Raum auf?

Die Frage erübrigte sich, als ihre Augäpfel nach oben zu rollen schienen und sie das Bewusstsein verlor. So schnell es ihm möglich war, brachte David sie aus dem Müllmodul und drehte ihr Gesicht der nächsten Klimaanlage zu. „Procter." Er tätschelte ihr die Wangen. „Procter, kommen Sie zu sich!" Als sich nichts tat, schöpfte er tief Atem: „Dent! Kapitän! Die Sauerstoffflasche, schnell!"

Tatsächlich eilte Reba mit der kleinen Sauerstoffflasche in der Hand heran. Sofort presste sie die Plastikmaske auf Procters Gesicht. Dent, der ihr unmittelbar folgte, packte im Anflug ein Tuch aus und presste es gegen Procters Schläfe, um das Blut aufzufangen.

Nach einigen tiefen Atemzügen kam Procter zu sich. Ihre Augenlider flatterten, sie verzog das Gesicht und zischte durch zusammengebissene Zähne, als Dent das Tuch wechselte. Offenbar war es ein Desinfektionstuch, das in der offenen Wunde brannte.

„Es geht wieder", ächzte sie. „Ist nur eine Kleinigkeit."

Dent begutachtete ihren Kopf und tastete mit den Fingerspitzen. „Woher kommt diese Verletzung? Können Sie sich erinnern?"

„Ich war im Müllmodul", wusste Procter. „Die Neulinge sind tot. Anscheinend arbeitet die Klimaanlage nicht mehr und in dem Raum fehlt Sauerstoff. Als mir das klar wurde, war ich nicht mehr in der Lage, etwas zu tun. Dämlich kichern und torkeln konnte ich, anstatt Hilfe zu holen."

„Das stimmt", sagte David. „Als ich sie fand, kreiselte sie im Müllmodul und hat dabei gelallt. Betrunken war sie nicht, also musste es am fehlenden Sauerstoff liegen. Ich habe sie sofort aus dem Raum geholt und dabei gegen den Türstock knallen lassen. Die Tür zum Müllmodul ist niedriger als die anderen Türen, das vergisst man leicht."

Procter ging nicht darauf ein und machte David keine Vorhaltungen. „Ich bin am Leben und das ist wichtig. Was kümmert mich die kleine

Blessur am Schädel. Um die Neulinge tut es mir leid. Die sind tot."

Reba hängte die Sauerstoffflasche in eine Halterung zurück. „Es kam einem Wunder gleich, diesen unkontrollierten Start zu überleben. Nun sterben sie wegen einer kaputten Klimaanlage und der fehlenden Luftzirkulation an ihrem eigenen ausgeatmeten Kohlendioxid. Das darf nicht wahr sein. Die Klimaanlage läuft am stabilsten von allen Systemen."

„Ich vermute", sagte David, „es hängt mit diesem schweren Ausnahmefehler AC313 zusammen, den ich heute früh gelöscht habe."

„Sie haben was?" Drei Augenpaare blickten ihn wütend an.

„Den Fehler gelöscht." David entfernte sich langsam von Dent und Procter. „Ich lösche jeden Fehler, der unregelmäßig auftritt."

Dent fasste sich an den Kopf. „Diese drei Toten sind eindeutig auf menschliches Versagen zurückzuführen, auf die völlig irrationale Handlungsweise eines vollkommenen Idioten."

„Die Klimaanlage ist kaputt", widersprach David, „nicht ich. Ich habe nach Anweisung gehandelt."

Dent blickte ihm hinterher. „Welche Anweisung ist das denn, die einen Fehler in der Klimaanlage einfach löschen lässt?"

Dabei wusste David nicht einmal sicher, ob es tatsächlich die Klimaanlage war. „Lassen Sie mich erst einmal sehen, ob es dieser Fehler ist, bevor Sie auf mir rumhacken." Er war beinahe in der Mitte des Übergangs zur Zentrale angekommen.

Dent schwebte im Küchenmodul und fuchtelte mit den Armen. „Was soll es sonst sein, Sie hirnverbrannter Ochse! AC313! Das AC steht für Air Condition!"

„Es könnte für Alternative Control stehen", meinte David. „Für Anti Compulsion, für Age Centennial, für Adhersive Compliance. Wir haben so viele Versuche und Aufbauten und Einrichtungen an Bord, für die dieses Kürzel stehen könnte."

„Das saugen Sie sich jetzt aus den Fingern", zischte Dent. „Sie können keinen Fehler zugeben, oder?"

Wenig später schwebte Guylian vor einem Tablet und begann darauf zu wischen. „Es hat in den vergangenen Tagen nur einmal den Fehlercode AC313 gegeben, mit dem das System diese defekte Schaltung meldet. Der Fehler wurde gelöscht ohne nach dem Grund zu suchen."

David rollte die Augen. „Laut Protokoll wird jeder Fehler gelöscht, der erstmalig oder unregelmäßig auftritt. Stellen Sie sich mal vor, ich müsste jeder dieser Fehlermeldungen nachgehen." Er fasste ihr von oben ans Tablet und wischte. „Damit wäre ich rund um die Uhr beschäftigt und ich würde trotzdem niemals alles schaffen. Es ist schlicht unmöglich, die Fehler vollständig abzuarbeiten. Da muss gelöscht werden, damit man sich um das kümmern kann, was regelmäßig auftritt und wirklich akut ist." Seine Stimme wurde leiser. „Außerdem betraf die Fehlermeldung das Müllmodul, 313. Der Kapitän schläft dort nicht, also war ein Fehlercode, der dort auftritt, mir nicht mehr im Gedächtnis. Ich habe den Zusammenhang zwischen dem Müllmodul und den Neulingen nicht kapiert, sonst hätte ich selbstverständlich die Technik überprüft."

Guylian hob die Augen zu Reba. „Kapitän, soll ich mich von nun an um die Klimaanlagen kümmern? Damit nicht noch mehr Leute sterben?" Sie stutzte. „Was ist los, Kapitän? Sind Sie nicht erleichtert? Es war diesmal ein saublödes Versehen und kein feiger Mord."

Reba hatte vom Weinen rote Augen und Procter blickte so finster drein wie alle Reiter der Apokalypse zusammen. Sie hing mit dem Knie an einem Stuhl und hatte die Arme verschränkt.

„Tatsache ist", begann Dent und Guylian fiel ihm ins Wort: „Wer hat Sie zum Redner bestimmt? Sollte nicht der Kapitän sagen, was Sache ist?"

„Ich habe die Ahnung", erklärte Dent, „deshalb bin ich derjenige, der redet."

„Ist okay", flüsterte Reba, „er soll sagen, was er weiß."

„Tatsache ist", begann Dent erneut, nachdem er allen Anwesenden einen mahnenden Blick zugeworfen hatte. „Der Kapitän und Stan sind schwanger sind. Ich vermute..."

„Wie bitte?", unterbrach Guylian ihn erneut. „Schwanger?"

„Bitte." Dent hob die Hände, als wäre sie eine bewaffnete Räuberin. „Lassen Sie mich weitersprechen."

„Wie können die beiden schwanger sein!", entfuhr es Guylian. Sie schüttelte unablässig den Kopf, ihr Haar konnte mit den Bewegungen nicht mithalten und stand bald wie in einer gefrorenen Explosion vom Kopf ab.

„Der Kapitän", sagte Dent, „ist in der sechsten Woche. Ungefähr. Ich kann das nicht beurteilen und muss mich auf das verlassen, was mir der Computer nach der Blutprobe und dem Ultraschall angezeigt hat. Stan ist in der zwölften Woche. Ich würde gerne Sie, Guylian und Procter, ebenfalls untersuchen, ob auch Sie schwanger sind."

„Schwanger!" Guylian hackte sich mit dem Zeigefinger gegen die Schläfe. „Wie soll ich schwanger sein? Ich bin seit fünf Monaten hier oben, mein Freund hat sich auf der Erde längst eine andere geschnappt, ich hatte keinen Sex mit einem von euch. Ich bin nicht schwanger."

„Denken Sie", polterte Stan los, „ich bin so blöd, mit Timothy zu schlafen, ohne ein Kondom zu verwenden? Ich wollte nie Kinder haben, deshalb habe ich immer besonders gut aufgepasst. Wie ich schwanger geworden bin, das weiß der Teufel!" Sie breitete die Arme aus, ließ sie jedoch bald wieder sinken. „Ich hätte es Dent nicht geglaubt, wenn er mir die Ultraschallbilder nicht gezeigt hätte. Da ist deutlich ein Baby zu sehen. In meinem Bauch. Das erkennt man, selbst wenn man keine Ahnung von Schwangerschaften oder Ultraschall hat. Ich bin schwanger und ich weiß nicht, wie es dazu kam."

Guylian schnaubte. „Der älteste Trick der Welt, Mädels, funktioniert bei mir nicht. Wenn Sie schwanger sind, taugen Kondome eben nicht als Verhütungsmethode im All. Sie hätten sich außerdem auf eine andere Methode verlassen sollen." Sie schnalzte mit der Zunge. „Stan kann ich verstehen, sie ist mit Timothy ins Bett gestiegen. Sie, Kapitän, verstehe ich hingegen gar nicht. Welcher von denen, die jetzt tot durchs All sausen, hat Sie genug aufgegeilt, um gleich schwanger werden zu wollen? Schwanger! Auf einer Mission, die auf Jahre angelegt ist. Jahre! Es hat nie jemand im All ein Kind zur Welt gebracht."

„Ich hatte keinen Sex." Reba sprach überaus leise. „Ich erinnere mich jedoch an Träume, die ich vor einigen Wochen hatte. Es war ein Mann in meinem Schlafsack. Er war hinter mir, ich konnte ihn nicht sehen. Alles fühlte sich wie durch Watte hindurch an, ich schwebte und träumte. Er hat seine Hände unter mein T-Shirt geschoben und meine Brüste geknetet. Er hat mir den Slip runtergezogen und seinen Penis von hinten in mich geschoben. Während er mir obszöne Dinge ins Ohr flüsterte, hat er mit einer Hand meine Klitoris stimuliert. Ich habe gespürt, wie er mich mit langsamen Bewegungen fickt. Es hat mich erregt und ich habe diesem Gefühl nachgegeben, weil ich der Meinung war, es sei ein Traum. Ich hatte einen Orgasmus, der sich richtig gut angefühlt hat. Danach habe ich einfach weiter geschlummert. Wie man es eben macht nach einem Traum, der einem gut gefallen hat.

Nachdem ich das Kommando über die Pickles übernommen hatte, sind diese Träume ein paarmal passiert. Immer ähnlich im Ablauf."

Anscheinend glaubte Guylian dem Kapitän kein Wort. „Das ist so lächerlich als würden Sie Bestäubung durch die Luft vermuten."

Dent fragte mit sehr ernstem Blick: „Hatten Sie solche Träume?"

„Von einem Kerl, der mich bumst? Ich träume ständig von Kerlen, die mich bumsen, weil ich – ja, ich gebe es zu – sehr gern sehr viel mehr Sex hätte." Sie lief nicht mal rot an, als sie das sagte. „Ich habe in meinen privaten Sachen Liebeskugeln und einen Dildo. Ich bin nicht blöd und verbringe eine zweijährige Mission im Handbetrieb. Von den echten Kerlen hat mich keiner angemacht, also habe ich den Plastikmann dabei. Der macht es mir jeden Abend und wenn ihr es noch genauer wissen wollt, erzähle ich euch gern, wie tief er reingeht und wie dick er ist."

Procter verzog das Gesicht. „Denken Sie ernsthaft nach, Guylian. Mir sind auch solche Träume in Erinnerung. Ein Kerl, der hinter mir ist, seine Hände an meiner Pussy hat und mich vögelt. Ich kann mich sogar an eine Hand erinnern, die den Haltegriff umklammert, den ich im Gesicht habe. Sex im All ist nicht leicht und leidenschaftliches Rammeln geht nicht. Trotzdem, meine Liebe, hat dieser Typ mich gefickt, als ich dachte, ich schliefe. Ich glaube, ich bin auch schwanger, jedenfalls habe ich seit einigen Wochen meine Tage nicht mehr bekommen. Ich habe es auf die Schwerelosigkeit und den Stress geschoben, aber zusammen mit der Übelkeit, dem Harndrang und gewissen körperlichen Veränderungen im Brustbereich gibt es nur diese logische Schlussfolgerung."

„Wahrscheinlich", vermutete Dent, „hat der Täter k.o.-Tropfen benutzt, um Ihnen die Erinnerung zu nehmen, um Sie glauben zu machen, es sei ein Traum. Wer regt sich am nächsten Tag schon über einen Traum auf, bei dem ein Orgasmus rausprang? Hatten Sie ein solches Erlebnis?"

Guylian wollte nicht antworten, das war ihr anzusehen. Sie rollte die Lippen und starrte an die Decke, als würde sie nachdenken. Schließlich nickte sie. „Ich habe geträumt, mich würde ein Kerl lecken. Er hatte eine angenehm flinke Zunge und hat mich irre schnell auf Touren gebracht. Ich habe mir das T-Shirt über den Kopf gezogen und seine Hände auf meine Möpse gelegt. Ich konnte ihn durch den Stoff nicht sehen, aber er hat mich ganz klassisch gevögelt. Erst geleckt, dann gefickt. Ich wollte mir von ihm den Po bumsen lassen, da bin ich schon gekommen und ich konnte in dem Traum ja nicht sprechen."

„Ich brauche einen Schnaps", seufzte Procter, „hat jemand welchen?"

„Sie sind schwanger", sagte Reba, „Sie dürfen nicht trinken."

Procter tippte sich mit gestrecktem Mittelfinger gegen die Schläfe. „Als würde ich das Kind behalten wollen. Das wird abgetrieben, so viel ist sicher. Da ist es egal, ob es vorher Schaden durch eine gehörige Menge Alkohol nimmt. Mir wird es jedenfalls besser gehen, wenn ich den Kopf gefüllt habe. Also, hat jemand Alkohol, der besser schmeckt als Glenns medizinisches Zeug?"

Dent rieb sich mit der flachen Hand über das Gesicht. „Wie soll ich hier oben einen derartigen Eingriff durchführen? Ich kann mir ja nicht einmal vorher ein Video im Netz anschauen, damit ich wenigstens eine vage Vorstellung bekomme. Nein, Procter, eine Abtreibung kommt vorerst nicht infrage. Dazu bin ich nicht kompetent genug."

„Vorerst?" Procter schwebte zum Fenster und zeigte hinaus. Die Pickles schwebte gerade über den Lavasee, der sich nach dem Einschlag des Asteroiden gebildet hatte. Man konnte das blubbernd kochende Gestein sehen, das weit in die Höhe spritzte, und schien die Hitze bis hierher zu spüren. „Sieht so aus, als würden wir niemals zur Erde zurückkehren. Die Mobility hat auf dem Weg hierher die Tanks leergeflogen und die Vitality ist nicht für eine kontrollierte Landung gebaut. Wenn es Boden noch gäbe, könnte man uns ein Schiff schicken, allerdings wäre die Frage, wo wir damit landen könnten, weiterhin ungeklärt.“

„Das ist nicht sicher...“, wandte Reba ein. „Es könnte die Funkverbindung unterbrochen sein.“

„Und niemandem fällt es ein, uns eine Mail zu schicken? Chatnachrichten? Ein Fax? Eine Sonde? Wofür haben wir diesen ganzen altmodischen Krempel an Bord, wenn niemand sich daran erinnert?“ Procter blickte sie der Reihe nach an. „Wenn es Überlebende gibt, sind sie mit sich selbst beschäftigt. Sie haben keine Zeit, um an eine Handvoll Astronauten zu denken, geschweige denn sie zurückzuholen.“

„Wozu auch?“ Guylian kam neben Procter an das Fenster. „Boden weiß nichts von dem, was hier passiert ist. Sie wähnen uns in Sicherheit und auf Jahre versorgt mit dem, was wir in der Pickles eingelagert haben. Soweit Boden es sieht, sind wir für die nächsten zehn Jahre gut aufgehoben. Das ist genug Zeit, um mit Überlebenden, falls es auf der Erde welche geben sollte, einen Plan zu erarbeiten.“

„Zehn Jahre!“ Procter schüttelte energisch den Kopf. „Ich bleibe auf keinen Fall zehn Jahre lang hier eingesperrt. Da kriege ich einen Koller, bevor das erste Jahr rum ist. Ich bin ja jetzt schon kurz vor dem Ausflippen.“

„Wir könnten“, schlug David vor, „die Pickles umbauen, aus dem Modul für A104 die Steuereinheit bilden und zum Mars fliegen. Dort landen wir und beziehen die vorbereitete Kolonie. Mit unserer ganzen Technik können wir regelmäßig versuchen die Erde zu erreichen und wenn jemand antwortet, kehren wir nach Hause zurück."

Guylians Kinnlade bewegte sich, bis ihr der Mund offenstand. Sie schwebte leicht rückwärts und stützte sie sich mit der Hand an einem der Steuerpulte ab. „Das sagen Sie so leicht."

„Es ist durchaus möglich." David kam näher an die Frauen heran. „Das Pear sollte geplant abgekoppelt und mit Vorräten versorgt werden, um die Reise zu A104 aufzunehmen. Die Tanks sind randvoll, die Lebenserhaltung arbeitet autonom und die Systeme lassen sich ähnlich steuern wie die der Pickles. Der Treibstoff reicht nicht, um die gesamte Pickles mit allen Modulen zum Mars zu fliegen. Nur das Getit, das Tessina und zwei Sonnensegel können mit."

„Nur?" Dent kam ebenfalls heran. „Das ist viel Platz für bloß fünf Überlebende. Wir könnten mitnehmen, was immer uns wichtig ist. Pflanzen, Nahrung, Wasseraufbereitung. Wie lange brauchen wir zum Mars?"

„Ein knappes Jahr", meinte David. „Die Landung könnte knifflig werden. Ich habe keine Ahnung, wo genau die Kolonie vorbereitet wurde. Ich finde bloß die Koordinaten eines Zielgebietes in den Unterlagen und wenn wir Pech haben, sind wir ein paar Kilometer von unserer Kolonie entfernt. Wir müssten mit Rucksäcken losziehen und unseren Kram mühsam hin und her tragen. Das könnte dauern."

Dents Augen blitzten ebenso wie seine strahlend weißen Zähne. „Wir müssen mitnehmen, was wir zum Bau neuer Solarmodule brauchen. Den Reaktor brauchen wir, Klebeband, Werkzeuge, eigentlich genau die Ausrüstung, die für A104 vorgesehen war. Hatte Ben nicht eine ganze Box voller Samen und Keimlinge?"

„Ebenso Dünger, Erde und Bakterienkulturen, die einen fremden Boden besiedeln sollen", nickte David. „Ob sie nun A104 besiedeln oder den

Mars, das dürfte den Bakterien egal sein.“

„Ein Jahr.“ Dent kratzte sich wieder an seinen Bartstoppeln. „Das ist mehr als genug Zeit, um aus den Samen die ersten Pflanzen zu ziehen. Wir lesen alles, was es über den Mars zu lesen gilt, und packen es an. Wir bauen uns ein Leben auf.“ Dent lachte laut. „Wir sind die ersten Menschen auf dem Mars, die dort richtig leben werden. Unter realen Bedingungen. Es wird nicht so sein wie in den Experimenten, wo es immer einen Plan B gibt, der einen rettet, wenn etwas schiefläuft. Wir werden die ersten Menschen sein, die auf dem Mars richtig und aufrichtig leben, mit allen Gefahren, Hindernissen und allen Ideen. Wir werden so viel gestalten können, so viel anbauen, erleben und schaffen. Für den Mars werden wir wie Götter sein. David, genau das werden wir sein.“

David nickte. „Richtig, Dent, bloß werden Sie nicht dabei sein.“ Er zückte aus seinem linken Ärmel die lange Schere, die Ben zum Zuschneiden seiner Pflanzen benutzt hatte, und rammte sie Dent in den Brustkorb. Er schlüpfte aus seinem Sweatshirt und presste es auf die Wunde, um das Blut aufzusaugen, bevor es in unzähligen Tröpfchen durch die Zentrale schwirrte.

Hinter ihm schrie Stan. Ihr Schrei mischte sich mit einem erstickten Schluchzen.

Procter kam auf ihn zugeschossen und packte seine Schultern. „Verdammtes Arschloch!“ Sie wollte ihn wegzerren, hing jedoch eher an ihm wie ein Hündchen an einem Knochen, den man vom Boden hochhob.

David hatte Halt an einem der Steuerpulte. Er drehte sich herum und gab Procter einen Schubs, der sie quer durch die Zentrale taumeln ließ. Sie stieß sich den Kopf an einigen Schrankfächern und fluchte.

Aus Dents Augen wich das Leben. Seine Pupillen wurden größer und die Augäpfel drehten sich nach außen. Er bewegte seine Lippen. Aus seinem Hals kamen rasselnde Geräusche, ein sanftes Blubbern, als würde Wasser kochen. Der Druck seiner Hände auf das blutgewirkte Sweatshirt lockerte sich.

„Lassen Sie es gut sein", sagte David. „Sterben Sie einfach."

Damit die Leiche keine Unordnung in der Zentrale anrichtete, fixierte David den Toten mit den Klettbändern, die sonst die Techniker, Ingenieure oder Doktoren an ihren Arbeitsplätzen hielten. Dents Arme stiegen in die Höhe und bewegten sich sacht hin und her. Das Sweatshirt verknotete David hinter Dents Rücken, damit das Blut blieb, wo es war. Er würde nachher aufräumen.

„So." Er drehte sich zu den übrigen. „Fragen?"

Kapitel 8

Guylian schwirrte wie ein Brummkreisel in der Zentrale umher. Er hatte ihr die Hände mit Klebeband zusammengeklebt. Sie zerrte an dieser Fessel, wodurch sich der Drall um ihre eigene Achse beständig verstärkte. Bald würde ihr schlecht von der Zentrifugalkraft, die in solcher Geschwindigkeit definitiv auf ihr Innenohr wirkte.

Procter war nach einem harten Tritt gegen die Schläfe bewusstlos und trieb langsam auf das Ansauggitter der Klimaanlage zu. Reba war an einen der Haltegriffe gefesselt. Als sie David berühren wollte, wahrscheinlich, um eine vertraute Atmosphäre zu schaffen und Freundschaft zu beschwören, hatte er ihr eine Schlinge ums Handgelenk gelegt, den zweiten Arm gepackt und sie mit dem Griff im Rücken festgebunden. Bei diesem Gerangel war der Tritt gegen Procter passiert, der diese bewusstlos werden ließ. David kümmerte sich um Guylian und Stan, fesselte beide und band Stan an einer der Mittelsäulen fest.

Jetzt, wo er durchatmen konnte, fühlte er sich an den Shitstorm erinnert, der vor einem knappen Jahr über ihn hereingebrochen war.

„Sie kennen sich mit Flugbahnen nicht aus!", brüllte ihn zum wiederholten Male der Minister des Inneren an. „Sie machen in Systemanalytik, von diesen ganzen Pabrabeln, Hyperpopeln und dem anderen Scheiß haben Sie keine Ahnung."

„Natürlich weiß ich…" Als Ingenieur hatte er sehr wohl Ahnung von Hyperbeln, Parabeln und Kurven jeglicher Art. Die Minister plapperten durcheinander und schrien einander an. Vorne hämmerte der Vorsitzende mit einem Holzhammer auf ein Brettchen, das bei jedem Treffer einen Hüpfer machte. „Ruhe!", war seinen Lippen abzulesen.

„Ruhe! Ruhe! Ruhe!"

Er wurde Volltrottel und Idiot geheißen, Besserwisser, Stümper und Aufschneider. Man unterstellte ihm, er wolle sich in den Vordergrund spielen und denen in die Parade fahren, die wirklich Ahnung hatten. Was ihm einfiele, seine wertvolle Zeit mit so etwas zu verplempern. Sei ihm seine Arbeit nicht wichtig genug, um sie ordentlich zu erledigen? Müsse er stattdessen nach Dingen suchen, in die er seine Nase steckte, obwohl es ihn nichts anging?

„Mit einer Wahrscheinlichkeit von vierzehn Prozent wird der Asteroid in seiner Umlaufbahn abgelenkt. In dem Fall wird er nicht knapp an der Erde vorbei sausen, sondern sie treffen. Er wird je nach Grad der Ablenkung in einem Bereich einschlagen, der wie ein breiter Gürtel rund um den Äquator läuft. Wenn meine Rechnungen stimmen, wird er die Karibik treffen und auslöschen." David sagte es immer wieder ruhig und mit leiser Stimme. Im Grunde hatte er genau mit dieser Reaktion gerechnet. Menschen mochten keine Katastrophen und schon gar keine, die mit einer Wahrscheinlichkeit von vierzehn Prozent auftraten.

„Sie sollten", fuhr er inmitten des Geschreis fort, „tiefe Bunker anlegen lassen, in die sich so viele Menschen wie möglich retten können. Die Erdoberfläche wird auf tausend Jahre unbewohnbar sein. Falls die Menschheit überlebt, ist sie zu einem Leben im Untergrund verdammt." Ein Lächeln huschte über seine Lippen. „Machen Sie es wie in diesem beliebten Computerspiel: Nehmen Sie Erde, Wasser, Saatgut und Tiere mit und ab in die unteren Level. Richten Sie sich in Höhlensystemen oder verlassenen Bergwerken ein."

Nicht nur die Minister waren gegen ihn, auch die Wissenschaftler tanzten nicht nach seiner Pfeife. Einer war skeptisch und dachte nach, die anderen fünf wetterten mit erhobenen Fäusten und meinten, es sei überhaupt nicht gesichert, wie groß der Asteroid sei. Auf den Bildern war es nicht zu erkennen, weil Asteroiden die Angewohnheit haben, nicht von selbst zu leuchten. Auf die Masse ließe sich schließen, indem man die Gravitation bedachte, die der Asteroid auf andere Körper ausübe und – hier begann das Geschimpfe – es sei völlig klar, wie viel mehr Anziehungskraft ein fetter Mann im Fahrstuhl erlebe als dieser Asteroid, von dem es ohnehin zu wenige Daten gab.

Wieder brach Tumult los und diesmal hörte David überwiegend Vorwürfe, er diskriminiere Minderheiten, die gewichtsmäßig gegenläufig zur Norm ausgestattet seien. „Sechzig Prozent fettleibige Menschen stellen keine Minderheit dar!", brüllte jemand in die Runde. Die Genderdebatte war jedoch längst entbrannt. Eine der zwölf anwesenden Frauen echauffierte sich über den Fetten, der die Frauen wieder einmal unter den Tisch fallen ließ, obwohl geschlechtsneutrale Bezeichnungen seit Jahren in den Vorschriften standen. Es müsse heißen, eine fette Person im Fahrstuhl erlebe Gravitation.

Der Antrag, den er nie gestellt hatte, schließlich hatte er das Gremium informieren und beraten wollen, wurde abgelehnt. Keine Bunker, keine Vorräte, keine Verschiebung der olympischen Spiele. Dem offiziellen Beschluss nach würde der Asteroid nahe an der Erde vorbeifliegen. Am zwölften August würden Hobbyastrologen die Gelegenheit haben, einen Asteroiden im Vorbeiflug mitten am Tag zu beobachten. Eine mehrfach mit Doktortiteln behängte Forscherin wandte ein, es seien Astronomen, die sich dafür zu interessieren hätten. Die Person, die mit Dingen der Gleichstellung beauftragt war, legte Einspruch ein. Es folgte eine Debatte über die Wissenschaftlichkeit von Astronomie und Astrologie und als jemand vorschlug, man solle sich die Horoskopbecher vom nahegelegenen Kaffeehaus bringen lassen, entschied David nach

Hause zu gehen. Er musste am Ausgang eine Geheimhaltungsklausel unterschreiben und signierte den Schrieb mit *Leckt mich doch alle am Arsch.*

Natürlich stellte er seine Theorie ins Netz. Er lud seine ausführlichen Berechnungen und Herleitungen hoch, die den unwahrscheinlichen Einschlag am zwölften August belegten. Für all die Arbeit erntete er vierundvierzig Klicks und zwei Likes. Er verlor gegen den Typen, der sich mit seiner selbstgebauten Rakete in die Luft sprengte, als er sich bemühte, seine Theorie von der flachen quadratischen Erde zu beweisen. Die Idee, außerirdische Hunde lenkten die Staatsoberhäupter dieser Welt wie Marionetten, um den Erdball in einen gigantischen Hundekeks zu verwandeln, bekam tausendfach mehr Klicks und Likes als seine Forschung.

„David?" Rebas Stimme riss ihn aus der Erinnerung. Sie hatte das Zappeln und Zerren an der Fessel aufgegeben. „Was soll das, David?" Tausendmal hatte sie ihn in unterschiedlichen Tonlagen gefragt. Diese sanfte Stimme war bereits vorgekommen. „Denken Sie nach, was Sie tun."

„Damit bin ich fertig", entgegnete David. „Ich habe mein Handeln nach den Ergebnissen meines Denkens ausgerichtet. Nun seid ihr an der Reihe." Sein Blick blieb an Procter hängen, die mittlerweile von der Klimaanlage an das Gitter gesaugt worden war. „Sie kann momentan nicht denken, ihr wollt es nicht einmal."

Guylian raste um ihre eigene Achse, während sie das Klebeband mit den Zähnen bearbeitete. „Du kannst dir deinen beschissenen Plan quer an den Hut stecken, Arschloch!"

„Es ist die einzige Möglichkeit." Diesen Satz hatte David oft genug gesagt. Er wollte nicht dieselbe Diskussion immer wieder führen. „Wenn ihr euch beruhigt und das Schicksal angenommen habt, bauen wir die Pickles um. Wir fliegen zum Mars, wir landen dort, wir besiedeln die Kolonie, wir bilden den neuen Grundstock der Menschheit. Schließlich sind nur wir von einem Milliardenvolk übrig. Abgesehen von einer Handvoll Idioten, die sich zweifellos in irgendwelche Bunker verkrochen haben. Wer weiß, wie lange die durchhalten."

Guylian erlitt wieder einen Schreikrampf, wohingegen Reba ruhig blieb. Sie hatte ihr Pulver längst verschossen und war zu heiser, um zu schreien. „David", krächzte sie. „David, wir waren tatsächlich das, was von der Menschheit übrig war, bevor Sie einen nach dem anderen umgebracht haben. Das hätten Sie nicht tun dürfen. Wir waren eine Gemeinschaft."

Darauf pfiff David. „Helen Namara und Blaire Kruger haben die Katastrophe so kommen sehen wie ich. Deshalb haben sie den Plan mit der Mobility geschmiedet. Sie sollten dabei nicht ums Leben kommen. Ausgerechnet die Frauen, die für einen Neuanfang so dringend benötigt werden." Er schwebte hinüber zu Procter und zog sie vom Gitter weg. Kopfüber hängte er sie an die Decke und befestigte ihre Hände mit Klebeband an einem Griff. „Naja, es muss nun mit weniger Frauen gehen."

Stans Augen blitzten und sie knurrte ihn durch die Zähne hindurch an. „Wenn ich hier loskomme, werde ich dir sowas von den Hals umdrehen. Du bist ein toter Mann, du perverse Drecksau."

„Nachdenken", schlug David vor. „Denken Sie gelassen, ruhig und von Ihrem Verstand geleitet über unsere Situation nach, bis Sie die Richtigkeit meiner Entscheidungen erkennen. Solange bleiben Sie auf jeden Fall dort festgebunden, wo Sie jetzt sind."

Unentwegt wog Reba den Kopf hin und her. Hinter ihrem Rücken knibbelte sie an dem Seil, mit dem sie gefesselt war. „David, Sie können den Mars nicht mit vier Frauen neu besiedeln, noch dazu mit vier Frauen, die Sie nicht leiden können. Fünf Frauen. Glenn wird Sie genauso verabscheuen.“

„In der Tat verdrießlich“, fand David. „Ihre völlig haltlose Abneigung verzögert das Projekt um einige Wochen. Ich werde mich allein um den Unterhalt der Pickles und die notwendigen Umbauten kümmern müssen, bis Sie Ihren Zorn überwunden haben und die Relevanz meiner Pläne einsehen. Sie werden kooperieren, später akzeptieren und schließlich vollauf meiner Meinung sein und Ihr jetziges Verhalten zutiefst bedauern.“

„Nie!“, blaffte Guylian. Sie hatte zwischen den oberen Schneidezähnen ein Stück Klebeband hängen und sah wie ein Monster damit aus. „Das kannst du dir sowas von abschminken!“

„Im Gegenteil“, wusste David. „Alle psychologischen Studien und Ergebnisse zeigen genau dieses Muster. Ihr Verhalten wird sich ändern. Ich könnte diese Änderung beschleunigen, indem ich Ihnen Wasser, Nahrung und Hygiene vorenthalte, was die Kinder, die Sie tragen, gefährden würde. Ich werde einfach gelassen abwarten.“ Er zeigte hinter sich. „Wenn Sie gestatten, Reba, übernehme von nun an ich das Kommando. Ich fange mit dem Umbau der Pickles an, damit wir uns auf den Weg machen können. Meinen Berechnungen nach beginnt das optimale Zeitfenster für einen Start zum Mars in drei Wochen. Es endet in sieben. Das heißt, wir müssen uns sputen. Ich dachte, wenn wir gemeinsam anpacken, kriegen wir es schnell hin. Jetzt muss ich allein...“ Er warf den Frauen reihum einen Blick zu. „Interessiert das jemanden?“

„Leck mich am Arsch!“, giftete Guylian.

David schmunzelte. „Das habe ich längst, meine Liebe. Ich muss zugeben, Ihr Unterleib riecht deutlich weniger streng als die Stellen unter ihren Armen." Er drehte sich herum und schwebte durch das Verbindungsstück ins Getit. Er überlegte, ob er Lust auf Reba hatte. Sie hing mit den Händen nach hinten fest, er konnte sie ausziehen, ihre Schenkel öffnen und sich in ihr wohlfühlen. Mit der Stange im Rücken war es möglich, sich festzuhalten. Sie zu vögeln wäre viel leichter als in dem schwabbeligen Schlafsack, der keinen Halt bot. So richtig heftig zustoßen, das wäre was. Allerdings würde er keinen hochbekommen, wenn er Guylian, Stan und Procter im selben Raum wusste. Er ließ sich nicht gern zuschauen beim Sex.

Aus der Halterung nahm er das Tablet und loggte sich in seine persönlichen Daten ein. Er hatte diese Prozedur viele Male in Gedanken durchgespielt. Es war kein körperliches Problem, das Sonnensegel vom Cake abzubauen und am Tessina anzubringen. Vor dem Gewicht des Segels brauchte er in der Schwerelosigkeit keine Angst zu haben. Trotzdem würde diese Arbeit mehrere Stunden dauern, denn er musste Schrauben und Muttern lösen, elektrische Verbindungen kappen, Schweißnähte knacken. Bei all der Arbeit musste er ständig aufpassen, kein wertvolles Werkzeug ins All zu verlieren.

Zuerst verschloss er die Tür zum Getit ordentlich. Er wollte keine böse Überraschung erleben, falls eine der Frauen sich wider Erwarten befreite. Die Verlockung, seine Halteleine zu kappen und ihn ins ewige All zu schicken oder ihn schlicht vor der Pickles verrecken zu lassen, war momentan zu groß. Bis er ihnen vertrauen konnte, würden Wochen vergehen.

David stieg in den Raumanzug. Er hatte ein schlechtes Gefühl, was seinen Plan betraf. Vier Frauen waren für einen Neuanfang wirklich sehr wenig. Der Genpool war nicht üppig, da nützte es nichts, wenn er selbst die besten Gene überhaupt mitbrachte.

Guylian war ein Hitzkopf, das würden seine Eigenschaften hoffentlich ausgleichen. Reba war nicht so führungsstark wie sie selbst und die Agentur meinten, was nicht schlimm war. Dafür war er ja da. Procter war klug, stark und hübsch. Hoffentlich vererbte sich ihre lesbische Veranlagung nicht. Bei zu vielen Schwulen und Lesben war der Traum von einer neuen Menschheit gleich ausgeträumt. Stan würde eine tolle Frau sein, sobald ihr die Haare lang gewachsen waren. Er hatte ein Foto von ihr mit richtig langen Haaren gesehen und das hatte ihn beeindruckt. Schön, gebildet, klug. Sollte sie in nächster Zeit empfänglich für seine Anweisungen sein, würde er ihr zuerst verbieten das Haar zu schneiden.

Er vertraute auf seine Fesseln und die Zeit. Je länger Guylian rotierte, Reba nachdachte, Stan grollte und Procter ohne Besinnung war, desto eher kühlten sich die Gemüter ab. Spätestens in einigen Wochen war der Streit überstanden und das Zusammenleben konnte beginnen. Schwangere Frauen hatten von Natur keinen ausgeprägten Sexualtrieb. Später, wenn die Kinder geboren waren, würde er sich einen Plan überlegen, um möglichst bald jede der Frauen erneut zu schwängern. Es würde vom Zyklus abhängen und davon, wie schnell Stan wieder schwanger wurde. Bei ihr brauchte es keine Überwindung wie bei Procter, die ihn allen Ernstes beim Koitus bat, ihr „ordentlich den Arsch zu ficken". Ihn schauderte, wenn er sich daran erinnerte, wie er versuchte sie zu schwängern, sie sich wie ein Blutegel wand und im Halbschlaf darum bettelte, er möge seinen Schwanz nicht immer bloß in die Pussy schieben. Ständig machte sie ein Hohlkreuz und wenn er rausrutschte und nachsetzen wollte, landete er im Hintern und nicht in der Vagina. Sie stöhnte auf und gurrte wie eine Taube, wohingegen ihm beinahe die Erektion abhandenkam. Bei den übrigen Malen ging er geschickter vor. Er dosierte die k.o.-Tropfen ein bisschen höher, damit sie nicht so sehr zappelte, band ihre Handgelenke um die Halterung des Schlafsacks und zog ihr das Shirt halb über den Kopf. Nun musste er erstens ihr Gesicht nicht sehen, zweitens verstand er die genuschelte Bitte um Analverkehr nicht mehr und drittens hatte er, während er zwischen ihren Schenkeln ungelenke Bewegungen vollführte und sich bis zum Orgasmus zu stimulieren versuchte, ihre üppigen Brüste vor Augen. Wenn er sie aus dem BH befreite und sie ihm in der Schwerelosigkeit entgegenkamen, vergaß er beinahe, welcher Frau er gerade einen Braten in die Röhre schob.

Um diese scheußliche Erinnerung an Procter zu verdrängen, musste er sich auf das Tagesrätsel seiner App konzentrieren. Darin lief ein fiktiver Hund fünfhundert Kilometer von Bern nach Paris. Er schaffte mit jedem Schritt einen Meter, hatte allerdings am hinteren linken Bein eine Blechdose und wenn diese Dose auf den Boden knallte, verdoppelte der Hund seine Geschwindigkeit. Die Frage war nicht unbedingt, wie lange der Hund nach Paris brauchte, sondern ob es einen Unterschied machte, an welchem Bein der Hund die Dose hatte.

Darüber grübelte David, als er in seinen Weltraumanzug stieg und sich für die Arbeit außerhalb der Pickles vorbereitete. Es war ein wesentlich besseres Thema als Revue passieren zu lassen, was die Damen beim Koitus von ihm wollten. Erschreckend, wie freizügig heutzutage von sexuellen Vorlieben gesprochen wurde.

Er setzte gerade den Schraubendreher an die erste Schraube, als er es in den Lautsprechern seines Helms knacken hörte. „Ihr Plan ist beschissen", sagte Guylian. „Sie hätten besser alle mit zum Mars genommen, anstatt so viele zu ermorden."

Er ächzte. „Haben Sie die Fesseln durchgeknabbert? Die Schwachstelle dieses Panzertapes ist die geringe Resistenz gegen Zähne. Ich hatte gehofft, es würde länger halten."

„Meine Hände sterben mir langsam ab, Sie Trottel", gab sie zurück.

„Trotzdem bin ich in der Lage Knöpfe zu drücken. Sie haben mir die Hände vor dem Körper gefesselt." Er hörte, wie sie schluckte. „Haben Sie mich auch geschwängert, Sie Arsch?"

„Natürlich." David legte sorgfältig jede einzelne Schraube in den Werkzeugkasten, dessen Boden stark magnetisch war. Jede Mutter legte er dazu. „Ihr seid nicht mehr jung, da darf man keine Zeit verschwenden, wenn man Kinder von euch will. Wir brauchen so viele Kinder wie möglich, um die Menschheit zu retten."

Den Schauer an Schimpfworten ließ er über sich ergehen.

„Warum haben Sie versucht Glenn umzubringen?", fragte Guylian weiter. „Ist sie als Frau nicht wertvoll genug? Ist sie Ihnen zu schweigsam oder haben Sie Angst, wir würden heimlich Abtreibungen von ihr verlangen?"

„Von mir aus kann sie langsam krepieren. Sie ist keine echte Frau und damit völlig nutzlos für meinen Plan." Mit langsamen Bewegungen drehte David eine Schraube nach der anderen aus der Halterung. „Sie hat von Geburt an keine Gebärmutter. Wie soll so jemand Kinder bekommen?" Mit den dicken Handschuhen war das Arbeiten eine Zumutung und keinen zweiten Mann als Hilfe zu haben, zehrte an seinen Nerven. Um jede Kleinigkeit musste er sich selbst kümmern.

„Schätzchen, bitte lassen Sie mich arbeiten. Wir können später über alles sprechen, was Ihnen auf der Seele liegt." Er hätte den Funk aus dem Helm ausbauen sollen, um seine Ruhe zu haben. Zum Glück folgte

Guylian seiner Argumentation. Es knackte. Sie hatte ausgeschaltet.

Für eine ähnliche Installationsarbeit waren einmal neun Stunden veranschlagt worden. Zwei Astronauten, jeweils neun Stunden, Kontrolle durch einen Astronauten am Greifarm, jederzeit bereit, um helfend zur Seite zu stehen. Wer diese Pläne aufstellte, hatte kein Gefühl dafür, wie viel länger etwas dauerte, wenn man jeden Handgriff in Zeitlupe ausführte und ständig auf alle seine Sachen aufpassen musste. David brauchte siebzehn Stunden, um das Sonnensegel vom Cake wegzubauen, es ungefähr fünfzig Meter zum Tessina zu führen und dort anzubauen. Das Abbauen war nicht so schwierig. Es genügte, die Kabeldurchführungen bündig abzuschneiden. Nachdem das Cake ohnehin nicht mit auf die Reise gehen würde, wozu sollte er sich Mühe machen, ordentlich zu arbeiten und Lecks zu versiegeln?

Am Tessina war das Sonnensegel schnell angebracht und stabil verklebt. Einige Kabelbinder taugten vermutlich wenig, beruhigten jedoch sein Gefühl. Ein paar Stunden, mehr brauchte er für diese Arbeit nicht. Die Kabel ins Innere des Moduls zu bringen, war knifflig. Kleine Löcher in der Außenhülle hatten das Bestreben größer zu werden und sich zu einem Unglück auszuwachsen, deshalb verbrachte David viele angestrengte Momente damit, sich genau zu überlegen, wo er bohren wollte. Den fingerdicken Kabelstrang schob er ins Modul und das Loch dichtete er mit Kleber ab. Er musste dieses Abdichten von Innen wiederholen, was er sich für später vornahm. Nun, da der Umbau so gut wie erledigt war, musste er dringend aus dem Anzug raus. Die Windel hatte längst zu stinken begonnen und das Trinkwasser war seit Stunden aufgebraucht. So mussten sich Säuglinge fühlen, wenn sie um sieben mit vollem Magen zur Nachtruhe gelegt wurden und bis zum Frühstück am nächsten Tag durchschliefen. Das T-Shirt war nassgeschwitzt und die Leggings, die er über der Windel trug, ebenfalls. Mit Schwerkraft wären seine Stiefel sicher bis zur Wade voll Schweiß gewesen.

Die Luftschleuse zu passieren, dauerte Minuten. Ihm wurde bewusst, wie still es während des gesamten Einsatzes gewesen war. Kein Wort von Guylian, Reba, Stan oder Procter. Waren die Damen eingeschlafen? Er glaubte nicht an schlechte Nachrichten. Keine der vier war gefesselt genug, um an einem Kreislaufkollaps oder an einer unglücklichen Strangulation zu sterben. Selbst falls dieses unwahrscheinliche Ereignis eintreffen sollte, wären drei weitere Damen anwesend, um ihren Protest kundzutun.

Er schälte sich aus dem Anzug und beobachtete, wie die Schweißtropfen, die aus den Klamotten aufstiegen, sich an der Innenseite der Folie seiner Umkleidekabine niederschlugen. Vier temperamentvolle Frauen und keine brüllte ihn an? Keine machte Vorhaltungen, Vorwürfe, drohte mit dem Gesetz oder Selbstjustiz? Nicht einmal Guylian, die sich beinhart und unnachgiebig gab, unter seinen Händen jedoch wie Butter in der Sonne geschmolzen war? Wie ein Kätzchen hatte sie ihren Kopf gegen seine Brust geschmiegt und ihm ins Ohr gehaucht, er möge sie lieben, sanft, lange und sehr, sehr tief. Er tat ihr den Gefallen und leckte sie zwischen den Beinen. Er hörte einen wahren Wasserfall an zärtlichen Worten, Lob ob seiner geschickten Zunge und seiner sanften Finger und sie bettelte tatsächlich, er solle dieser süßen Qual ein Ende bereiten und sie vollständig zu seiner Frau machen. Ein paar Tropfen im Chai machten sie von einer Furie, die kratzend und beißend austeilte, zu einem Schmusekätzchen, das sich nach einem gut gebauten Kerl sehnte.

Vorsichtig näherte David sich dem Durchgang zur Zentrale. Der Verbindungsschlauch war leer und sah aus wie immer. Es war von dieser Position nicht zu erkennen, ob seine Frauen gefesselt waren. Womöglich, überlegte er kurz in einem Anflug von Größenwahn, akzeptierten sie bereits jetzt das unabwendbare Schicksal, fügten sich in die neue Rolle und hatten Abendessen zubereitet? Frühstück? Es war eher Zeit fürs Frühstück. Sie konnten Müsli essen und Kaffee trinken und danach gemeinsam die Kurse berechnen, anfangen die Computer zu programmieren und Pläne aufstellen, wie ihr Zusammenleben harmonisch zu gestalten war. Wenn eine der Damen Lust auf körperliches Zusammensein verspüren sollte, würde er seiner Pflicht natürlich nachgehen und Sex haben. Wahrscheinlich brauchte Guylian eine Menge davon, wenn sie schon einen Dildo und Liebeskugeln bei ihren Sachen hatte.

David wollte keine übertriebene Panik an den Tag legen, obwohl seine Idee vom Familienleben eher nicht der Grund für diese Ruhe war. Er schlüpfte aus seinen Klamotten und schmiss zuerst die vollgesaugte Windel weg. Er duschte sich in der Weltraumdusche, die völlig anders funktionierte als daheim und eher an Abwischen als Duschen erinnerte, bevor er durch den Verbindungsschlauch in die Zentrale schwebte.

Die Schleuse vor der Zentrale war geschlossen, wie zu dem Moment, als er die Damen verlassen hatte. Alles sah völlig unverfänglich aus, nichts deutete auf Probleme hin, bis er nahe genug herangeschwebt war, um am Guckfenster in der Schleusentür einen Zettel zu bemerken. Ihm wurde schlagartig heiß und der Schweiß trat ihm auf die Stirn. Mindestens eine der Frauen hatte sich befreien können und zweifellos war sie sofort dazu übergegangen, ihre Leidensgenossinnen aus den Fesseln zu lösen.

David drückte den Knopf an der Schleuse, noch ehe er nahe genug heran war. Nichts rührte sich. Die Tür bewegte sich nicht, es surrte nicht, es erschien kein rotes Lämpchen, das einen Fehler meldete. Dafür gab es nur eine Erklärung: Die Frauen kontrollierten die Pickles mindestens bis zu dieser Schleuse, die sie offenbar außer Funktion gesetzt hatten. David rüttelte vergeblich am Türgriff.

Er knurrte, brummte und verwünschte seine Frauen innerlich. Natürlich waren es *seine* Frauen. Sie gaben sich hart und kühl nach außen und zeigten nicht, wie sie sich im Inneren nach einem echten Mann sehnten. Aus einem falschen Rollenverständnis heraus weigerten sie sich ausgerechnet jetzt, die Weitsicht und Klugheit seines Planes zu erkennen. Das machte so viel mehr Arbeit.

Mit zusammengekniffenen Augen machte David sich Gedanken, wie er in die Zentrale gelangen konnte. Welche Systeme musste er kapern, damit der Computer ihm den Zugriff gewährte? Womit musste er die Frauen festbinden, damit ihm solche Misslichkeiten nicht öfter passierten?

Fürs erste musste eine Standpauke genügen. „Öffnen Sie die Schleuse!", befahl er. Er klopfte mit der Faust gegen das Guckloch und dabei fiel ihm der Zettel ins Auge. Er war mit Klebeband innen am Glas befestigt. Kleine Handschrift, nicht von Reba. David musste mit der Nase dicht an die Scheibe, um lesen zu können:

„Du Arsch", stand dort geschrieben, wobei das *Du* durchgestrichen und durch ein *Sie* ersetzt war. „Wir haben überlegt, ob wir Sie für Ihre Verbrechen vierteilen wollen oder Sie besser direkt vor das Triebwerk hängen, wenn es gestartet wird. Die Option, Sie durch ein gesprengtes Loch ins All zu saugen, war ebenfalls verlockend. Stattdessen haben wir entschieden, nichts zu tun. Mit Ihrem Teil der Raumstation, den Sie in den nächsten Wochen umbauen werden, können Sie die Reise zum Mars antreten. Dort werden Sie, falls Sie ankommen und ohne jegliche

Unterlagen das Zielgebiet finden, das Modul beziehen und der erste feste Einwohner des Mars werden. Der einzige Einwohner, um genau zu sein. Wir haben die Zeit Ihrer Abwesenheit genutzt, um eigene Berechnungen aufzustellen. Wir werden den Kurs der übrigen Pickles ändern und zum Plutoiden A104 fliegen. Guylian hat einen Kurs samt einiger Slingshots berechnet, der uns locker bis dorthin bringt. Sollte es nicht klappen, ist es nicht schlimm. Wir sterben lieber bei dem Versuch, uns vom letzten Verbrecher der Menschheit zu befreien, als mit ihm auf dem Mars zu leben. Wenn Sie es jetzt surren hören, sind das die Elektromotoren, die Treibstoff und Sauerstoff in die Tanks pumpen. Wir mussten uns alles von der Vitality leihen, damit wir genug für unsere Reise haben. Wir geben es Ihnen zurück, sollten wir einander einmal wiedersehen."

Unter diesen Brief war mit dickem Stift ein gestreckter Mittelfinger gezeichnet.

David hörte das angekündigte Surren. Er sah durch das Blatt hindurch Schemen von Menschen, die sich bewegten. Es knackte und begann über seinem Ohr zu zischen. Gleichzeitig leuchteten Warnlampen auf und die Computerstimme sagte: „Achtung, Verbindung wird gelöst. Achtung, Verbindung wird gelöst."

Blitzschnell stieß David sich von der Schleusentür ab und sauste zurück ins Getit. Er bremste, indem er den Haltegriff packte, und haute mit der flachen Hand auf den Notfallknopf, der die Zwischentür schloss. Unter lautem Piepen ging sie langsam zu und es war keine Sekunde zu früh. Der Verbindungsschlauch löste sich und begann sich aufzufalten wie eine Ziehharmonika. Er schwebte haltlos im All umher und versperrte David für Sekunden die Sicht. Als er endlich sehen konnte, war die Pickles bereits einige Meter entfernt. Die Triebwerke spuckten Funken, die Zentrale drehte sich um ihre eigene Achse. Sie machten sich nicht mit der kompletten Pickles auf den Weg. Das Hostmodul fehlte und das Botanikmodul mit dem integrierten Fitnessraum. Sie schienen abgetrennt zu haben, was ihnen überflüssig war. Links neben der Pickles kreiste die in schwarzen Qualm gehüllte Erde.

Er blieb an der Scheibe stehen, die Finger am kühlen Glas, und schaute hinaus, bis er die Pickles nicht mehr sehen konnte. Einmal glaubte er sie in der Entfernung blitzen zu sehen. Was sollte dort blitzen? Der Sonnenwind, der sich in den beiden Segeln fing? Die Triebwerke? Da war schwarzes Weltall, sonst nichts, das Blitzen bildete er sich ein.

Er griff zu der Konsole, die den Sprechfunk innerhalb der Pickles regelte, schaltete an und drückte den Knopf. „Ohne mich kommt ihr nicht zurecht", sagte er. „Ich kann die Kurse berechnen und den Verbrauch von Treibstoff und ich kann ausrechnen, wie wir auf dem Mars landen sollten, wenn wir nicht bei dem Versuch draufgehen möchten. Ihr braucht mich, um den Ackerbau zu betreiben, mit dem ihr eure Kinder ernähren wollt! Das schafft ihr nicht ohne mich!" Als er den Knopf losließ, rauschte es. Wenn sie ihn gehört hatten, so antworteten sie nicht. Selbst der andere Computer schwieg. Er war allein.